10年越しの恋煩い

Yuuka & Hiroki

月城うさぎ

Usagi Tsukishiro

エタニティ文庫

目　次

10年越しの恋煩い《こいわずら》い

1

『――好きだ、ユウカ』

少年っぽさが残る声が、鼓膜《こまく》を震わせる。ドクン、と心臓が大きく鳴った。

正面から真っ直ぐにぶつけられる真摯《しんし》な眼差しに、つかの間呼吸を忘れてしまう。

『お前が好きだ』

彼は緊張からか、眉間《みけん》に皺《しわ》を刻んでいる。ぐっと拳《こぶし》を握った腕が、一拍後には私の肩を包み込んだ。彼が愛用している香水の匂いが鼻腔《びこう》をくすぐる。成長途中らしいしなやかな腕に、小柄な私の身体が抱き込まれた。

直球すぎる愛の告白に、戸惑いを隠せない。

顔が火照《ほて》るのは、慣れない体勢だから。

再び名前が呼ばれ、顔を上げるよう促《うなが》される。ゆっくりと、呼吸を整えながら見上げたが、至近距離にもかかわらず彼の顔は霞《かすみ》がかっていた。

『……ウ、カ』

先ほどまでの声は、もう届かない。不快な雑音《ノイズ》とモザイクが彼の姿を侵食して、存在を消していく。触れられていた箇所から熱が奪われ、身体に巡る甘やかな緊張感も霧散した。

見上げる先は、光すら遮《さえぎ》られる霧の世界。

しんとした静寂のなか、先ほどまで傍《そば》で愛を囁《ささや》いていた少年を思い浮かべる。だが、思い出そうとするはしから、彼の痕跡《こんせき》が失われていく。

匂いも、声も、熱も、眼差しも。

全てあやふやな霧に呑み込まれ、沈んでいった。

◇◆♪◆◇

「――かさん、優花《ゆうか》さん。起きてください」

「ん、ん～……」

隣から声がかけられ、ゆっくりと意識が浮上する。鈍い思考を回転させ、もそりとアイマスクをずらした。

光が眩《まぶ》しい。糊《のり》で貼りつけられたような瞼《まぶた》を押し上げてから、手で口を覆う。ふぁ、とあくびが漏れた。

「おはようございます、優花さん」

隣からほっとした声とともに、苦笑する気配がした。

「……おはよう」

「そろそろ着くので、シート戻して、入国手続きの紙に記入しないと」

そう言われ、私は座席の収納にしまっておいた細長い紙を引っ張り出し、ペンを探す。

そんな私に、隣の青年がペンを差し出した。

お礼を告げながら、穏やかな微笑が印象的な数歳年下の彼を見つめる。

寝ぐせがつきにくいウェーブヘアに、はりのある頬。半日以上の機内の旅でも、お肌のコンディションは左右されないらしい。髭《ひげ》を一日剃《そ》らなくてもツルツルな肌は若さなのか、単に体毛が薄いだけなのか。

すっかり見慣れた端整な顔をじっと眺めていたら、彼が訝《いぶか》しげな表情を浮かべた。

「どうしました？　まだ実は寝ぼけてます？」

「え？　ううん、ただ……昔の夢を見てた気がして。蒼馬《そうま》君に名前を呼ばれたとき、デジャヴみたいなのを感じた気がするんだけど……」

「その夢がなんだったのかは思い出せない、とか？」

「うん」

口許《くちもと》を手で覆いながらもう一度あくびをする。片手でぼさぼさな髪を整え、座っていたシートを元の位置に戻した。

私、雨宮《あまみや》優花が今いるのは、飛行機のビジネスクラスだ。通路を挟んだ反対側に座る上司に呼びかける。

「起きてください、更科《さらしな》専務。あと一時間ほどで着きますよ」

「んあ？」

口を開けて寝ている姿は、酔っぱらったオヤジにしか見えない。

蒼馬君が私に声をかける。

「お水もらいましょうか？」

「ああごめん、ボトルがあるから私は大丈夫よ」

本来なら私が蒼馬君のお世話をしなければいけないのに、これでは立場が逆だ。

――蒼馬凌《しのぐ》、二十三歳。

彼は、現在日本で人気上昇中の若手歌手だ。その繊細でいて安らぎを与えてくれる声に惹かれる人は、少なくない。弾き語りを得意としていて、弦楽器ならほぼなんでも弾けるという、実に音楽の才に溢《あふ》れた人物。私が勤務するレコード会社の社長自ら、彼をスカウトして芸能界に引っ張り込んだ。

当然本名で活動しているわけではなく、芸名はＲＹＯ《リョウ》である。本名の漢字、凌が〝りょう〟とも読めるので、社長が命名した。その彼と専務の三人で、今回渡米することになったのだ。

無事に飛行機が到着し、バゲッジクレームで荷物を取って、ようやくほっと一息ついた。目的地の空気を肌で感じ取る。

「着いた～！　流石《さすが》に長時間のフライトは辛いぜ」

「おじさん臭いですね、専務」

これを言ったのは私ではなく、蒼馬君だ。軽くストレッチをし、肩をコキコキと鳴らす上司を見れば、まあそんな感想を抱いてしまうのも仕方ない。事実、専務は五十間近のおじさんだし。

「あ？　なんだよRYO。お前だって疲れただろ？」

「ビジネスクラスが思った以上に快適だったので、それほどでも」

「二十代の青年と同じ体力ではないんですから、比べても不毛ですよ」

私がフォローになっているのかいないのかわからない発言をすれば、じろりと睨《にら》まれた。

「なんだ、雨宮。お前だってぐーすか気持ちよさげに寝てただろ。いびきかきながら」

「え、いびきかいてたの、私？」

慌てて蒼馬君に確認すれば、彼は笑顔で否定した。どうやら専務にからかわれただけらしい。

「お前、寝不足か？　まさか昨夜は緊張で眠れなかったなんて言うんじゃねーだろうな？」

「緊張しないわけないじゃないですか。私だって、こんな仕事はじめてなんですよ？　なにか粗相《そそう》をしたらと思うと……」

必要な書類は持ったか、宿泊の手配はできているか、訪問先への手土産《てみやげ》は準備してあるかとか、気になることはいくらでも出てきた。万が一のことも考えて、臨機応変に対応できるように服をそろえなくては、などとやっていたら、あっという間に時間が過ぎていたのだ。おかげで昨夜は一睡もしていない。

そう訴えると、「だからそんな大荷物なのか」と呆《あき》れたため息をつかれたが、ここはあえて無視する。女性は男性みたいに少ない荷物で身軽に移動できないのだ。

「私のことより、迎えが来る前に身だしなみ整えてきてください。蒼馬君も……って、まあ君は大丈夫か」

いつ見ても癒《い》やし系オーラが出ている彼は、清潔感溢《あふ》れる好青年だ。だから彼は問題ない。むしろ私は自分の心配をしたほうがいい。

化粧室に寄って髪とメイクを直し、ジャケットを手に持った。九月中旬のニューヨークはまだ真夏の陽気だと、天気予報が言っていたことだし。

ふたりと合流し、決められた場所へ向かう。これから会いに行く先方の会社が、迎え

に待っていたのはイエローキャブでも、私たちを促《うなが》す。社員の車でもなかった。真っ黒で、見るからに

豪華なリムジン。運転手が全ての荷物をトランクに詰め込み、私たちを促す。

「僕、リムジンなんてはじめて乗ったんですけど……」

「大丈夫よ、私もだから」

折角広々とした車内なのに、何故か固まって座る日本人三名。車のなかが広すぎるっていうのも、落ち着かない……

「仕事でニューヨークに来られるなんて、ちょっとびっくりですね」

外の景色を眺めながら弾んだ声で言う彼は、これからの仕事が楽しみで仕方がないようだ。

「雨宮は来たことあるんだよな？」

「……ええ、昔ですけど。高校生のときに三ヵ月間ほど」

ほんの一瞬、ドキリとした。忘れかけていた記憶がこの瞬間、水面に浮上した気分になる。

「三ヵ月間ってことは、留学かなにかですか？」

「うん、うちの高校の姉妹校がニューヨークにあってね。交換留学ってやつで、二学期をここで過ごしたことがあるのよ。もう十年も前の話だけど」

そうだ、あれからもう十年経った。

二度とこの地には来ないと、日本に帰国したあのときは思ったはずなのに。大人になると、遠いと思っていた場所は案外すぐ近くなのかもしれない。

フリーウェイを走るリムジンから、外の景色を眺める。薄れていた記憶が甦《よみがえ》ってきた。

連鎖的に、私を呼ぶ彼の声が、一瞬脳内に響く。

『ユウカ』

まるで逃げるように帰国したあの日。

とっくに縁は切れて、会うことはないと思っているけれど、もし今回、彼に偶然出会ったら……。きっとそれは、あのときの過《あやま》ちと向き合えという神のお告げなのだろう。

◇◆♪◆◇

雨宮優花、二十七歳。

音楽大学を卒業後、大手レコード会社、クラウン&ミュージックレコードへ就職した。

音大ではピアノを専攻していたけれど、自分レベルの人はごまんといて、とてもじゃないがプロとしてやっていけるとは思えなかったのだ。

そうしてプロのピアニストは諦めたものの、今は好きな音楽に携《たずさ》わる仕事ができている。おかげで、充実した毎日だ。

入社してしばらくは、プロデューサーのアシスタントをしていた。しかし三年前から、RYOのマネージャーを任せられている。何故私がマネージャーに抜擢《ばってき》されたのかは、今もって謎だ。

とにかく、その日以来私の仕事は、二十歳の青年を売れる歌手にすること、となった。当の本人は、社長がスカウトしてきただけあって、素晴らしい才能の持ち主。

まず声がいい。話し声も柔らかくて落ち着くが、彼の本当の持ち味はその歌声にある。彼の声は神秘的で、心が安らぐのだ。ひと言で言えば、美しい。ストレス社会ですり減った人々の心をほぐしてくれる効果が、その歌声にはある。冗談ではなく、真剣にそう思う。

しかも、楽器も弦楽器ならほとんど弾けるという多才ぶり。ヴァイオリンやチェロは、クラシック部門を担当する同僚が聞いて絶句するほどだった。どっぷりクラシックに浸《つ》かって来た私も、唖然《あぜん》とした。

……本当、いるんだなあ、こんな人。

いろんな面で不器用と言われることが多い私とは正反対だ。はじめは少しだけ、羨《うらや》ましいと思ってしまった。

今まで綺麗な歌声を持つ人はたくさん見てきたけれど、その人たちと比べても、彼には非凡なオーラがある。見た目もよくて声も素敵、そして音楽の才能に溢《あふ》れている。すぐに私は、全力で彼を一流のミュージシャンに育て上げようと決意した。

そしてデビューから三年目。またとないチャンスがやってきた。

なんと海外の有名アーティストとのコラボレーション企画が舞い込んできたのだ。それは、北米で活躍する人気バンドと一緒に舞台に立つというもので、全米デビューの足がかりにもなりえるチャンス。

デビュー直後から国内では人気となっていたRYOだが、海外はまだ全然、というタイミングで飛び込んできた話だった。

些《いささ》か駆け足な気もするが、悪くないタイミングだ。社長はやる気満々。本人も、憧れていたバンドとコラボができることに興奮している。これが成功したら、ワールドツアーもいけるかも！　と、社内で囁《ささや》かれている状況だ。ちなみにマスコミにはまだ公表していないので、一部の人間しか知らないことだが。

今回は、その契約の最終的な確認のために、遠路はるばるニューヨークにまで足を運んだのだ。

契約は最終段階とはいえ、まだ確定ではない。いつ、この話がなかったことになるかわからない。最後まで気が抜けないので、十分に気を引き締めて敵陣に乗り込む覚悟を決めていた。……当の本人は、のほほんとした表情で「マンハッタンは活気がありますね」なんて微笑んでいるが。

顔合わせと、生の歌声確認のため、余裕を持って一週間滞在する予定だ。

ほどなくして、リムジンが止まった。車から降り、各自自分の荷物を受け取る。そしてリムジンの運転手にお礼を告げた。

「よし、行くぞ」

専務の後ろ姿をふたりで追いかけていたのだけど、蒼馬君が突然歩みを止めた。彼が見上げる先は、首が痛くなりそうなほどの高層ビル。そしてビルのエントランスに堂々と記されているのは、私たちの取引相手――Music & Entertainment Record Inc.――通称、MER《メル》。

流石《さすが》アメリカのレコード会社最大手と名高いMERだ。建物からしてすごい。

「持ちビルですよね。規模が大きすぎる……」

蒼馬君のつぶやきに激しく同意だ。何階まであるのかわからないほど立派なビルを所有する、大会社。うちだって日本では大手レコード会社として知られているが、レベルが違う。規模を比べて眩暈《めまい》がしそうになった。

「なにやってるんだ？　ほら、行くぞ。ああ、言い忘れてたが、ここの社長は気のいいおじさんで人格者なんだが、今は体調が万全じゃないとかで、実質的には息子が仕切ってるんだよ」

「え、息子さん？　その人が新しい社長さんなんですか？」

蒼馬君の質問に、専務は首を振る。

「いいや、息子は副社長だ。確か就任が去年だったか。まあ、まだ一年ちょっとだが、すっげー切れ者で恐いって話だぜ？　お前らも気に障る真似《まね》しないよう気ぃつけろよ〜」

蒼馬君の顔に緊張が走った。

エントランスに入り、受付でアポの確認をとる。ビジター用のカードを三枚受け取り、広々とした待合い室のソファで待つこと十五分。ようやく担当者が現れた。

『クラウン&ミュージックレコードの皆様ですね？　リチャードです。お会いできて光栄です』

大柄な身体に人のよさそうな笑顔。陽気な空気をまとい握手を求めてくるのは、この企画のプロデューサーをしているリチャード・ハリス。近くで見るとデカい。一九〇センチはありそうだ。

更科専務が流暢《りゅうちょう》な英語で対応する。蒼馬君と私を紹介し、私たちも握手を交《か》わした。

『おや？　そういえばヤスはどちらに？』

いるはずのもうひとりが見当たらないため、リチャードは私の背後に視線を投げる。

『申し訳ありません。彼は虫垂炎《ちゅうすいえん》で入院しておりまして、今回はマネージャーの私がアシスタントをさせて頂きます』

『なんと！　彼は入院しているのか……。大変だな。それならまた次回に会えるのを楽しみにしていよう』

大げさなまでのリアクションは、流石《さすが》アメリカ人というかなんというか。

この企画の日本側プロデューサーである、ヤスこと安永《やすなが》さんは、実は出発前夜に緊急入院してしまったのだ。その旨メールで連絡はしたんだけど……確認していないんだな、リチャード。

荷物を預かってもらい、案内についていく。高級ホテルのようなロビーにドギマギしていたが、フロアを上がれば普通のオフィスだった。日本のオフィスよりも広々として、空間が広く取られているから、開放的なイメージがある。

各部署の前を通り、収録スタジオなども軽く案内される。至るところに貼られているポスターは、当然ながら所属タレントやミュージシャンのもの。大物アーティストの直筆サイン入りポスターなんて普通に画鋲《がびょう》で貼られていて、すごいと内心つぶやく。これ、ファンが見たら『そんな通路に無造作に貼るなんて！』とか言って絶叫しそう……

皆でエレベーターに乗り込んだ。

こっそり専務に、「会議室にでも通されるんですか？」と尋ねれば、彼は首を振って否定した。

「今からボスに会わせてくれるんだってよ」

「ボスって、彼の上司ですか？」

ふむ、ジェネラルマネージャーとか、そんな役職の人だろうか。アメリカ人の言う上司《ボス》はすぐ上の人なのか、もしかしたらもっとお偉いさんなのか、見当がつかない。

私の英語力は、一応ビジネス英語が通用するくらいのレベルだ。通訳もいないなか、複雑な契約内容でも語られようものなら……

いや、大丈夫でしょう。専務は適当に見えるおっちゃんだけど、英語はペラペラだ。そのあたりは彼にまかせておけば問題ないはず。

エレベーターが止まった。降りた瞬間から、先ほどまでとは明らかに格が違うフロアだとわかる。カーペットもふかふかだ。些《いささ》か、ヒールが引っかかる。

両開きの扉の前で立ち止まり、リチャードがノックした。私たちを連れてきたと言うと、なかから低いバリトンが響く。その声は、思った以上に若くて、逆に妙な緊張感を覚えた。ピリッとした空気を感じながら、蒼馬君の肩を軽く叩く。

「行こう、ＲＹＯ」

「はい」

主役を促《うなが》しなかへ入る。この部屋の主が立ち上がった。

「お会いできるのを楽しみにしていました。ＭＥＲの副社長の、ライアン葛城《かつらぎ》と申します」

流暢《りゅうちょう》な日本語で私たちに友好的な挨拶《あいさつ》をするのは——

「ヒロキ……」

声に出たのかわからないほど小さなつぶやきは、幸いなことに誰の耳にも届くことはなかった。

◇◆♪◆◇

まさか、なんで。嘘、こんなことが——

葛城大輝《ひろき》——。記憶のなかの彼は、着崩したブレザーの制服に派手な髪色とピアス、ブレスレットやネックレスをじゃらじゃらとつけている少年だった。ひと言で言えば、チャラい。軽くて不真面目な悪戯《いたずら》好きの少年で、教師もご両親もずい分手を焼いたらしい。

だが今、目の前に佇《たたず》む彼に、そんな昔の面影はない。

上質なスーツ、短く清潔感溢《あふ》れる黒髪、甘さのない鋭い双眸《そうぼう》。浮かべられた笑みに柔らかさは欠片《かけら》もない。だが不思議と目が引きつけられる。まとう空気は、王者の品格。同一人物ではないのでは？　と疑いたくなるほどの成長ぶりに、私は息を呑んだ。十年の年月を実感せざるを得ない。

自分の意思とは関係なく、その眼差しに一瞬で囚《とら》われる。身体のなかを、得体の知れない電流が駆け巡った気がした。

「優花さん？」

「……っ！　なに？」

数秒、思考が停止していたらしい。隣からの呼びかけに、我に返った。動揺を気づかれないよう、いつも通りを装《よそお》う。蒼馬君を見上げれば、彼が目で移動を促《うなが》してきた。

「ああ、ごめん。行きましょう」

副社長室に設けられている応接セット。そこに座るよう言われていたようだ。座り心地のいい黒のレザーソファに腰を下ろした直後、彼の秘書と思《おぼ》しき若い男性がコーヒーを持って現れた。

『ありがとうございます』

私の声ににこりと会釈《えしゃく》を返した茶色い髪の男性は、雰囲気も柔らかく、この部屋の主とは正反対の空気を持っている。蒼馬君と近い雰囲気の癒《い》やし系だが、彼はすぐに部屋を出ていってしまった。ひとりで重く感じている室内の空気が、さらにずしんとのしかかる。

だがそんな私の心の内になど気づかず、専務が口火を切った。

『改めて、はじめまして。クラウン＆ミュージックレコードの更科と申します』

名刺を出した専務を見て、私も自分の名刺を取り出す。

『RYOのマネージャーの、雨宮優花です』

ライアン葛城と名乗った副社長に、動揺を隠して名刺を手渡した。彼がほんのわずかの時間、私の名刺を凝視する。なにか言われるのではとヒヤリとしたが、結局何事もなく、名刺はテーブルの上に置かれた。

少し緊張気味の蒼馬君をリラックスさせるように、リチャードがフレンドリーな口調で話しかける。

『私は日本語はしゃべれないんだが、RYOは英語はいけるかい?』

ゆっくりした話し方だ。

『ええっと、日常会話を聞き取るくらいですが……』

『それなら問題ないよ! ジェスチャーだろうがなんだろうが、ようはお互い伝えたいことがなんとなくでも通じればいいんだから』

リチャードはニカッと笑って、蒼馬君を安心させる。なんとなくでも通じればコミュニケーションには問題ないなんて、実におおざっぱだ。でもその言葉に、蒼馬君は安堵《あんど》したように頬を緩《ゆる》めた。

『で、ユウカは英語には問題なさそうだな。通訳はつけなくていいよね』

ネイティブには遠いけど、これくらいなら問題ないので頷いておく。

『RYOの評判は聞いているよ！　ヤスにCDを送ってもらったが、君の歌声は素晴らしいね。歌唱力も音域の広さにも惚《ほ》れ惚《ぼ》れするが、なによりその声質が神秘的《ミステリアス》だ。心地よく耳に残る。バラードやシャンソンもいいが、ロックやゴスペルなんかもいけるんじゃないかと、アイディアが尽きないよ』

『光栄です』

ペラペラと話すリチャードに、時折専務が答え、蒼馬君が相槌を打つ。口を挟む暇もなかったため、私は先ほど出されたコーヒーを飲んでいた。

きっと高級な豆を使ったおいしいコーヒーのはず。なのに、苦さはおろか味がしない……

だけどそれは、コーヒーに原因があるわけではない。味が感じられないのは、会話に加わりながらも、その実じっくり私を観察している男のせいだ。彼は、私の一挙一動を見逃さず、些細《ささい》な表情の変化も凝視している。

そんなまとわりつく視線と気配を無視し、ひたすらリチャードの会話に耳を傾ける。雑談に聞こえる三人の会話だが、そんな何気ない話からヒントを得て、今後の進行や企画の構成が固まっていくのだろう。

集中しないと。もう仕事は始まっているのだから。

『――それでは、続きはまた明日にしよう。今日は到着したばかりで疲れただろう？

契約書のサインを含め、明日また来社してもらえるだろうか？』

『ええ、もちろん構いません。我々はこのプロジェクトを成功させるために来たので、
それ以外の予定は特に入っておりませんから』

専務の答えを受けて、リチャードが視線で副社長にうかがいを立てる。彼が頷き返したので、リチャードはほっとした顔をした。

『いや～助かったよ。実は契約書の社長のサインが一ヵ所抜けていてね。気づいたのが昨日で、明日にならないと完了できないんだ。こちらの不手際で申し訳ない』

『そうでしたか。我々は大丈夫ですよ。明日でもきちんと契約が交《か》わせるのであればね』

アハハと笑いあうおじさんふたりは、どうやら意気投合したようだ。これが表面上の乾いた笑いでなければ、だが――

ふたりの真意を正しく推しはかれるほど、私はまだ修業ができていない。

すっかり空《から》になった白磁のコーヒーカップに視線を向けた直後、ずっと意識し続けていた人物がふいに私を呼んだ。

『ミス・アマミヤ。君は今回のプロジェクトをどう思っている？』

大きく跳ねた心臓を宥《なだ》め、こくりと息を呑む。

『……とても、興奮しております。絶対に成功させたいです』

これが、この人とのはじめての会話だ。真っ直ぐ視線を合わせてそう告げると、言いようのない感情が込み上げた。

ずっと会いたかった人。でも会いたくなかった人。

――私の弱さと過去の負い目を突きつけられるから。

忘れようと思い続けていた人物は、想像以上に魅力的な大人の男になっていた。昔よりもさらに人を引きつけるカリスマ性を備え、男性的な色気を身につけ――

二、三言葉を交《か》わしただけで、囚《とら》われそうな錯覚を覚える。

そろそろ退室しようと立ち上がった私たちに、リチャードが声をかけた。

『そうだ、今うちの所属アーティストがスタジオで新曲の収録をしているんだが、見学していかないかい？』

『え？　いいんですか？』

リチャードの言葉の可否を確かめるように、蒼馬君は副社長にちらりと視線を投げた。

副社長が笑顔で頷く。

『ああ、好きに見学するといい』

蒼馬君が嬉しそうに微笑んだ。

じゃあ行こう！　と先導するリチャードに続いて、専務と蒼馬君が出口へ歩き出した。

私も急いで書類などを片づけ、彼らに続こうとした。——が、私が出ていくはずだった扉は、目の前でパタンと閉じられてしまう。

「え……」

横目で確認すると、扉を押さえる長い腕が見えた。背後に人の熱を感じた直後、大きな手に左肘を掴まれる。

その行動に混乱するよりも先に、身体に甘い痺《しび》れが走った。

心臓が大きく跳ね、血液が沸騰するようにさえ感じる。

冷静になるため一度息を吐いてから、私は背後を振り返った。

少年のころよりも伸びた身長。端整なアジア人寄りの顔立ちは、男らしい精悍《せいかん》さが際立つ。見下ろす眼差しは獰猛《どうもう》で鋭く、甘さの欠片《かけら》も見当たらない。先ほどまでの営業スマイルは消え去り、私に向けられるのは捕食者の目だった。

「久しぶりだな？　優花《ゆうか》」

「……っ、ヒロキ……」

少年っぽさがなくなった声が、〝優花〟と正しい発音で私の名を呼ぶ。英語なまりではなく、日本人の発音で。記憶のなかの少年と目の前の男性が重ならず、違和感を覚えた。でも、それはきっとお互いさまだ。彼だって十年の年月を感じているに違いない。あのころと今の私じゃ、見た目も中身もだいぶ変わったはずだから。

腕を掴まれたままじっと目の前の男を見上げる。彼との身長差ゆえに首が痛い。

急速に引き寄せられるこの引力を、どこかで断ち切らなくては――。このままでは、泥沼にはまってしまう。

速まる鼓動を宥《なだ》め、喉から声を絞り出す。

「久しぶり。元気、だった？」

葛城副社長……もとい、大輝は眉根を寄せた。言葉選びを間違えただろうかと、不安がよぎる。でも、彼から久しぶりと言ったのだし、間違ってはいないはず。

彼が私のことを覚えていたことに、戸惑いと同じくらい、嬉しさが込み上げる。

掴まれている腕を振りほどけないのは、かつて一度、思いっきり振りほどいてしまったことがあるから。あのときのことを、私は後悔と切なさとともに、ずっと忘れられずにいる。だからだろう。今、彼から向けられる熱に甘さはないのに、触れられて嬉しいと感じるのは。

けれど、その本心を悟られるわけにはいかない。私はさっと視線を逸らした。

至近距離で、彼は私の顎《あご》に手をかけ、上に向かせる。そして眼前で、色気に満ちた大人の男が挑発的に微笑む。

「ああ、元気だったぜ？　身体はな」

「……っ」

それは、心はそうではなかったと告げているのだろうか。

かつて自分が彼に放った、酷い言葉が甦《よみがえ》る。本心と偽《いつわ》りをまぜて告げた、その言葉。二度と私を追わないよう、子どもだった私にできる最大限の方法で、あの日彼を突き放したのだ。忘れることができない、苦すぎる思い出。

だが過去は変わらない。私は意識的に無表情を装《よそお》い、平淡な声を出した。

「そう。元気だったのならよかった。元から丈夫だったものね」

「振った相手を心配するほど、お前はお人よしでバカだったか」

「……いい加減そろそろ離してください、葛城副社長」

投げられる言葉の刃《やいば》など痛くない。むしろ、彼が忘れずにいてくれたことを喜んでいる私がいて――。どうかしている。

他人行儀な口調に気分を害した風もなく、彼は手を離した。その隙に一歩、二歩距離を置く。

用がないなら行ってもいいか。そう訊こうとしたところで、彼に先手を打たれた。

「なにか言いたいことはないか」

腕を組んでじっと見つめてくるその姿は、傲岸不遜《ごうがんふそん》で、〝俺様〟という表現がピッタリ当てはまる。

同じ歳とは思えない貫禄は、きっと、上に立つ者としての責任と矜持《きょうじ》を認識しているからだろう。

「ライアンってミドルネームよね？　今はそう名乗っているの？」

彼の本名は、大輝ライアン葛城。お父様は日本人とアメリカ人とのハーフで、お母様はアメリカ生まれの日系二世。

私が出会ったころ、彼はミドルネームであるライアンをほとんど使っていなかった。その理由も訊いたことはなかったが、今〝大輝〟と名乗っていないことに違和感があったのだ。

「ライアンのほうが発音しやすいだろ。それだけだ」

つまらないことを訊かれたと、わかりやすく表情に出す。ここは、昔と変わらない。ビジネスのときならまだしも、プライベートの彼は表情が読み取りやすいようだ。そしてそれは、苛立ちもすぐにわかるということ。だが、あえて彼が望む発言をしなかった私にとって、その表情は懐かしい。

軽くうつむき視線を逸らした私に、大輝は「まあいい」と切り上げた。そしてどこか人を食ったような微笑を浮かべる。

「こうやって再会することになるとはな。世界は狭いってわけだ」

くつくつ喉で笑う彼に、小さく「そうね」と返した。

「お前は知っていたんじゃないのか？　まさか、取引先のトップのことも調べずに来たわけじゃないだろう」

「……残念だけど、そのまさかよ。私は彼のマネージャーで、契約に関しての内容を把握してはいたけれど、直接のやり取りは他の人間がやっていたし」

「……俺がレコード会社の経営者一族だってことは、忘れていたわけか」

忘れたわけではなかった。かつて、彼の父親——すなわち現在のMERの社長から、直接名刺を渡されたことだってある。だが、その名刺は帰国後すぐに、実家の引き出しにしまい込んでいた。それに、この会社もその後経営方針が変わったのか、社名が一部変更されていた。

加えて、彼の一族の会社がどこなのか、私があえて情報を入れなかったというのもある。そして、忘れようと努力をしていたことも——

でも同じ業界に就職した時点で、もしかしたらほんの少しだけ接点を期待していたのかもしれない。

矛盾だらけの自分の心にため息を零しつつ、「名前が変わったから気づかなかったの」と返した。

「あくまでもそうくるか。もう、俺に対して興味もなければ関心もないと。……なら話は早い。お前が俺を無視できないようにしてやるよ」

「は……？」

距離が一歩詰められる。毛足の長いカーペットに吸収されるから足音はしないが、近づかれた分当然ながら威圧感が増して、私は反射的に後ろへ下がった。

「ここで会ったのもなにかの縁だ。俺は二度とお前を手放す真似《まね》はしない」

「なっ……!?」

手首を掴まれ引き寄せられる。身体は密着したが、彼が私の腰に手を回すことはなかった。

二度と手放さないだなんて、まるで愛の告白みたい――なんて、自惚《うぬぼ》れるはずがない。

彼の目に浮かぶ、複雑に絡み合う感情。そのなかに、憎しみにも似たものが込められていることくらい、私にもわかる。

間近で、記憶にはない匂いを感じた。この人はもう、私が知っていた彼ではない。十年の年月を改めて思い知らされ、無意識に口を引き締める。

たとえ報復を受けることがあっても、弱さや隙を見せてはいけない。

睨《にら》みつけるように見上げれば、うっすら嗤《わら》う彼と視線が交差した。キスができるほどの近さだが、瞬《まばた》きも、視線を逸らすこともしない。怯《ひる》んだら負けだ。

「契約書の不備が、逆に都合がいい」

「どういう意味？」

「ギリギリになって気づいたとは、たまには担当者もいい仕事をするものだ。――お前が俺との取引に応じるかどうかで、この企画《プロジェクト》の行く末が変わる」

「……なに言ってるか、わかってるの」

ニッと嘲笑《あざわら》うように、大輝は口角を上げた。

「俺の退屈しのぎに付き合うと約束するなら、RYOの公演を成功させ、その後の全米デビューを全面的にバックアップしてやるよ。だがここで断れば、明日日本にとんぼ返りだ」

「っ！」

退屈しのぎに付き合うというのがなにを意味するのか、わからないほど子どもではない。仕事を盾に、身体の関係を迫られているのだ。

私が彼の要求に応じなければ、今までがんばってきたことが無駄になる。

「真面目な優等生、いい子ちゃんなお前なら、周りの期待に応《こた》えずにはいられない。だが断ってくれてもいいぞ。俺は別に痛くも痒《かゆ》くもない。RYO《あいつ》がここで〝売れる〟という確証はまだないんだ」

ギリ、っと奥歯を噛《か》みしめた。

「最低……」

「最低な男にしたのはどこの誰だ？」

睦言《むつごと》でも囁《ささや》くかのような、色香を含んだ声。そんな場合ではないと思うのに、頬に熱が集まる。だが同時に、告げられた言葉が私の心を刺す。

「返事は今でなくていい。明日の正午、ホテルまで迎えを寄越す。そのときに聞かせてもらおう。逃げたらどうなるか――わかっているよな？」

デスクに置いてある自社のロゴマーク入りメモを引きちぎり、彼はさらさらとペンでなにかを書き綴《つづ》った。渡されたそれは、彼のスマホのプライベート番号のようだ。

ひったくるように受け取り、私は振り返ることなく部屋を飛び出した。

◇◆♪◆◇

「優花さん、今までどこに行ってたんですか？」

副社長室を飛び出た後、通りかかった社員の人たちに尋ねて、なんとか蒼馬君たちに合流することができた。

「お手洗い行った後迷っちゃって」なんて、いかにもありそうな言い訳を口にしたところ、蒼馬君は納得してくれたらしい。

レコーディングスタジオでは、休憩中のバンドのメンバーと蒼馬君、そして専務が和《なご》やかに話をしている。その様子にほっとして、壁にもたれた。

脳内をぐるぐると、先ほど大輝に告げられた言葉が巡る。目の前には、嬉しそうに音楽について語り合う蒼馬君。自分はどうすればいいのか、思考がバラバラになってまとまらない。胸の奥が軋《きし》んだ。

わからない……

とりあえずもう、寝てしまいたかった。

そろそろ夕方の五時過ぎだ。実際のところ、ここらで早めに身体を休めることも考えないと。自分だけでなく、蒼馬君と専務の体調に気を配るのも仕事のうちだ。

今日は帰る旨を告げ、見送りに出てくれたリチャードに挨拶《あいさつ》をしてから、イエローキャブに乗り込んだ。

「おい、雨宮。ホテルはどこにしたんだ？」

「MERからそんなに遠くない場所ですよ。サブウェイでも行ける距離で、車でも二十分あれば着くところ……。あ、あそこですね」

私が予約の手配をしたのは、日本にも名が知られているビジネスホテルだ。清潔で、ちゃんと眠れれば問題なしという考えのもとのセレクトだったが、専務は「折角だからあのホテルに泊まりたかったぜ」と、車窓から見える高そうなホテルを指差した。

「あんなところに連泊なんてできるはずないじゃないですか。経費の無駄です。セキュリティが万全で、クリーニングが行き届いており、交通の便がよくてそこそこな値段のホテルを探すのにどれだけ苦労したか。いくら夏休みが終わった時期だと言っても、ニューヨークなんて常に世界中から人が来るんですから。ホテルはすぐに埋まっちゃうんですよ」

「へいへい、わかってますよ」

目的地へ到着し、チェックイン手続きに入る。

長袖のスーツを着た金髪の女性が対応してくれた。

代表として私の名前で三部屋取ってあるので、まとめてチェックインしようとしたが――

『え？　二部屋しか取れていない？』

『はい。ご予約は二部屋と承《うけたまわ》っております』

『いえ、そんなはずは……確かに三部屋予約してあるんですけど』

プリントしてきた予約完了の紙を渡せば、彼女は不思議そうな顔をしながら再度調べはじめる。

しかしなにかに気づいたのか、申し訳なさそうに『こちらのシステムでは二部屋しか承《うけたまわ》っておりません』と告げた。

『え～……っと、それじゃもう一部屋空いていますか？』

返って来た答えはＮＯだった。

まさか予約したはずの部屋が取れてなく、そして満室とは。海外でこの手のトラブルはよくあることだとわかってはいても、疲労感が増してしまう。

仕方がない、ふたりに部屋を譲って、私はどこか違うホテルへ移動するか……。幸い、この辺りはホテルが集まっていることだし、ひと部屋くらいすぐに見つかるだろう。

諦めて二部屋分のチェックイン手続きを進めようとしたら、それまでどこかへ電話をかけていたお姉さんが笑顔で私に告げた。

『すぐ近くの系列ホテルに空きがありますので、そちらに部屋をご用意させて頂きます』

『え？　可能なんですか？』

疑問符を浮かべた私に、彼女は完璧な笑みで『グループ会社なので』と言った。

フロントで名前を告げればいいとのことなので、ロビーのソファで座っているふたりのところに向かう。彼らに、このホテルのカードキーを手渡した。

「それじゃ、私はこれで。夕食は七時にここで待ち合わせにしましょう」

「って、雨宮。お前は何階なんだ？」

「聞きようによってはセクハラになりますよ」

「部屋番号まで聞いてないだろう」

わざと誤魔化したが、当然ながらかわされる。とりあえず事実を告げて、自分はすぐ近くのホテルへ移動すると伝えた。

「優花さんだけ違うホテルなんですか？　部屋が取れてなかったたって……」

「そりゃよくあることだが――。で？　どこのホテルなんだ」

　正直に言えば専務は「ならそこには俺が泊まろう」と言い出した。

「いいですけど、ランク的にはここと変わらないと思いますよ？　また暑いなか、スーツケースをガラガラ引いて十分ほど歩きますが。それでも構わないのでしたら――」

「部屋が取れなくて残念だったなぁ、雨宮君。気をつけて行くんだぞ」

　ガシッと蒼馬君の肩を抱いてエレベーターに向かう専務。

「僕が代わっても……」

　蒼馬君の声が聞こえたが、「お前はひとりで外に出るな」と専務に言われていた。

　ふたりがエレベーターのなかに消えたのを見てから、私はデカいスーツケースとキャリーケースを持って、再び暑い外に出た。

　汗をかきかき歩くこと十数分。到着した新しいホテルは、あれ？　と首を傾げるほどに、豪華な外装をしていた。先ほど専務が泊まりたがっていたホテルと同じレベルに見える。

　まさかここ？

　ラグジュアリーな雰囲気たっぷりのロビーに、立派なシャンデリア。適温に設定された内部は涼しくて、外の暑さが嘘のようだ。すぐにホテルのボーイさんが、私の荷物を預かってくれた。

本当にここで大丈夫か――。ドキドキしながら、フロントに行く。

『先ほど部屋を取って頂いたユウカ・アマミヤと申しますが……』

『承《うけたまわ》っております』

にこやかに応対してくれた男性に、ルームキーを渡される。こんなにスムーズに？

驚きを隠せない。

一泊だけとしても、宿泊代が怖すぎる。そう思い、チェックアウトの時間とともに料金を尋ねれば、彼は何故か首を横に振った。

『え？　無料？』

『こちらの不手際ですので。宿泊代は頂きません』

今までそんなサービスを受けたことはない。

いいのだろうかと戸惑いつつも、疲れていたこともあって、ありがたく甘えることにした。

チェックアウトの時間は十一時。朝は問題なさそうだ。

私は夕飯の待ち合わせ時間まで、ゆっくり過ごすことに決めた。

シャワーを浴びて汗を流し、簡単に化粧をする。時間を確認すると、自分が告げた約束の時間まであと三十分だった。そろそろ出かけたほうがいいだろう。

堅苦しいスーツやジャケットは脱いで、シンプルなワンピースに着替える。髪は再びクリップで留めた。

「そういえば、あそこのホテルに明日から部屋が空いているか、訊き忘れた……」

すっかり戻る気でいたけれど、まずは空きがあるか確認せねば。薄手のカーディガンを手に、貴重品をスーツケースに仕舞ってから部屋を出た。

待ち合わせ時間前に着いたので、フロントにいた先ほどのお姉さんに尋ねた。回答はというと、ちょうど私たちが帰国する日に空くとのこと。

「……それじゃ、意味ないわ」

がっくり項垂《うなだ》れたくなる。ならばと、今私が泊まっているホテルに宿泊を続けることは可能かと訊けば、あっさり『OK』と言われた。

『こちらから連絡しておきますね』

『よろしくお願いします』

とりあえず、滞在場所はなんとかなったらしい。よかった。いや、お値段的にはよくない。無料なのは、今夜の分だけだろう。一週間はここに滞在する予定なのだ。残り日数分の宿泊費が一体どうなることか——

「優花さん、どうされたんですか？」

ロビーに下りてきた蒼馬くんに声をかけられた。

「うん、いつから部屋が空くか確認したんだけどね、タイミング悪く私たちが帰るまで満室だっていうからさ。私はこのままあのホテルに泊まるわ」

「大変ですね……。いっそ皆でそっちに移動したほうが、優花さん楽なんじゃないですか？」

「楽は楽だけど、大丈夫よ。移動する時間を考えたらそれも手間だし。私がいない間は専務と行動してね」

プラスふたり分の部屋代が怖い……なんて本音は言えない。

専務を待つ間にガイドブックで日本食レストランを調べると、近場に数軒あることがわかった。

お店を絞り込んでいたら、ようやく専務が「悪い悪い」と手を振りながらやってきた。

「んじゃ行くか～。ＲＹＯはちゃんとグラサンかけておけよー」

「了解です」

海外だからって気を抜けないのは芸能人の宿命だ。日本人が多いから、どこでバレるかわからない。私も紫外線防止用の帽子を被り、日が陰ってきたもののまだ明るい外を、三人で歩いた。

◇◆♪◆◇

「……食べ過ぎた」

調子に乗っていつもと同じ品数を注文したが、一品ごとの量が多すぎた。

ホテルに戻りぐったりとベッドの上で寛《くつろ》ぎながら、目を瞑《つぶ》る。浮かぶのは、彼との取引のことだ。

期限は明日の正午。それまでに私は覚悟を決めなくてはならない。

彼の言いなりになるか、なんの成果も出せないまま日本に戻るか。

後者の選択は絶対にできない。

会社全体の期待を背負っているこの案件を、私ひとりの事情でだめにすることなんてできるはずがない。

なのに、あの男は平気で私情を挟んでくる。自分の言いなりにならなければ企画を白紙に戻すなんて、脅し以外の何物でもない。

横暴だと憤《いきどお》る一方で、甘い喜びを感じる自分がいる。

忘れられていなかったことも、仕事を盾に関係を求められることも、心のどこかで私は嬉しく思っているのだ。

この取引を持ちかけてきたのは、私への執着が残っている証拠だと考えてしまう。本当にどうでもいい相手なら、彼は無関心を貫《つらぬ》くはずだから。

「……浅ましいほど都合のいい解釈だわ。大輝がまだ私に好意を持っているかもなんて」

そんなことはあり得ない。だから、いくら今、私が彼に再び心を奪われていたとしても、その本心は絶対に気づかれてはいけないのだ。

アラームを七時にセットし、ひとりで寝るには大きいダブルベッドに潜《もぐ》り込んだ。

しかし本格的に眠気がくる前に、スマホの着信音が流れた。

見覚えのない番号。ホテルの電話から、蒼馬君か専務がかけてきたのかもしれない。

「はい、もしもし」

『すぐに出たのはほめてやる』

「……っ、大輝」

電話越しの声を聞いただけで、心拍数が上がる。私の名刺に書かれている電話番号に早速かけてきたのだ。

『明日の朝七時にホテルのロビーで待ってろ。迎えに行く』

「はい？」

意味がわからない。

困惑している私に、彼は『朝飯に付き合え』と言った。

朝ごはんは各自でとることになっているので、私があっちのホテルに行く必要はない。

だから適当にすませようと思っていたのだが……

「約束の時間は正午じゃなかった？　ずい分早いんじゃないの」

『正午とは言ったが、それより早いのがだめだなんて言っていない。そして、正午まで会わないとも言ってないな。リミットが正午だ。返事については、俺はいつでもいいぜ？』

「……ムカつく」

大輝は、喉の奥でくつくつと笑いを零す。

『七時にロビーまで下りて来なかったら、直接部屋に押しかけるからな』

一方的にそう告げて、彼は電話を切った。

どうして私が泊まっているホテルを把握しているの。押しかけるって、部屋番号まで
わかるはずがない――

数々の疑問が頭をよぎるが、考えるだけ無駄だ。

私はスマホを強く握りしめた。

2

高校二年生の二学期。私は通っていた学校の姉妹校へ、交換留学に行くことになった。ニューヨークにあるそこは、姉妹校といっても、基本はアメリカの私立校。話す言語は英語が主だ。

ホームルームが存在しないアメリカの高校生活で、緊張感に溢《あふ》れていた留学初日。選択科目の化学の授業に遅れてやってきた男子生徒がいた。

黒髪に金と赤のメッシュ。着崩した制服に、ネクタイはしておらず、代わりにドクロなどのネックレスをじゃらじゃらつけている。そして耳には複数のピアス。

ひと言で表せば、チャラい。

軽くてチャラくて、不良の香りが漂《ただよ》うその彼は、真面目が取《と》り柄《え》と言われる私には縁のない人種だ。

留学先で平穏な生活を送りたい私が近寄らないでおこうと決めるのに、時間はかからなかった。

それなのに――授業終了後、彼は一度も目を合わせていない私の手首を突如掴み、クラスメイトの前でこう言ったのだ。

『ひと目惚れした。付き合ってくれ』

お互い初対面で、名前も知らない。ひと言も話してもいない。

ひと目惚れされる要素がないことくらい、自分自身よくわかっている。きっとからかわれているか、罰ゲームなんだろう。

そう判断した私は、『軽くてチャラい人は嫌いです』と告げて腕を振り払い、その場を去った。

周りが大きく息を呑む気配を感じたが、あっさり無視して私は次の授業へ向かった。

それが、私と彼――葛城大輝との出会いだった。

それから数日後。

私は、校長室に呼び出されていた。

『息子を更生させてもらえないだろうか』

ある人物を筆頭に、次々と数名の教師が頭を下げる。

生まれて十七年、大人たちから頭を下げられる経験などそうあるはずもない。声も出せずにびっくりしている私に、大輝の父親と名乗った男性が、ここ数日学園をにぎわせている彼について語った。

『更生というのは言い過ぎかもしれんが――私たちがいくら言っても聞く耳を持たな

かったのに、たった数日であの子はいい意味で変わった。髪を黒く染めただけじゃない。だらしなく着崩した制服もきちっと着るようになり、自宅の勉強室に向かうようにもなった。その姿を、家の者が何人も目撃している。毎晩車を飛ばして夜遊びに行くこともなくなり、うちの弁護士も安堵《あんど》しているよ。聞けば、あいつは君に公開告白をしたと言うじゃないか』

突っ込みたいところがいくつもある。

勉強室ってなんだ。夜遊びなんて高校生のくせにそんなことしてたの？　弁護士ってどういうこと。

そして最後に言われた〝公開告白〟という単語。思わず、目が据わる。

大輝の父親が、渋面《じゅうめん》を貼り付けたまま再び頭を下げた。

『親としても情けないが、協力してもらえないだろうか。節度ある学園生活を送るよう、うちの愚息を真面目に……いや、少しでもまともな高校生にしてほしい』

真面目な、と言おうとして咄嗟《とっさ》に無理だと判断したらしい。

私ははっきり『お断り致します』と答え、その場を辞そうとした。しかし、校長に止められる。

校長の話をまとめると、どうやら葛城家は、この学園の創立に深くかかわった家柄らしい。

そして葛城さんは大手レコード会社の社長であり、この学校の理事会役員でもある。

つまり色々な大人の事情がある、というわけだ。

『恥を忍んでお願いしたい』と再度頭を下げられれば、『あまり期待しないでくださいね』と言って引き受けるしかなかった。

まったく、「自分のアイデンティティーはどうした！」と訴えたくなるほどの、あいつの変わりっぷりが憎い。

なぜなら軽くてチャラい人が嫌いと言えば、彼の見た目は、翌日にはシンプルなものになっていたのだ。

そして私を見かけるたびに『ユウカ、俺と付き合う気にはなったか？』と所構わず言ってくる。

その度に私はこう返した。

『授業をサボる人は嫌いです』

『不誠実で不真面目な人は嫌いです』

『頭の悪い人は嫌いです』

根が素直なのか、ただ単純バカなのか。

夜遊びや異性との関係をきっぱり断ち切って、彼はきちんと授業を受けるようになり、学生の本分である勉学に励むようになった。その変貌《へんぼう》ぶりに、教師からお礼を告げられたことは、一度や二度ではない。葛城夫妻からはたびたび有名店のお菓子が届けられた。食事をごちそうになったこともある。

過度な期待をされても困る——。余計な重責を背負わされた気分になり、はじめのころは彼の存在を鬱陶《うっとう》しがっていた。

それがいつしか違う感情が芽生えてくるなんて——

当初はまったく、想像してもいなかった。

◇◆♪◆◇

……懐かしくて、嫌《いや》な夢を見た。

ぼうっとする頭をゆっくり覚醒《かくせい》させていく。いつもは起きると忘れてしまうはずの夢が、今日に限ってははっきりと思い出せた。

それは記憶の彼方《かなた》に葬《ほうむ》り去っていたはずの、過去の断片。

当時、勉強ばかりしていた私は、自他ともに認める真面目な優等生だった。若干きつめに見える目と、すっとした鼻筋は、和風美人と呼ばれていた母親似ではある。

肩につくかつかないかのボブカットに、きっちり規定どおりに着た制服。

だが、決して美人といえるレベルではなく、華やかさの欠片《かけら》もない、本当に平凡な女の子だったのだ。ひと目惚れされる要素など、まったくないはず。性格も地味だったし、さらには他人を寄せつけない壁を作っていたと思う。

そんな、必要最低限の社交性しか身に着けていなかった私に、あの男は見えない壁を無理やりぶちやぶって、好き勝手言ってきたのだ。

「って、そんなことよりも、今何時？」

ベッド脇のデジタル時計を見て――目を見開いた。

「六時四十分⁉　六時に目覚ましセットしてなかったっけ？」

スマホを確認すると、午後の六時に設定してあった。ありえないレベルの初歩的なミスだ。

「まずい、早く仕度しないとっ」

来る。彼なら絶対、宣言通りここまでやって来る。

あの口ぶりから、私の部屋番号を入手するくらい造作もないのだろう。急いで準備をせねば。

長袖カットソーと濃い色合いのジーンズを着て、最低限のメイクをして六時五十五分に部屋を飛び出した。が――

扉を開けたと同時に、待ち合わせているはずの人物が目の前にいて、身体が硬直する。

「……なんでいるんですか」

「十分前になっても来なかったから迎えに来た」

「待ち合わせは七時ですよね？」

「日本人は待ち合わせ時間の十分は前に来ているはずだろう」

余裕をもって行動する人は確かに多いけど、そうとも限らない。そう言いたいのをぐっと堪《こら》える。

大輝はひと言「行くぞ」と言って歩き出した。お互い会話がないままエレベーターに乗り込み、無言でロビーまで下りる。

会話こそないものの、意外なことに、彼はひとりでさっさと先を歩いたりはしなかった。私の歩調にあわせて歩き、ホテルの扉も引いてくれて、私を先に行かせる。さりげなく、レディーファーストの扱いをされている。本人は意識していないのかもしれないが。

外に出て、ようやく私は口を開いた。

「どこに行くの？」

「朝飯。近くにコーヒーとベーグルがうまい店がある。ベーグルは嫌いじゃないだろ？」

問われて思わず頷く。

目的の店は、かつて来たことがある店だった。大通りから一本小道に入ったところに、十年経っても変わらず存在している。外観も内装も、記憶のままだ。

早朝だが、ビジネスマンで賑《にぎ》わっていた。テイクアウトの客も多い。大輝は店の奥のテーブル席で食べるつもりのようだ。

「なにが食べたい」

「え……っと、ブルーベリーベーグルとオレンジジュース、かな」

「コーヒーは？」

「搾りたてのフレッシュオレンジジュースが飲みたい気分なんです。コーヒーだって嫌いじゃないけど」

「そうか。なら俺もオレンジジュースにしよう。お前は座ってろ」

「はい？」

言うだけ言うと、彼は注文しに行ってしまった。

エリートサラリーマンの多いこのニューヨークのビジネス街でも、大輝の容姿は一際目につく。スーツを着たビジネスマンなんてたくさんいるのに、何故ああも人目を引きつけるのだろう。均整のとれた身体つきだけじゃない。滲《にじ》み出るなにかが、きっとその他大勢とは異なるのだ。

「オーラが違うってことよね……」

華やかな世界に住む人のみが持つ、独特な空気。自然と漂《ただよ》ってくるセレブ臭。

大輝のように圧倒的な存在感で他を魅了できる人間は、そういない。

ふたり分のオレンジジュースとベーグルを買って、彼が私の分を手渡した。

「あ、ありがとう。えっと、いくら？」

「知らん」

知らん、って。

彼が続けて「余計なことは気にしなくていい」と言ったので、とりあえずお礼だけ告げた。

オレンジジュースを啜《すす》ると、自然な甘さを感じた。見上げる彼も同じくオレンジジュースを飲んでいて、ふいに笑いが込み上げる。だってこの外見でオレンジジュースって……。食べているのもチョコレートチップベーグルだし。

「そういえば甘いの好きだったっけ」

思わず独り言のように漏れたつぶやきに、大輝が反応した。

「なんだ、興味がないんじゃなかったのか？　俺のことなんて」

じっと見据える視線からは、からかいよりも、なにかを確認するような鋭さを感じる。

口許《くちもと》は弧を描いているが、目は笑っていない。

「今思い出しただけよ。別に大した意味はないし」

「まあいい。で、今ならふたりきりだが？　一晩寝て考えた答えを今聞かせるか、時間ギリギリまで粘るか。どうするんだ」

答えなんてひとつしかない。でもここで言うのは癪《しゃく》だから、無駄なあがきをしたくなる。

「――ギリギリまで粘る。だから大輝がお昼にどこにいるのか教えて」

「細かいスケジュールなんて俺は知らん。思いつきで行動することも多いからな。タイムリミットまでに、俺を探し出せよ。社内のどっかにはいてやるぜ」

「いい性格してるわね」

にやりと挑発的に笑う彼。私も負けじと笑みを浮かべ、テーブルの下で拳《こぶし》を握りしめた。

◇◆♪◆◇

『Ms. Amamiya』

約束の時間ピッタリに専務と蒼馬君の三人でMERを訪れれば、昨日と同じく陽気で長身マッチョなリチャードが出迎えてくれた。大きく手を振る彼にお辞儀をして、朝の挨拶《あいさつ》を交《か》わす。

『おはよう、リチャード』

『時差ぼけは大丈夫かい？　RYOもよく眠れたようだな』

『はい。今日もよろしくお願いします』

礼儀正しい蒼馬君の態度に、リチャードが微笑み返す。彼はそのまま、とある部屋に私たちを案内した。

防音性に優《すぐ》れているとひと目でわかる分厚い壁。なかにはたくさんの楽器や機材が置かれていた。こういった練習部屋は、基本どこも同じらしい。

そんな室内には、先客がいた。隣に立つ蒼馬君がハッと息を呑む。

「れ、RAY'z《レイズ》……」

「え?」

「おお、マジだ。予定には入ってなかったよな」

専務の発言に、手元のスケジュール帳を確認する。……ない。顔合わせはもっと先の予定だ。

『君がRYOだな。会えるのを楽しみにしてたんだよ』

RYOがコラボレーションをする予定のバンド、RAY'zの三名は、椅子から立ち上がって近寄ってきた。

蒼馬君は頬を紅潮させながら握手を交《か》わしている。憧れの人たちに会えて、よほど嬉しいのだろう。

三人組であるRAY'zは、メンバーの名前の頭文字からそのバンド名ができている。茶髪でくるくるな髪がトレードマークのRussel《ラッセル》。赤毛でサングラス、ちょい悪オヤジ風で無精髭《ぶしょうひげ》が特徴のAndrew《アンドリュー》。そして短髪の金髪でタレ目がセクシーなYuJin《ユージン》。

デビューから二十五年。歳は皆、四十代後半だ。

目がバッチリ合った私は、慌てて手を差し出す。

『はじめまして、マネージャーのユウカ・アマミヤと申します』

『ユウカ、よろしく』

海外のミュージシャンと握手をしたのはこれがはじめてだ。楽器を操《あやつ》る手の皮膚は、硬くて温かかった。

『君たちはブロードウェイには行ったかい？』

赤毛のアンドリューに尋ねられ、予定はあるがまだだと告げた。

『ぜひ行くべきだよ。とってもエキサイティングでエネルギーをもらえる。いつもいい刺激を受けるんだ。本場のミュージックに触れて、インスピレーションをもらってこいよ』

そう言って、RAY'zのメンバーは去っていった。どうやら移動中だったのに、ひと言私たちに挨拶《あいさつ》をするためこの部屋で待っていてくれたらしい。

その気遣いと、嬉しそうな蒼馬君を見て——私にも覚悟が生まれた。

『リチャード、すみません。ちょっと少しの間、任せてもいいですか?』

『ん? いいよもちろん。なにか用事かい? レストルームなら案内させようか』

『いいえ、お手洗いではなくて……。ちょっと葛城さんに用事が』

『ライアンに?』

ほんの一瞬訝《いぶか》しむ顔をしたものの、彼はすぐに時計を確認した。

『今なら多分まだ部屋にいると思うよ』

そう言って、私にウィンクをする。

なにか誤解されているような気がするが、考えるのはよそう。私はこれから、戦いに行くのだから。

ありがとうございますと小声で告げて、私は専務と蒼馬君に気づかれないよう部屋を抜け出した。

大輝に逃げられては困る。あの男は、時間に遅れたら躊躇《ためら》わずこの企画をつぶすはずだ。

「決めたことを告げるだけよ。言ったら、早く戻ってこよう」

エレベーターに乗りフロアを上がって、昨日来た部屋に到着する。秘書に『どうされました?』と笑顔でにっこり尋ねられた。あの柔らかい雰囲気の男性だ。

『葛城さんに用があるのですが、彼はいますか?』

『ええ、どうぞ』

あっさり通された。おそらく、私が来たら通せとでも言われていたのだろう。

高層ビルからニューヨークの街並みがよく見える。

室内に入る私をニヤニヤ顔で眺めるその男は、窓際の椅子に座っていた。

「運がいいな。今戻ってきたばかりだ」

「それはよかったです」

「で？　決まったか」

彼は、厳《いか》めしい顔で近寄る私をおもしろがっている。

――昨夜の食事中、専務が言っていた言葉を思い出した。

『あの御曹司の黒い噂ならいくつか耳にしたことあるぜ。隙を見せたら臓物《ぞうもつ》まで喰《く》われるってよ。お前らも気をつけろよ』

デスクの目の前まで辿り着き、彼をじっと見つめる。

昔の彼は、こんな挑発的な笑みが似合う男じゃなかった。悪戯《いたずら》好きな悪ガキで、ワガママで傲慢《ごうまん》で。でも、根は素直。

その面影は、今では見当たらない。

変わってしまった大輝に向かって、私は精一杯、艶《あで》やかに笑ってみせる。

「女はね、二十七を過ぎたら、ニコニコしているだけじゃ生きていけないの」

ずるく、賢く、計算高く。

ビジネスの世界で生き抜くには、強くならなければ。

簡単には負けを認めず、涙だって見せない。まLてや、恋にうつつを抜かして足をすくわれるなんて、もってのほか。

私が彼の言いなりになるだけでこの仕事が成功するなら、それでいい。どんなに酷いことをされても、彼が相手なら、私は全てを受け入れる。

大輝は座ったまま私を見つめ続けた。

「お前の望みは？」

「この仕事の成功」

「お前が俺のものになるなら、全面的にバックアップしてやるよ。ＲＹＯがこの国でも成功できるようにな」

「口約束だけじゃないでしょうね？」

「それはこっちの台詞《せりふ》だ。お前の覚悟と、誓いの証《あかし》を見せてみろ」

書面には残せない。これはふたりだけの取引だから。

デスクを回り、彼の真横に立つ。精悍《せいかん》で野性味が増した彼の顔を至近距離で見つめれば、ふと、昔の姿が脳裏《のうり》に浮かんだ。軽く頭を振って過去の幻影を追い払い、大輝の頬を両手で包む。

薄く笑った彼の唇に、ゆっくりと自分の唇を合わせた。

『お前が俺のものになるなら――』

先ほど言われた台詞《せりふ》が、脳内で再生される。

「ふっ、ん……」

「舌、ちゃんと入れろ」

「……っ、んんッ」

お互いの唾液音が、辺りに響く。触れるだけのはずだったキスが、次第に深いものへと変わった。

彼は決して、自ら私の口内には攻め込んでこない。うっすらと目を開けると、ダークブラウンの瞳が私をじっと見つめている。

自分からは動かない。私が彼の頬を両手で包んではいても、彼は私に指一本触れてこない。

まるで、静かに命令を下す皇帝陛下だ。ただ仕える身の私は、主《あるじ》の要望通りに動くほかない。

彼を満足させられれば、解放されるはず。なのに、大輝の熱はなかなか上がらない。絡める舌に応《こた》えはするものの、するりと逃げる。ただこの状況を楽しんでいるだけのようで、満足する気配は伝わってこなかった。

正直、自分のキスに自信があるわけじゃない。人並みに経験はあるが、自分から積極的に舌を絡めあうようなキスを仕掛けたことなんてこれがはじめてだ。

脳裏《のうり》に、今よりも少し高めの大輝の声が甦《よみがえ》る。

『――やるなよ、誰にも。お前のはじめては、全部俺のものにしたい』

かつて彼は、私のファーストキスをそっと奪った。軽く触れるだけの、他愛もないキス。

突然のことに、そのとき私の顔は赤く染まった。

だけど、嫌《いや》じゃなかった。

――それが全てだ。

私に大人のキスを教えてくれたのは、大輝ではない別の人。それでも間違いなく、私のはじめてのキスは、彼に捧げられた。

そんな、私に対してだけ純粋で真っ直ぐだった少年時代の大輝を思い出して、胸が軋《きし》む。彼が私を未だに好きだなんて思うほどうぬ惚れてはいない。彼がただ過去に執着しているだけだと、ちゃんとわかっている。そして大輝が私を憎んでいることくらい……。

酸欠気味になった私は、ゆっくりと彼との繋《つな》がりを解いた。銀色の糸が視界に映り、羞恥《しゅうち》を感じる。椅子に座ったままの大輝は、息も乱していなかった。

ゆっくり息を整える私に、大輝は片眉を上げた。

「これで終わりか？」

「……十分でしょ」

ルージュが移った自身の唇を、大輝が親指で拭う。色気まみれのその仕草に、羞恥心《しゅうちしん》が募《つの》る。思わず手の甲で、ぐいっとお互いの唾液が付着した自分の唇を拭けば、その手を彼に掴まれた。

「やめろ、唇が荒れる」

「そんなの大輝に関係な……」

「あるだろ。お前が俺のものならば、その唇も身体も、全部俺の所有物だ。勝手に傷つけることは許さない」

鋭さを帯びた眼差しで私の動きを制し、掴んだままの手を引っ張る。

そのまま彼の胸に倒れこんだ私を、大輝は軽々と抱き上げた。

「っ！　離して」

「お前、ちゃんと飯食ってるのか。軽すぎるぞ」

鍛えられた体躯《たいく》に抱えられて驚いたのも一瞬。身体が柔らかなソファに沈んだ。革張りのそれは、昨日専務や蒼馬君たちと座った場所だ。

覚悟はしていたけれど、まさかいきなり押し倒されるとは思っていなかった。

じっと見つめてくるのは、獲物を嬲《なぶ》る目。

大輝の片膝がソファに乗り上げ、端が沈んだ。

「抵抗はもう終わりか？」

酷薄《こくはく》な冷笑が、今のこの男にはよく似合う。

「抵抗なんてしないわ」

首筋を人差し指でそっとなぞられて、被食者の気分になる。絶対的な支配者であり王者でもあるこの男に対して、私は歯向かう術《すべ》を持っていない。

好きにすればいいという気持ちを込めて、睨《にら》みつけた。

「その顔は逆効果だ。無理やりにでも従わせたくなる」

不穏な言葉をつぶやき、大輝が私の肩口に顔を埋める。そしてそのまま容赦なく、首筋に噛《か》みついた。

「ンッ！」

ぬるりと、舌が皮膚の上を這う。骨ばった大きな手で顎《あご》を固定された。首を噛《か》んだ男は、唇にも噛《か》みつくようなキスを落とす。

そして唇を離したと同時に、私の手を拘束する。頭上にひとつにまとめ、ソファのひじ掛けに縫い止めた。

息継ぎすら許されないキスが、執拗《しつよう》に続けられる。口の端から零れた唾液が顎《あご》を伝い、大輝の手を濡らすが、彼はそんなこと気にもしなかった。

次第に身体が火照《ほて》りはじめる。上昇する体温とともに、睨《にら》むまなざしが力を失《な》くしていく。

――蕩《とろ》かされて、溶けてしまう。

頭からつま先まで呑み込まれてしまいそうだ。

「ふ、っ……んんッ」

「安心しろ。痕《あと》はつけていない」

今はな――と続く言葉に、どう安心すればいいのか。

熱が上がり、眩暈《めまい》がする。恐怖と羞恥《しゅうち》と緊張。このまま流されたらどこまで行くのか、わからないのに止められない。

「大、輝……っ、もう……」

「ここで止めたら、お前が誰のものなのか刻み込めないだろう？」

不敵に笑う男が憎らしい。

口づけを交《か》わしたまま、彼は器用に私のジャケットをはだけさせた。そしてブラウスのボタンを外し、背中に手を回してブラのホックを外す。

そこまで、一瞬の出来事だった。それほど素早く私を剥《む》き、彼は手で私の素肌の胸を覆った。

「やっ！」

「抵抗はしないんじゃなかったのか？　あまり声を出せば人が来るぞ」

「……！」

耳元での囁《ささや》きは、睦言《むつごと》のように甘い声音。咄嗟《とっさ》に口を両手で覆うと、大輝は満足気に「それでいい」と言った。

胸の突起を弄《いじ》られる。与えられる刺激に、ぞわぞわとしたなにかが背筋を這い、びくりと身体が反応した。

カリッ、とぷっくり立ち上がった飾りをかじられて、上げかけた悲鳴を懸命に呑み込む。

「指を噛《か》むな。身体に傷をつけるなと言っただろう」

服装に一寸の乱れも見えない男は、指を噛《か》むことで声を堪《こら》えていた私の手を引きはがす。

そして、スーツの胸元からポケットチーフを取り出して、私の口に押し込んだ。

スカートがたくし上げられ、太ももの際どいところまでさらけ出される。脚の動きも制御され、抵抗らしい抵抗もできない。

「んん……っ！」

太ももに触れていた手が、脚の付け根に到達した。ビリッした小さな音が耳に入る。

まさか、ストッキングを破かれた？

顔から血の気が引く。

最低だ。残り半日をいったいどうやって過ごせというの。

「考えごとか？　余裕だな」

捕食者の目で私を見下ろした直後、彼は破いた穴からショーツに指を入れ、秘められた場所に直接触れた。割れ目を指でこすられる。意識が集中し、わずかな感触に腰が跳ねた。

「いい眺めだな、優花」

ブラジャーはずり上がり、口には唾液を含んだポケットチーフ。片脚を抱えられて、タイトスカートはお腹の付近までめくれている。おまけに脚の付け根のストッキングが破られたため、直接ショーツも見られているのだ。

「下着が濡れて気持ち悪いか。後で替えを持ってきてやるよ」

そんなこと、思っていない！

掴まれていない脚で蹴ろうと試《こころ》みるが、あっさりかわされた。

「一日濡らしたまま過ごすのが好みなんて、ずい分エロい女になったものだ。いったい誰に仕込まれた」

大輝の口調に苛立ちがまざる。なにに腹を立てているのかを感じ取る前に、ショーツに侵入した指が花芽を掠《かす》めた。直後、容赦なくそこを刺激される。

「ンン……ッ！」

羞恥《しゅうち》と怒りと、誰かが来るかもしれないという焦燥感。様々な感情が絡み合い、私の官能が弾けてしまった。

はじめて味わった快楽。それは、苦痛にも似ていた。

「軽く達したか。……残念、もう時間がない」

ショーツのなかから指が抜かれた。ぎりぎりのところで行為が終わったことに、安堵《あんど》すればいいのだろうか。それすらもわからない。

彼は私の口からポケットチーフを抜き取り、蜜で濡れた自身の手を拭いた。

「……どういう神経してるの」

抑えたつもりの声は、情けないことに掠《かす》れている。身体の自由を取り戻しても、すぐには起き上がれなかった。

「理解なんて、しようとするだけ無駄だろ」

「……そうね、その通りだわ」

なんとか上体を起こし、衣服を整える。ぴったり貼りつくショーツが不快で、眉をひそめた。

髪の乱れを直しルージュを塗って、見た目的にはなにも変わっていない状態にまで戻す。私が平常心を保ったまま、残り半日を過ごせれば、きっと誰にも気づかれないはず。

「その外見からじゃ、穴の開いたストッキングを身に着けているなんて誰も思わないだろうな」

くつくつと喉の奥で笑う男が憎らしい。

どこかで下着とストッキングを調達できないかと考えを巡らせていると、それに気づいたのか、大輝がこのまま過ごせと命じてきた。

「……悪趣味」

「いい趣味だろ？」

罵《ののし》られてもダメージを受けた様子がない。

悔しくて、悲しくて、でもそれを悟られたくなくて。ごちゃまぜになった感情が、胸の奥を締めつける。

「大っ嫌い！」

そうひと言告げて、この場から去るのが精一杯だった。

女子トイレに駆け込んで、口をすすぐ。

鏡のなかの自分は、今まで見たこともないほど女の表情《かお》をしていた。

「大っ嫌い！」

そう告げて部屋を飛び出ていった優花の後ろ姿を見送り、大輝は自嘲《じちょう》気味に笑う。

「……そんなの、とっくに知っている」

嫌われていることくらい、わかっている。今さら好かれることなどありえないことも。

それなら、徹底的に嫌えばいい。

惹かれていたのは自分だけで、彼女はなにも感じていなかったのだ。再会して、優花の気持ちが変わってないとわかっても、それでも彼女を求めてしまう。どうせ忘れられないなら、彼女にせめて自分という存在を刻みつけられれば——。追い詰めて傷つけて、思いっきり憎まれて。そして、一生自分という存在を、彼女が覚えていてくれればいい。

だから——

「もっと憎め。二度と俺に会わないと心の底から思うくらいに。残酷なまでに、嫌《いや》な男になってやるよ」

思い出は、ただの塵《ちり》となって風化してしまえばいい。

涙目で自分を睨《にら》みつけていた優花の姿を思い出して、大輝は皮肉気に嗤《わら》った。

◇◆♪◆◇

◇◆♪◆◇

予定通り、午後になってすぐに契約書のサインが交《か》わされた。

応接室で専務が若干眉を上げて、『メールで頂いていた内容より、ずい分とこちら側に有利と言いますか、ありがたい内容ですが、本当にこれでよろしいのですか？』と、少々訝《いぶか》しみながら、大輝の顔色をうかがう。

尋ねられた彼は、社長と自分の意思だと答えた。

『それほど我々も彼には期待しているのですよ。これからいくらでも伸びる。ぜひ素晴らしい曲を作り続けて、今後もっと活躍して頂きたい』

ゆっくり脚を組み直した彼は、経営者の顔で社交的な笑みを浮かべる。プレッシャーを与えられて若干緊張しつつも、蒼馬君は『頑張ります』と頭を下げた。

あんなことがあったばかりで、当然ながら私は大輝と目を合わせられない。だが、目の前の人物は静かにじっと、私たちを見つめていた。その眼差しを真っ向から受け止める気力は、私には残されていない。

予定よりもあっさりと契約が交《か》わされて、今日のMERでの仕事は終了した。今回の渡米の大きな目的は果たされたわけだ。

滞在中にRYOの生演奏を聴かせてコラボの方針を練る予定だが、それは彼らのスケジュールの関係で、三日後の午前中になっている。

ちなみにこのコラボ企画のステージは、今年のクリスマス前と決まっている。あと三ヵ月……。海外とのやり取りを考えれば、余裕はない。


一度ホテルで着替えてから、私たちはニューヨークの観光名所、タイムズスクエアを訪れていた。常に賑《にぎ》やかなイメージだが、今日も例外ではなく、活気があった。その賑《にぎ》やかさは、十年経っても変わらない。

と、観光客気分ではいけない。私は私の仕事をしなければ。

デジタルカメラで、ニューヨークの街並みを数枚撮影する。番組内で出してもOKな写真を数枚ほしいと頼まれているし、それ以外でもいつどこで写真を使うかわからない。雑誌に載せられるものを撮らないと。日本に帰国後すぐに、雑誌の取材が三本に音楽番組の出演が二本、予定されている。ラジオ番組の依頼も受けていたはず。

蒼馬君のベストショットをどれだけ撮れるかは私の腕次第――と言いたいところだが、元がいいから、奇跡の一枚を望む必要はない。イケメンはどんな顔でもイケメンなのだ。

本当、すごいわ。

隠し撮りのように、彼がひとりで歩いている姿をパシャパシャ撮る。

これから新曲のレコーディングも始まる予定だ。このプロジェクトと同時進行だが、曲はすでに作り終わっている。でも詞がまだできていない。ニューヨーク滞在中に歌詞を作らせなければ。

さりげなく蒼馬君に歌詞のでき具合を尋ねれば、彼は目を泳がせて「半分、くらい？」と歯切れの悪い答えを返してきた。

「まあ、まだ時間はあるから。空いた時間にでも作業してね」

「はい」

「できあがったら私に見せて」

「了解です」

そんな会話をしつつ、私たちは人で溢《あふ》れるニューヨークの喧騒に呑み込まれていった。

『今夜そっちに行く』

そんな一方的なメールが届いたのは、ホテルに一旦戻り、ブロードウェイを観に行く準備をしている最中だった。

それなりにオシャレをして行かないとと思い、少し華やかなワンピースに着替えていたのだ。メールの内容に、私は眉をひそめる。

行くって、大輝がこのホテルに来るの？　私に会いに？

……違う、ただ会いに来るだけではない。

女のいるホテルに男が来るという意味を考えたとき、背筋がぶるりと震えた。

今度は最後までするのだろうか。当然、昼間のようなあれですむはずがないだろう。

「――本当に変わったのね。昔は、私が本気で嫌《いや》がることは絶対にしなかったのに」

当時は、狂犬に懐かれたような感覚だったのかもしれない。

もともとの大輝は、周囲から遠巻きに眺められている、どこか浮いた存在だった。人目を引く容姿。派手な格好をしなくても、彼は目立っていた。だが、彼が注目される真の理由は、見た目ではなく、まとう空気の違いだ。上に立つ者に備わっているなにかを、彼は生まれながらに持っていた。

だからこそ、私は最初腹立たしかったのだ。適当でいい加減な時間を過ごそうとしている彼のことが。

彼とのかかわりは、確かに大輝のお父様に頼まれての、渋々のことだった。でも次第に、自分から彼とコミュニケーションをとるようになっていた。いつしか私の傍《そば》にいる彼のことが気にならなくなり、そしてそれは、気づけば当たり前の日常になっていたのだ。その変化を自覚したとき、私は咄嗟《とっさ》にその思いに気づかないフリをした。芽生えはじめている感情に名前はつけない。そうすれば、同級生として最後の日を迎えられる、と。

あれから十年。まさか、こんな形になろうとは――

結局、メールの返信はしなかった。私が返しても返さなくても、大輝は気にも留めないだろう。私の意見に左右されるあの少年は、もういないのだから。

「来るなら勝手にすればいいわ」

抱かれる覚悟はできていても、怖くないわけじゃない。

避けては通れない未来なのだと、わかっている。それでも、心がともなわない行為に痛みを感じないと思えるほど、割り切れてはいなかった。

◇◆♪◆◇

盛装とまではいかないものの、ビジネススタイルよりはドレスアップした姿で専務と蒼馬君と落ち合う。

濃いパープルの膝丈ワンピースは、少し光沢のあるサテンの生地。シンプルながら胸の下の切り替えが少し複雑で、オシャレな仕上がりだ。

胸元を一粒ダイヤのネックレスで飾り、軽い素材のショールを羽織る。

髪はストレートのままだと外に跳ねるので、今回はしっかり巻いてみた。メイクも、夜ということで、普段より濃いめに。目元も服と同じくパープルのアイシャドウで彩《いろど》る。

ショーの前に夕ご飯を食べ、そこから歩いて数分で、ブロードウェイのシアターに到着した。ショーは八時開始。二時間半くらいの予定だから、終わるのは十時半頃だ。それからタクシーで戻るとすると、ホテルに着くのは十一時頃か。

大輝が何時に来るのかわからない。だが、来ても私がいなかったら諦めるだろう。そんなことを考えつつ、私は高揚感漂《ただよ》う本場のステージを、半ば上の空で見ていた。

「どうだった？　蒼馬君」

「……圧倒されました。事前にあらすじを読んでいたから流れは掴めたので、会話を理解できなくても大丈夫でしたし。なによりもう、音楽がすごくて！　わかってたけど、レベルが高い。めちゃくちゃ楽しかったです！」

キラキラした目に、紅潮した頬。その様子はファンが見たらゴクリと生唾を呑むレベルだろう。彼のかわいらしい姿に、思わず笑みが零れる。

「想像以上に楽しかったなぁ〜。んじゃ、これから飲みにでも行くか！　どうせ興奮して、今帰ったって眠れんだろう」

またこのおっさんは余計な提案をして。すかさず却下する。

「えーなんだよ雨宮。折角のニューヨークの夜だぞ？」

「だめに決まってるでしょう。今夜はもう帰りますよ。しっかり身体の疲れを取って、明日に備えないと。明日は朝から自由の女神を見に行くんですから。そこでも、蒼馬君の写真を撮らないと」

「お前さ〜、ちょっと真面目すぎじゃね？　ＲＹＯだって少しくらい遊びたいよなぁ？」

「え、えっと……」

専務と私の間に挟まれた蒼馬君がうろたえる。どっちを支持しても怒られるとわかっているのだろう。かわいそうな子羊は、妥協案を提案した。

「あの、確かに優花さんがおっしゃる通り今夜は大人しく帰って、また後日……時間があったら専務の行きたいところに行くというのはどうでしょう？」

少しおもしろくなさそうな顔をしつつも、専務は渋々頷いた。

タクシーを拾い、専務と蒼馬君を無事ホテルに落としてから、私も自分のホテルに向かう。チップを含めた料金を払い、自室へと向かうころには、時刻は二十三時十五分になっていた。

明日は八時半に集合予定だ。今からシャワーを浴びて寝る支度をすれば、六時間は寝られる。

部屋に入り、肩にかけていたショールを脱ぐ。

大輝のことを気にしつつも、時間も遅いしもう来ることはないだろうと思いはじめたころ——扉がノックされた。

まさかと思いつつドアスコープで確認すると、そこには眉間《みけん》に皺《しわ》を寄せ、舌打ちしそうな表情をした大輝がいた。

カチャリと扉を開けば、彼はひと言「遅い」と言った。

「何故さっさと開けない。それにしてもチェーンもかけていないのか、お前は。不用心すぎる」

「それはすみませんね。今さっき帰って来たばかりで、チェーンは寝る前にかけようと思っていたのよ」

「は？　今までどこに出かけて――」

言いかけて、大輝は私の姿を上から下までじっくり眺めた。その絡みつく視線に、途端に落ち着かない心地になる。

「悪くない。が、地味だな」

今こいつ、鼻で笑った？

立ち話を続けるのもまずいので、しぶしぶ彼をなかに入れる。すると大輝は部屋に踏み込んだ後、私に部屋を移るよう言ってきた。

「は？　移るって、どこに？」

「別に他のホテルに行くわけじゃない。ただ上の部屋に動くだけだ」

「ちょっと待ってよ。それ説明になってないし、意味がわからないんだけど」

「いいから行くぞ。説明は後だ」

どこの暴君よ！

今さらながらの台詞《せりふ》が口から飛び出そうになるが、なんとか我慢する。自分の立場を忘れたわけではない。

結局、言われるがまま部屋を動くことになった。

大輝が私の大きな荷物を、当たり前のように運ぶ。せめてキャリーケースは持つと言えば、『男が持つのが当たり前だろう。さっさと行くぞ』と拒否られてしまった。

ふいに見せる優しさが、残酷で甘い。飴《あめ》と鞭《むち》を使われている気分になる。

連れて行かれたのは、最上階にあるスイートルームだった。あまりの広さと、窓の外の夜景に言葉を失う。

「今日からここに泊まれ。この部屋はＭＥＲ《うち》が年間契約している部屋だ、気兼ねなく使っていいぞ」

「はい？」

年間契約？　スイートルームを？

一体この部屋の契約料だけでいくら使っているんだとか、必要ない心配までしそうになって思考を止めた。

そして、なんだかでき過ぎているこの展開に、違和感を覚える。そこで私はある可能性に気づき、目を見開いた。

「まさか、とは思うけど……。最初の日、ホテルが二部屋しか予約できていなかったのって、大輝がなにかしたとか……」

「ようやく気づいたのか」

あっさり認めたわこの男！

「な、なにしてくれちゃってんの！　人の部屋をキャンセルどころか、あのホテルの従業員ともグルか！　私が来たらこう言えとかって指示を出していたの？」

「お前をあいつから引き離すために、俺のテリトリーに呼び寄せただけだ」

悪びれもせず言い放った言葉に、「はあ？」と返す。

「あいつって誰よ。まさか専務？　なわけないか。となると蒼……RYOのこと？」

「当然だろう。マネージャーだからといって、プライベートでも四六時中一緒だなんて許せるか。その点このホテルは融通《ゆうずう》が利くし、俺にとっては都合がいい」

専務もいるんだけどとか、一緒って言っても別の部屋だしとか、ツッコミたいところが多すぎて脳内処理が追いつかない。わかるのは、大輝の勝手な都合で、私が現在進行形で振り回されているってことだ。

「……都合って、部屋にいつでも来られるってこと？」

「呑み込みが早いのは昔からだな。わかったらさっさとシャワーを浴びてこいよ」

シャワー、という単語に、動揺する。でもここで弱みを見せてはいけないと、なんとか平静を装った。

片手でネクタイを解《ほど》く大輝の様子が、見ようと思ったわけでもないのに目に入る。昔は首回りを締めるのは嫌《いや》だと、制服のネクタイをだらしなくつけていたというのに、今ではビシッと締めている。そんなところでも、大人になったことを見せつけられた気分だ。

いきなり同じ部屋に泊まるなんて考えられない。今からでも前の部屋に戻りたいと思った。けれど、そんなことは叶わないとわかってもいる。このまま大人しく受け入れるしかないことも……

必要最低限のものだけをスーツケースから取り出して、浴室に向かう。閉じた扉に背を預け、しばらく目を閉じ、なんとか落ち着こうと深呼吸をくり返した。

広いバスタブには、ジャグジーがついている。照明も明るさを調節できて、無駄にムードのある空間まで作れるらしい。自分の音楽プレーヤーをセットすれば、好きな曲をスピーカーから流せるようだ。

そんな、普通のホテルのユニットバスからは考えられないほど凝った造りの浴室には、バスタブとは少し離れた先にシャワーだけの場所もあった。ガラス張りの扉を開けて、ひとまずそこで汗を流すことにする。

本当ならバスタブにゆっくり浸《つ》かりたいところだけど、広すぎて落ち着けない……。

どうしてホテルの風呂場って、鏡やガラス張りの扉が大きくつけられているのだろう。目のやり場に困るではないか。

髪も身体も洗うと、一応はさっぱりした。備えつけのバスローブもあるが、ここは持参したパジャマを着ることにする。

この後待ち受けている展開を想像したくなくて、知らず眉間《みけん》に力が入った。

「ずるく、賢く、計算高く生きるって決めても、人はそう簡単には変われない……」

たとえ頭で割り切ったつもりでいても、感情は追いついてこないものだ。

不安で揺れる目で鏡を見つめながら、私は一度深く息を吐いて浴室を出た。

リビングスペースに向かったが、そこに大輝はいなかった。別の部屋……おそらく寝室にいるのだろう。

あまり遅くなると怒られそうだが、水分補給がしたい。

冷蔵庫を開けると、ペットボトルのミネラルウォーターが何本も入っていた。他にもビールや、アメリカらしくコーラなどの炭酸飲料も。好きに飲んで構わないはずと勝手に解釈して、私は日本でも見たことのあるブランドのお水を取り出し、半分ほどゆっくり飲んだ。

よく冷えた水が喉を伝い、胃に浸透する。先ほどまで感じていた緊張が少しほぐれた気がする。

そのペットボトルを持ったまま、寝室に繋《つな》がる扉を開けた。そこには、キングサイズのベッドがあった。

このベッドで私は彼に抱かれる——

そう思うと途端に心臓がバクバクし、緊張が再燃した。心の準備はまだ整っていなかったらしい。

「大輝……？」

ベッドの上に横たわる大輝に小さく声をかける。返事はない。おそるおそる近づいてみれば、なんと彼は寝息をたてて眠っていた。

「寝てるの……」

よほど疲れているのだろう。だがまさか、先に眠っているとは予想もしていなかった。安堵《あんど》なのか拍子抜けなのか、胸がざわめく。それを抑えるように、静かに息を吐き出した。私は他に寝られるところを探そう。でもその前に、少しだけ彼の寝顔を見てみたい。

濃紺のパジャマを着た大輝は、仰向けに眠っている。

寝ていても、その眉間《みけん》には皺《しわ》が寄っていた。一体どんな夢を見ているのやら。

映画俳優のように、端整で精悍《せいかん》な顔立ちをしている。意志の強さが表れたくっきりした眉に高い鼻と、少し薄めの唇。

父親がハーフだから、大輝自身はクオーターだ。アジア人寄りの顔立ちをしているもののの、純粋なアジア人には見えない。野性味があり、でも荒削りではない。育ちのよさが伝わってくる、そんなセレブ。

数秒彼の寝顔を堪能《たんのう》して、私は踵《きびす》を返そうとした。だがその瞬間、手首をパシッと握られる。

「え?」

見ると、少し不機嫌そうな表情をした大輝が、私を見上げていた。

「遅い、さっさと寝るぞ」

「は? え、ちょ、ちょっと!」

身体が強引に引き寄せられて、あっという間に彼の腕のなかへ連れ込まれる。慌てる私をよそに、大輝は「うるさい……」とひと言つぶやくと、強く私を抱き込んだ。

ドクンッ、と心臓が大きく跳ねる。それは戸惑いや困惑よりも、甘い高鳴りで――

心臓が破裂しそうなほど、鼓動が速くなっている。顔が熱い。伝わってくる体温と腕の逞《たくま》しさに加えて、胸板の感触までもが感じられて、私は声にならない悲鳴を上げた。

でも、彼からそれ以上になにか言われることはなかった。聞こえてくるのは、彼の寝息のみ。どうやら先ほどのは、寝ぼけていただけらしい。

「なんて厄介なの……?」

まるで大きな子どもだ。

振りほどこうとするが、まったく動けない。これ以上ジタバタすると、せっかく寝た大輝を起こしてしまうかもしれない。それはまずいだろう。

緊張もするし、こんな状況では寝られないとも思うが、多分これ以上のことはされないはず。私は自分をそう納得させ、少しだけ身体の力を抜いた。その直後――私の背を抱きしめていた大輝の手が、するりとパジャマの下に潜《もぐ》り込んできた。背中の素肌を大きな手で撫でられる。

直に彼の体温を感じて、びくりと身体が震えた。そして抵抗する間もなく、就寝用につけていたブラジャーのホックをプツンと外された。

「ちょ、ちょっと――！」

しかし背中をまさぐっていた手は、そのまま動かなくなった。

一連のこの行動がただ人肌を求めてのものだと気づいたのは、彼の瞼《まぶた》が完全に落ちたままで、深い寝息をたてていることに気づいてから。

「無意識にブラ外すとか、背中まさぐるとか……」

この、エロ男っー！

コイツは、今までどんなただれた性活を送ってきたのだ。

激しく貞操の危機を感じつつも、結局は彼の腕から逃げられず、私は脱力気味にこの状況を受け入れるしかなかった。

◇◆♪◆◇

「お前、朝からなに怒ってるんだ？」

「自分の胸に手を当てて、よく考えてみたら？」

部屋でルームサービスの朝食を食べながらそう答える。コーヒーを飲む手を止めた大輝は、「へえ？」とこちらがムカつくような笑みを浮かべた。

「そうか、期待していたのになにもなかったから怒ってるのか。悪かったな。俺はメインディッシュは最後まで取っておく主義なんだよ」

「なにそれ。なら昨日のオフィスでのあれは前菜ってわけ？」

目が据わったままトーンを落とした声で問うと、大輝が笑った。

「まだ前菜も味わっていないと思うが？」

不穏な台詞《せりふ》に、思わず黙る。彼をこれ以上しゃべらせてはいけない気がする。

黙って目の前の朝ごはんをやっつけていると、大輝が立ち上がった。口許《くちもと》をナプキンで拭い、出かける支度をはじめる。どうやらもう時間のようだ。

時刻はまだ七時半。私はあと一時間弱余裕がある。深い睡眠がとれなかったので、やや寝不足だ。あくびをした私を見て、大輝が笑った。

「誰のせいで寝られなかったと思ってるのよ」

恨み言のひとつやふたつは言わせてもらおう。

「まだ寝不足になるようなことはしてないだろ。でも、そんなにご希望なら、お望み通り今夜は眠れなくさせてやるぜ？」

「最後まで取っておく主義なんじゃなかったの。ころころ意見を変えるなんて信用失うわよ」

「はじめからお前の信用が俺にあるなんて思っていない」

「っ……」

返答に困り口を閉ざすと、大輝はどこか自嘲《じちょう》めいた笑みを私に向けた。

「命令だ、さっさと抱き枕役に慣れろ」

慣れるわけないでしょう！

口には出さず視線のみで抗議すれば、大輝は座っている私の腕をぐいっと引き寄せた。

一瞬で体温が上がる。

「な、なに……っん！」

チクリ、とした痛みが鎖骨のあたりに広がり、思わずギュッと目を瞑《つむ》った。大輝の髪が首筋を撫でる。

「ちょっと、なにしてっ……」

「虫よけだ。今日一日隠すなよ?」

——隠したらお仕置きだ。

そんな聞き入れられない言葉を残して、「行ってくる」と大輝は部屋を出ていった。

鏡を見なくてもわかる。確実に、彼は私の皮膚に痕《あと》を残した。

「『行ってくる』なんて言うとか……」

行ってらっしゃい、なんて言う暇もなかった。——言うつもりもなかったが。

3

自由の女神の観光中、デジカメを片手に、私は写真を撮る役に徹していた。反対の手で首に巻いたストールが落ちないよう気をつけながら。

フェリーに乗っているときはよかった。だって海風で涼しくて、ストールを巻いていても問題なかったから。だが、陸に戻ればそうはいかない。じんわりと汗が浮かんでくる。半そでにストールを巻いている姿は、違和感ありまくりだ。

「優花さん、暑くないんですか?」

蒼馬君の問いかけに、専務も一緒に訝《いぶか》しげな顔をした。

「オシャレは我慢って言うでしょ」

そう、無理やり話題を終わらせる。

ああ、もう！　これも全部あのバカがキスマークなんてつけるから……！

鎖骨のすぐ下には、はっきりと赤い鬱血《うっけつ》が浮かび上がっている。パッと見、虫刺されに見えなくもない。でも、見る人が見ればすぐにキスマークだと気づくだろう。

専務にこの痣《あざ》を見られたら、仕事中に誰に手を出したんだよと呆《あき》れられるだろうし、蒼馬君に見られれば、私への不信感を募《つの》らせてしまう。

このキスマークを見られるわけにはいかないのだ。

「さー、お土産屋《みやげや》さんめぐりした後は、お仕事してもらいますからね！　雑誌のインタビューの質問、送られてきたでしょ？　読んだ？」

「えっと、一応ざっと目を通しました」

「帰国後にすぐ写真撮影とインタビューがあるから、回答を考えておいてね。あと音楽雑誌に掲載予定の原稿の返事も、そろそろしないといけないし。あ、それから、日本からはRYOにちゃんと歌詞書かせてるかー？　ってせっつかれてるのよ。そっちも並行しつつ、明後日はRAY'zとミーティングね。ニューヨークにいる間も、バリバリ仕事してもらうからよろしく」

パタン、と手帳を閉じれば、蒼馬君は微笑んだまま頷いた。綺麗な笑みではあるけれど、いつものそれより少しぎこちないところから、忘れていた仕事がいくつかあったのだろう。

「容赦ないマネージャーだなあ～RYO。ま、俺としちゃ頼もしい限りだが」

専務の茶々が入る。ニューヨークにいてもどこにいても、この人はまったくもって通常運転だ。

写真撮影をかねた観光を終えMERに戻った私たちは、MERのオフィス内で空いている一室を貸してもらえることになった。防音効果のあるその部屋には、シンプルなテーブルと椅子が四脚。ソファやコーヒーメーカーなどもあり、ちょっとした楽屋のようだ。キーボードとギターも貸してもらった。ここで気兼ねなく曲作りをしてもいいと、リチャードが言ってくれたのだ。

『他に必要なものがあったら、内線で電話をかけてくれ』

そう告げて、彼は去っていった。

その部屋に蒼馬君を閉じ込めて、私は飲み物の調達に出る。専務は別件のため、この場にはいない。

「自販機でお茶は売ってないわよね～。炭酸飲料ばっかりか。あとエナジードリンクと

ない。

か……」

エナジードリンクは必要ないだろう。私は冷たい水にするとして、蒼馬君には炭酸にしよう。炭酸系をすすめることは普段はあまりしないのだけど、たまにはいいかもしれない。

部屋に戻り、扉をガチャリと開けた。

「飲み物買ってきたけど、コーラでよかっ……」

ゴトン、と抱えていたボトルが落ちた。

私の視界に飛び込んできたのは、見知らぬ女性の後ろ姿だった。

蒼馬君が座って仕事をしていたソファに……というか蒼馬君に、その女性が跨《また》がっている。

「ゆ、ゆゆゆ、優花さん……！」

真っ赤になっている蒼馬君。この状況に困惑しているのがひと目でわかる。

私の声に反応して、蒼馬君を押し倒していた張本人が振り返った。彼女は動揺するそぶりもなく、見とれるほど美しい笑みを浮かべる。

『あら、タイムオーバー？』

彼の上からどいて立ち上がった美女は、私より十センチ以上身長が高かった。

緩《ゆる》やかに巻かれたゴージャスな金髪。身体の線にぴったり沿った服が、彼女の魅惑的な身体をはっきり示している。

シンプルな服装なのに、グラマーなモデル体型のため、すごくかっこいい。まるで雑誌に出てくる海外セレブだ。

真っ青な目のフェロモン溢《あふ》れる美女を見て、私はつかの間絶句した。

「シャ、シャイリーン・スチュワート……」

『私を知ってるなんて光栄だわ』

妖艶《ようえん》さが漂《ただよ》う笑みで、彼女は微笑んだ。

この業界にいて、彼女を知らないほうがおかしい。MER所属のShaileen《シャイリーン》 Stewart《スチュワート》、二十九歳。

十九歳でデビューしてから十年、ずっと歌姫《ディーヴァ》の称号で世間から称《たた》えられ続けている、実力派人気歌手だ。このMERのなかでも、トップクラスの有名人。

でも、その彼女が何故ここに？

しかも、蒼馬君をソファに押し倒して――

『RYOのマネージャーのユウカ・アマミヤです。なにかご用でもありましたか？』

動揺を隠し、ビジネスライクな態度でにっこり対応する。波打つ金髪をさっと手で背に流した彼女は、綺麗にルージュが引かれた唇の口角をキュッと上げた。

『ええ、たまたま前を通ったから、挨拶《あいさつ》しに来たのよ。日本から来たかわいいボーイはどんな声をしているのかしらって』

「ボーイ……」

ボーイと言われて、今度は蒼馬君が絶句した。二十三歳ではあるが、どちらかと言えば彼は童顔だ。欧米人にしてみたら、まだ少年の域なのだろう。

『そうですか。ずい分とユーモアのある挨拶《あいさつ》の仕方だったので、少し驚いてしまいました。申し訳ありません』

いや、初対面で押し倒すのをユーモアのある挨拶《あいさつ》なんて普通は思わないけど、なにせ相手は世界レベルの歌姫《ディーヴァ》だ。ここはさらりと流したほうがいいだろう。

彼女が私に近づいてきた。そして、おもしろそうに目を細める。間近で見ると、睫毛《まつげ》が長くて濃い。なんて羨《うらや》ましい……

『かわいい男の子はつい押し倒したくなっちゃうでしょ？　ふふ、冗談だから怒らないでね。セクシーな男性が好きだけど、キュートな男の子にも興味があるだけだから』

ソファに座って、いまだに動揺している様子の蒼馬君に、シャイリーンはウィンクを投げた。彼の頬が少しだけ紅潮し、目が泳ぐ。こら、隙を見せるな。

返答に困っていると、シャイリーンが声を潜《ひそ》めて私に言った。

『ねえ、あなたが泊まっているホテルを当ててあげるわ。ベルナルドホテルの最上階スイートルーム』

『やっぱりね』とつぶやいた。

「っ……」

微《かす》かに一瞬だけ、息を呑む。

彼女は、今の私の反応から確信を得たらしい。『やっぱりね』とつぶやいた。

『毛色の違った子猫をいじめるなんて困った人よね……。あまり無体なことをしないように言っておくわ。ああ、でも覚えておいて。貸してあげてもいいけど、ちゃんと返してね？』

誰に、とか誰を、など言わなくても、思い当たる人物はひとりしかいない。

シャイリーンは挑発的な笑みを浮かべ、去って行った。

反論することも、なにか言うこともできず、私は彼女が消えた扉の前で立ちすくむ。

蒼馬君が心配そうに声をかけてきた。

「あの、大丈夫ですか？　なにか今……」

そこで私は落ちていたペットボトルに気づき、拾って蒼馬君に向き合う。早口と小声だったので、彼にはシャイリーンが言ったことは聞こえていないようだ。

「え？　ああ、うん。あまりにも美人でびっくりしちゃった！　あれね、美人を間近で見ると硬直しちゃうわよね。ちょっと現実味がなくて怖いくらい綺麗な人って、迫力があるなって」

必死でごまかす。

だって、今のやり取りで一瞬で悟ってしまったのだから。彼女は大輝の恋人なんだろう、と。

何故今まで思いもしなかったのか。あれほど人目を引く大輝に、恋人がいないはずないのに――

私は、私に構ってくる彼のことを、当然のようにフリーだと思っていたのだ。と同時に、彼が私に恋人の有無を訊かなかったことに気づく。

つまり、それはどちらでもいいことだから――。大輝にとっては、私に彼氏がいようがいまいが、関係ないのだ。

彼にとって、私は久しぶりに再会した、昔自分を振った憎らしい相手であって……その気持ちを思いやるだけの価値のある存在ではないということ。

シャイリーンのあの挑発的な物言いは、大輝が自分のものだと私に知らしめるためのものだ。きっと蒼馬君に会いに来たのも、それを口実に私に忠告するため。

「喧嘩売られたのかな……」

この状況は、大輝に否応なしに巻き込まれただけだ。でも私が彼に惹かれているのは事実。

なんとも言えないため息が零れる。

今夜また大輝が部屋に来たら、どうしたらいいのだろう――

◇◆♪◆◇

「シャイリーンに会っただあ⁉」

椅子から立ち上がりそうな勢いで専務が叫んだ。

「あまり大声出さないでくださいよ。そんなにファンでしたっけ？」

周りを気にするが、店の喧騒のほうが騒がしく、誰もこちらを気にしてはいないようだった。

「ファンだよ！　めちゃくちゃファンに決まってるじゃねーか！」

お前らずるいー！　とテーブルに項垂《うなだ》れるこのおっさんは、本当に我々よりも年上なのか。

私たちは今、夕飯のためホテルの近所にあるイタリアンレストランに来ていた。

魚介類のたっぷり入ったアラビアータ風のパスタを取りわける。

「で？　なんでいきなり来たんだよ。いやそれよりも、やっぱり挨拶《あいさつ》で握手したのか？まさかハグまでされたんじゃねーだろうな、ＲＹＯ！」

……まさかいきなり押し倒されましたとは言えない。

困った風にしつつも、蒼馬君はひと言、「されてませんよ」と答えた。

うん、間違ってはいない。一足飛びでその先にいきそうになっただけで。

「私が少し席を外したタイミングで来たようですね。偶然前を通りかかったからって彼女は言ってましたけど」

「その偶然が何故俺がいるときに起きない！」

「日頃の行いですかね」

最後の台詞《せりふ》を言ったのは蒼馬君だ。彼は時折、鋭いナイフを隠し持っている。

「そんなことよりも、早く食べないと冷めますよ。あ、蒼馬君このホタテおいしい。取った？　私の分もあげるよ」

「大丈夫ですよ。まだありますから。優花さんもちゃんと食べてください。エビもぷりぷりですよ」

お互いのプレートにエビやホタテを乗せあいっこする私たちに、専務が「お前らなに仲のいい姉弟をやってるんだよ」とツッコミを入れた。

「そう言えば、優花さん弟さんいるんでしたっけ？　歳の離れた」

「うん、一回り下だから、今高校受験かな。たまにしか会えないから、どうしてるのかさっぱりだけど」

専務が目の前に座る私を眺める。

「へえ、珍しいな。お前が家族の話をするなんて」

「そんなことないですよ。別に訊かれなかったから言わなかっただけです」

それから散々食べて、思う存分食事風景の写真も撮って、店を出るために席を立った。

ふと、店内に飾られていた一枚の写真に目が留まる。

セピア色のその写真は、服装から判断するに、一九六〇年代くらいに撮られたものだろうか。二十代前半と思《おぼ》しき男女が、仲良く寄り添っている。

私の視線に気づいたらしく、専務が言った。

「この店のオーナーの若かりしころのようだな。ほら、名前がついてるだろ」

本当だ。説明とともに名前が書かれている。

「セピアの写真ってなんかこう、ノスタルジックな気分にさせられるよなぁ。どことなく物悲しさが滲《にじ》むっていうか、苦い初恋を思い出すというか」

しみじみと告げる彼の台詞《せりふ》が耳に残る。

苦い初恋——この人にもそんな思い出があったのだろうか。

その考えが、顔に出ていたらしい。専務がちょっとムッとしたような口調で言った。

「なんだよ。俺だって初恋くらいしたさ。おっさんになっても忘れられない、甘じょっぱい体験をよ」

「甘じょっぱいってどんなのですか……」

微妙な顔でツッコむ蒼馬君。

蒼馬君の肩に腕を回した専務は、「甘酸っぱいよりも切ない思い出なんだって！　お前にもあるだろ？　……いや、イケメンにはねーよな」と、ひとりで自己完結していた。

もう一度その写真を見つめる。

セピア色の年代物の写真。哀愁漂《あいしゅうただよ》うそれは、確かに苦くて甘い記憶を思い出させてくれるよう。

「甘くて、苦くて、しょっぱい初恋……」

昔の記憶が、セピア色で脳裏《のうり》に甦《よみがえ》る。

私の初恋もその通りかもしれないと、自嘲《じちょう》めいた笑みを浮かべてその場から去った。

レストランからホテルまでは歩いて数分の距離だが、夜も遅いということで、ふたりが私を送ってくれた。建物の前で、彼らにお礼とおやすみなさいを告げる。

自分たちのホテルに向かって歩き出したふたりをつかの間見送って、私も部屋に行こうと踵《きびす》を返す。しかし、後ろからパシッと手首を握られた。

振り返れば、蒼馬君がいた。少し先に、待っている専務の姿が見える。蒼馬君は一瞬躊躇《ためら》ったようだが、振り切るようにして口を開いた。

「優花さん、僕に隠していることはありませんか」

「え？」

じっと見つめてくる眼差しに、なんらかの覚悟が見える。一瞬で緊張が走った。

このままはぐらかすことはできる。でも、心身ともに彼をサポートする立場にある私が、彼に余計な悩みを増やしてはならない。そう判断し、私はある程度、本当のことを話すことを決めた。

「あるわよ、当然。蒼馬君に言えないことの、ひとつやふたつ」

彼は眉をひそめ、私から目線を逸らさず尋ねる。

「それはそのスカーフの下に隠してあることも含めてですか」

「なんのこと？」

「とぼけないでください。僕があなたの行動に気づかないとでも？　優花さんは暑いのにオシャレのために我慢するとか、そんな非合理なことはしない人です。やらなくてはいけないなにかがない限りは」

手首を離して、彼は私の首元に視線を投げた。

私は平常心を保ちつつ、冷静な声音で答える。

「たとえなにかあったとしても、それは蒼馬君には関係ないことよ。女性の秘密を暴《あば》こうとするなら、それ相応の覚悟がないと許されないわ」

偉そうなことを言える立場じゃない。でもこうまで言わないと、彼はきっと諦めてはくれない。

専務の訝《いぶか》しむような表情をちらりと確認して、彼に戻るよう促《うなが》す。しかし、蒼馬君は渋面《じゅうめん》のまま首を横に振った。

「僕は、あなたに頼られる男になりたいんですよ」

「私は、あなたに頼られるマネージャーになりたいわ」

――仕事のパートナーとして。

暗にそう告げれば、蒼馬君はくしゃりと表情を歪《ゆが》めた。

「ずるい女《ひと》ですね、優花さんは」

「……ええ、そうね。ずるくて臆病で、卑怯《ひきょう》な女なの」

今まで行動をともにしてきたなかで、なんとなく彼の想いを感じることはあった。

でもその感情にはあえて触れないようにしていた。明らかな名前をつけなければ、向けられる気持ちもあやふやなままですませられると信じて。

つくづくずるいとは思うけど、マネージャーという立場上、良好な関係を崩すことだけはしたくないのだ。

「隠しごとはする。言う必要のないことは伝えない。でも、嘘はつかないと約束する。蒼馬君の信頼を失いたくないから」

自分が勝手なことを言っている自覚はある。でも、そんな私に対して、彼は眉間《みけん》に皺《しわ》を刻んだまま小さく嘆息してつぶやいた。

「本当に、ずるいですね、優花さんは……。あなたに嫌われたくない僕は、頷くことしかできないじゃないですか」

「……ごめんね」

そう返すのが、私にできる精一杯だった。

4

その日の夜は、結論から言うと、大輝は私のもとを訪れなかった。

彼が来るのを待っていたわけではない。来るという確証もないし、逆に来られたら困る。シャイリーンと彼との関係を知った今、心がモヤモヤしてどう大輝に接したらいいかわからないのだ。

大輝が来るかどうかわからなくても、私が部屋に滞在することは変わらない。別のホテルの部屋を探して移動することも、やろうと思えばできるはず。なのにそれをしないのは、心のどこかで彼の傍《そば》にいられることを嬉しいと思っているからだろうか。もしかしたら私は、心の奥底では、このまま関係を持って思い出にしたいと願っているのかもしれない。

頭を整理したくて、広すぎるバスタブにお湯をはった。照明を落とせば、窓の外に綺麗な夜景が広がる。

アメニティのなかにキャンドルがあったのを思い出して、小さなキャンドルをふたつ、浴槽の近くに置いた。一緒に置かれていたマッチで火をつける。

淡いオレンジ色の光がぽわっと灯《とも》るなか、お気に入りのクラシックを静かな音量で流した。最近はほとんどクラシックなんて聞いていない。大学時代はクラシック漬けだったのに、すっかり流行《はや》りの音楽を聞くことが多くなってしまった。

バスタブに入り、そっと息を吐く。

リラックス効果が高いと言われるモーツァルトを聞きながら、水面で指を動かした。見えない鍵盤を弾くように、お湯の上でちゃぷちゃぷと指を動かす。久しくピアノに触っていない。もう、以前みたいな演奏はできないだろう。

幼いころからずっとピアノを習っていたが、音大を目指したいわけじゃなかった。あのときここに留学していなかったら、私はきっと、付属の大学の医学部を狙っていただろう。

医学部を出て、医者になって、父が経営する病院を継ぐ。それが、生まれてからずっと、当然のように私に課せられた使命だと思っていた。

でも結局私には弟が生まれて、跡継《あとつ》ぎ問題はあっさり解消されることになる。

両親は……特に父は、男の子をほしがっていた。待望の男子が生まれて、もう彼らが望む道を歩まなくてもいいと知って、私の心にはぽっかり穴が開いた。だからといって、幼いころから当たり前だと思っていた医者になるという道を放り出すこともできず、私はただ淡々と勉強をし、毎日を過ごすだけになっていたのだった。

そんなときに訪れたこのニューヨークの地。自由に、でも一途に生きる大輝の姿に、私はなにか感じるものがあったのだろう。帰国後、医学部への道を自ら捨てた。

「自由になったってことだけどね」

はあ、と軽く嘆息する。

「ニューヨークに来てから、昔のことを考える時間が増えた気がする……」

少し温《ぬる》くなってきたバスタブから上がり、お湯を抜く。パジャマを着て、そのまま寝室へ直行した。


重いし、暑い……

寝返りを打とうとしても動けないことに気づき、私はうっすらと瞼《まぶた》を開けた。

目の前には、端整な男の寝顔――

眉間《みけん》に刻まれている皺《しわ》は、寝ていても取れないのかしら。少し伸びている髭《ひげ》に触れてみたい。

しかしがっちり抱き込まれているため動けない。

本格的に、私は彼の抱き枕となっている。

わずかに力を込めて大輝の腕から抜け出そうとした。が、熟睡しているはずの彼が不機嫌そうな声を出して、さらに私を抱きしめる。

「うるさい、寝ろ」

耳元で囁《ささや》かれた。その吐息まじりの掠《かす》れたバリトンに、身体がぞわりと反応する。

彼は私を好きなんかじゃない。嫌《いや》がらせで、傷つけるためにこうやって構っているだけ。そのことはちゃんとわかっている。なのに——

この密着した距離を手放したくないと思っている自分がいた。

◇◆♪◆◇

「いつこの部屋に来たの？」

ルームサービスの朝食をとりながら、大輝に尋ねる。彼とこうやって食事をするのは、今日で二回目だ。少しくすぐったくて、むず痒《がゆ》い。

「確か一時を過ぎてたか」

シャワーを浴びて多少はすっきりした顔の彼が、コーヒーを飲みながら答える。

フォークとナイフを持つ手は男らしく骨ばっていて、そして食べ方はすごく綺麗だ。そういうところに育ちのよさが垣間見える。

気になってたまらない男性とふたりきりで同じ部屋にいるというのに、この状況にすんなりとなじんでいるのが不思議だ。シャイリーンのような素敵な女性が傍《そば》にいる大輝が、好き好《この》んで私に手を出すはずがないと考えているからかもしれない。

シャイリーンのことを思い出して、心がつきんと痛んだ。

「いつもそんなに遅いの？」

「遅いときもある。最近は0時前に帰れたことはないな」

「わざわざここに来ないで自宅に帰ればいいじゃない」

「枕がないと眠れないだろ」

「もしかしなくてもそれって私のことかしら」

じと目で尋ねれば、さらりと「よくわかってるじゃないか」と返ってくる。

シャイリーンに頼めばいいじゃない、彼女でしょ？　という台詞《せりふ》が喉まで出かかったが、呑み込む。

彼の回答を平気な顔で受け止められる自信がない。

「今日はどうする予定なんだ？」

「いくつか片づけたい仕事があるから、多分お借りしている部屋にこもっていることが多いと思うわ。今日中にＲＹＯの新曲の歌詞を日本に送らないといけないし、ほかにもいろいろ詰まっている帰国後のスケジュールを見直さないと。ああ、あの子ちゃんと書き終わったのかしら……」

蒼馬君は仕事はきっちりやるから、基本そこまで心配はしていない。でも、昨日の段階では言葉を濁していたし、やっぱり傍《そば》で見ていないと落ち着かない。ホテルが違うから、夜に専務が蒼馬君を連れ出しても私にはまったくわからないのだ。大丈夫だろうか――

「痛っ！」

不意打ちの痛みに、おでこを押さえる。目の前には、私にデコピンをした男の不機嫌そうな顔があった。

「俺の前で他の男について考えごとか。ずい分いい度胸しているじゃないか」

「仕事について考えてたのよ」

「仕事イコールあの男だろ。男に変わりはない」

「仕方ないでしょ、私はRYOのマネージャーなんだから」

呆《あき》れ半分に睨《にら》みつければ、大輝はひと言「気にいらない」と言った。

「あいつがお前を見る目が気にくわない。必要以上にくっついているところも、行動をともにすることも」

「大輝、なに言ってるかわかってる？」

まるで嫉妬《しっと》しているみたいな言い方に、居心地が悪くなる。

これでは、大輝が私のことを想っているように聞こえるではないか。私の心を乱す発言はしないでほしい。

「お前は俺のものだろう。命令だ。俺といるときは他の男のことを考えるな。それがたとえRYOだとしてもだ」

横暴すぎる命令に、勘違いしたくなる。もしかしたら、少しでも彼は私に好意を抱いているんじゃないかと。

――だけどそれはやっぱり違うのだ。


帰国するまでに打ち合わせを進め、コンサートの具体的な方向性を決めることになった。MER側は積極的にうちの要望に応《こた》えようとしてくれている。最高のステージを作るという意気込みが伝わり、私たちも自然と気合いが入った。

三ヵ月なんてあっという間だ。その間、日本での仕事は最小限に留めて、このコラボレーションに全力を注ぐ必要があるだろう。

リチャードと顔を合わせ、今後のスケジュールを確認する。次にニューヨークを訪れる時期を調整しなければならない。

結局、今回結んだ契約書を持って一度日本へ帰り、また来月の頭に再訪することにした。行ったり来たりをくり返すことになるが、これも企画成功のためだ。

『明日のRYOの生演奏、楽しみにしてるから。うちのアーティストも何人か見にくるみたいだぞ。よろしくな！』

蒼馬君の肩を叩きながら、リチャードは去って行った。蒼馬君は笑顔で対応しつつも、若干緊張した面持《おもも》ちになっている。実はRYOの歌声披露の場が、小さなスタジオではなくMERのカフェテリアでのミニコンサートに急きょ変わったのだ。思っていた以上に、MERの社員が注目しているようだ。まあ、蒼馬君ならどんな場でも素晴らしいクオリティに上げてくれるはずなので心配はしていないのだが、当の本人は流石《さすが》にドキドキしている。

「誰が来るんですかね……」

「多分シャイリーン・スチュワートは来るんじゃないの？　時間が合えばね」

「優花さん、さりげなくプレッシャー与えないでください」

「なに弱気になってるの。プロがそんなことを言ってどうする」

いつも通りでいいんだからと励ますと、彼はふわりと微笑んだ。

それを見て安堵《あんど》する。昨夜の空気は、もう感じられない。私に抱いている感情は信頼と好意から来るもので、そこに恋情は含まれていなかったのだろう。それに、もしうっすらとでも感じていたとしても、含めてはだめだと昨日明確な線引きをしたから、彼が今すぐこの関係を崩す真似《まね》はしないはず。

マネージャーとアーティスト。今まで二人三脚でやってきたように、これからも良好な友愛や家族愛に似た感情なら、壊れることなく続いていくと信じて。

気分転換に昼食を外に食べに行き、MERに戻って再び部屋にこもる。持ってきていたノートパソコンを開きながら、私は私で自分の仕事を進めた。急ぎの案件がないかメールに目を通し、優先順位をつけて返信する。

CMやドラマ主題歌のオファー、ファッション雑誌のインタビューなど、人気者の蒼馬君への依頼は絶えない。それらをひとつずつチェックし、スケジュールの調整を図《はか》る。

カタカタとタイプする手を止めたところで、同時に蒼馬君が小さく伸びをした。

「コーヒーでもいれようか。それともジュースにする？」

「甘いもの、ほしいですね。あ、でも炭酸はまた落としたら……」

「私だってそう頻繁《ひんぱん》には落とさないわよ」

待ってて、と言って近くの自販機へ向かった。彼がコーラが飲みたいと希望したので、そのボトルを一本買う。私はレモンティーにするか。

冷たい飲み物を持って、部屋に戻る。

ちなみに専務は午後からひとり行動だ。いろいろと案内や説明を受けてくるらしい。

代表者がひとりいれば十分とかで、私たちはこうして自分の仕事に没頭している。

「買ってきたよ〜」

ノックもなしに扉を開け、私は昨日同様入り口で固まった。かろうじて、二日連続で炭酸飲料を落とすという失態は起こさなかったが。

「……何故あなたがここに？」

「通りかかったからだ」

にやりと笑ったのは、大輝――いや、ここでは葛城副社長か。

昨日の今日なので、彼が来た理由を勘ぐってしまう。シャイリーンに言われたから、あえて同じように突然訪れてみたんじゃないだろうかと。

そんな私に構うことなく、大輝は蒼馬君に今やっている仕事について尋ねていた。曲はできているので、後は歌詞をつけるだけだと答える蒼馬君。

大輝の要求に応じて、蒼馬君が音楽プレーヤーからイヤホンを抜いて、ボリュームを上げた。録音された新曲が流れはじめる。

バラードとはまた違う、甘さと切なさが感じられる優しいメロディ。爽《さわ》やかさのなかに、叶えられなかった想いのような、青春の甘酸っぱさを彷彿《ほうふつ》とさせるイメージだ。

この曲に一体どんな想いが込められるんだろう。いつも蒼馬君はできた歌詞を一番に私に見せてくれるのだが、今回は二番手に回ることになった。というのも、大輝が今、それを読んでいるからだ。

どこか緊張した面持《おもも》ちで、蒼馬君は彼が読み終わるのを眺めている。

背後で流れる曲は、終盤になっていた。サビも聞き終わり、大体全体を把握できたのだろう。大輝が、今まで浮かべていたお客様用の笑みを消した。

自社社員に向けるのと同じ鋭い眼差しで、蒼馬君を見やる。

「最近のJ-POPやここ数年の流行《はや》りの歌はあらかた把握している。それから判断すると、この曲は今の流行に流されず、だが若者にも受け入れられるいいメロディだと思う。聞けば聞くほど耳に残るし、昭和の懐メロを聞いて育った世代からも好まれるだろう。ファンの年齢層が幅広いのも頷ける。だが——」

そこで大輝は台詞《せりふ》を切った。

歌詞を綴《つづ》った紙に再び視線を戻す。やはり今の表情は、身内に見せる顔だと確信した。

「お前の歌は綺麗すぎる」

そう言って紙を蒼馬君に返した。

「人は綺麗すぎるものには惹かれない。何故なら嘘くさく感じるからだ。上辺だけ取り繕《つくろ》った中身のない歌。そう感じる人間は少なからず現れる。綺麗な言葉の羅列《られつ》なんてものので、人の心は動かされない。もっと人生経験を積め。女遊びでもいい、なんでも挑戦しろ。薄っぺらいものなんて作るな。時間の無駄だ」

「ちょっ、葛城さん……！」

抗議の声を上げようとした私を、少し血の気が引いた顔で蒼馬君が止める。そして彼は、私たちの目の前で、歌詞を書き綴《つづ》っていた紙を破った。

思わず息を呑む。数拍後、蒼馬君は決意の込もった目を、真っ直ぐ大輝に向けた。

「書き直します」

蒼馬君の目に、強い力が宿っていた。

彼がなにを書いていたのかはわからない。

大輝の言葉に、彼自身も思うところがあったのだろう。

けれど、ＲＹＯのマネージャーとしてはこのまま終わらせるわけにはいかない。私は蒼馬君を部屋に残して、出ていった大輝を追いかけた。

「ちょっと待って、待ってください！」

大輝はぴたりと歩みを止めた。

振り返る彼を小声で問い詰める。

「何故あなたが新曲にまで口を出すの」

「当たり前だ。ここでＲＹＯのブランドが下がったら困る。人気が下火になった新人歌手に用はない。それに、契約を交《か》わすときに言ったはずだろ。こちらが望むレベルにまで達してもらうと」

「だ、だからと言って、彼に女遊びをしろとか、変なこと言わないで！」

「別にしろとは言っていない。たとえのひとつだ。人生経験を積めとは言ったがな」

「彼は真面目なのよ。そんな風に言われたら悩むに決まってる」

「はっ、真面目ね……」

嘲《あざけ》るように、大輝は鼻で笑った。くだらないとでも言いたげだ。

「真面目で素直なだけが取《と》り柄《え》とか、実につまらん。今から公務員にでも転職すればいい。柔軟性が乏《とぼ》しく想像力もないんじゃ、表現者《アーティスト》向きではない」

そんな言い方……！

思わず拳《こぶし》をギュッと握る。ほとんどなにも彼のことを知らないくせに、好き放題言わないでよと、自分の立場も忘れて反論しそうになった。

だが、私が口を開くよりも先に大輝が続けた。

「苦労を知らない、醜《みにく》さを知らない。人の言葉を額面通りに受け取り、人間の裏側を見ようとしない。RYOのさっきの歌詞は、綺麗ごとだけを並べた薄っぺらい言葉の集まりだ。そんなもので、誰かの心が癒《い》やせるとでも？　過保護な親鳥ごっこはやめろ。世間知らずが理想を押しつけるな、反吐《へど》が出る」

厳しい顔で告げるこの人は、嫌《いや》がらせで言っているわけではない。

言い方はかなりきついが、だからこそ、ビジネスとして価値を見出すべく臨んでいることが伝わってきた。

腹立たしい気持ちにはなったが、ゆっくり息を吐いて、私は小さく頷いた。

「彼が言うように、もう一度、書き直させます。今度は彼の本心を語るように。でも、歌に理想を込めることにはなんの問題もないと思います」

「理想を歌うのが問題なんじゃない。あいつがそう思っていないのに無理して歌おうとするから問題なんだ。感情がともなわない言葉を聞かされても、苦痛なだけだ」

「たとえ嘘でも、そうありたいと強く願って歌うなら、偽《いつわ》りなんかじゃないわ」

「嘘を貫《つらぬ》き通して真《まこと》にする覚悟があるならやってみろよ。自分を偽《いつわ》りながらでも、ファンの心に響くと本当に思えるんならな」

——あいつはそこらへん、不器用に思えるが。

そう言った大輝の言葉は、私にも理解できた。蒼馬君は、誰かを騙《だま》すなんて真似《まね》はできないだろう。

本心ではない心を語った歌に、人の気持ちが動かされることはない。

今までは大丈夫でも、これから先は違ってくるはず。蒼馬君が嘘のない気持ちをさらけ出さなければ、大衆はやがてそれに気づいてしまう。

私は大輝から視線を外してうつむいた。過保護な親鳥は言い過ぎだと思うけど、そんな気になっていたことは否定できない。マネージャーとアーティストの距離感は難しい。

「何事も共感を得られれば強い。ＲＹＯに伝えておけ、毎日を無駄にするなと。なんでもいい、見て感じて、心に留めろ。それらの体験が、作品を生み出す糧《かて》になる」

「……わかりました。お時間頂きすみませんでした」

私が頭を下げてお礼を告げると、用は終わったという風に、大輝は踵《きびす》を返した。そこにはプライベートで流れる親しさなど一切ない。厳しくて怖い、彼の経営者としての一面をはじめて知った気がした。

ふいに彼が振り返る。

「優花。くれぐれもゴシップ誌に載るようなヘマはさせるなよ。名を汚す売名行為は、俺が許可するまで徹底的に排除しろ」

「わかってます」

そんなことさせるわけないでしょう！

それに許可ってなによ。いつか意図的にでもゴシップ誌に載せるつもりなの。

苛立ちを見せないために、私はさっさと蒼馬君のいる部屋に戻った。

そこには、集中している彼の姿があった。邪魔にならないよう、私は彼の視界に入らない場所に移動する。

眉間《みけん》に皺《しわ》なんて珍しい。彼は一体なにと葛藤《かっとう》しているのだろう？

私は黙って自分の仕事を再開した。

破り捨てられた歌詞にどんな心が込められていたのか、私にはわからない。でも大輝が見抜いたように、彼の本心ではなかったのだろう。

ふと気づくと、蒼馬君は走らせていたペンを止め、ソファに座ったまま静かに私を見つめていた。

テーブルの前でノートパソコンに向かっていた私は、彼の視線に気づいて微笑みかける。

大丈夫？　できた？　さっきのは気にしないで——

気遣う言葉をかけたいのに、どれも逆に追い詰める気がして、私からはどうしても話しかけられない。サポートする立場なのに、なんて言っていいのか迷うとは。マネージャー失格だ。

「優花さん」

見つめ合ったまま、彼が小さく私の名前を呼んだ。

「なに？」

「訊かないんですか。僕がなにを書いてたか」

彼はわずかに視線をうつむけた。叱責《しっせき》されて落ち込む少年のようにも見える。その姿が私の弟と重なって、ふっと小さな笑みが落ちた。

「蒼馬君が言いたくないことは訊かないよ。隠しごとばっかりの私が、あなたにだけ言わせるのはフェアじゃないでしょ」

きっと私は、自分で思っていた以上に、彼を知らない。彼の本当の声を一番近くで聞いていたつもりで、実はなにも知らないのではないか。

蒼馬君が作る歌は、友情だったり親愛だったり、語る物語は様々だ。そしてそれらは、今の世のなかに溢《あふ》れている、キャッチーなだけであまり中身のない歌とは違う。彼の歌は、聞けば聞くほど心に沁《し》みて温かくなる、そんな不思議な魅力を持つものばかりだ。

アップテンポな歌やバラードでも、その力は変わらない。

今までのそれらが嘘だとは思えない。それにたとえ嘘がまじっていたとしても、理想《きれいごと》を語っていたとしても、それでいいではないか。本心ばかりを歌うことは、誰にだって不可能なんだから。

「……正直、驚きました。葛城さんが言っていた言葉は、どれも本当のことだから。綺麗な言葉だけを並べて自分の本心を覆い隠したって、誰にも届かないのに。どろどろした醜《みにく》い感情を隠したくて、上辺だけ取り繕《つくろ》った物語ができてしまった。あんなのは、公表できません」

どろどろした醜《みにく》い感情なんて抱くような人じゃないと、彼について漠然とそう思っていたので驚いた。

でも、そんなことを考えていた自分にもっと驚いた。

ネガティブな心を持たない人間なんていないのに、どうして彼だけは特別だと考えていたのだろう。

彼は、少し浮世離れした空気を放っている。それ故《ゆえ》、いつの間にか私のなかで純真で高潔なイメージができあがっていたのかもしれない。彼の中性的な美貌も相まって、私は彼を、普通の青年とは少し違うと思っていたのだろう。でもそれは、酷く自分勝手で、傲慢《ごうまん》な押しつけだ。

「僕は優花さんやファンの皆さんが考えるような、純粋な人間でも、爽《さわ》やかな男でもありません。人並みに嫉妬《しっと》もするし、怒りもする。毒だって吐くし、自分のことを優しい人間だとも思っていません。今まで書いてきた歌も嘘ではないけれど、大多数の人間がそうであったらいいと考える理想を歌ったもので、本当の僕自身の本音ではないんです。本音を語ったら、きっと今みたいに癒《い》やされるだとか言われなくなる」

「蒼馬君……」

ほの暗さを感じさせる冷笑を零した彼。

私は一番近くにいたのに、彼の心になにも気づいていなかったのだ。

「今だってそうだ。あなたと葛城さんがいるのを見ただけで、ふつふつと黒い感情がわき上がる。胃の奥がかきまぜられるみたいに。……優花さん。嘘は言わないって言いましたよね。聞かせてください。あなたと葛城さんは、どんな関係なんですか」

真っ直ぐ見つめてくるその視線は、避けられないほど強い。そしてそこには、縋《すが》るような想いが込められていた。ここで逃げたら、今後彼は私に心を開いてくれない――。

そう、私は確信した。だから、本当のことを告げるべきだ。

「――かつての同級生よ。私が交換留学に来たときの。……そして、彼は私の初恋の相手で、私がこっぴどく振った相手」

蒼馬君が軽く目を瞠《みは》った。

「優花さんが振ったんですか？　初恋の相手だったのに？」

「ええ。ちなみに交際はしてないわ。だから元彼でもない」

淡々と語る私の声に嘘がないとわかったのだろう。蒼馬君は少し表情を緩《ゆる》めた。それでも、眉間《みけん》の皺《しわ》は刻まれたままだったが。

ぽつり、とまた質問が落とされる。

「それは、今もですか？　今も、あの人が好きですか？」

ストレートに尋ねられる。

自分の発言にはっとしたらしく、蒼馬君は慌てて「すみません。忘れてください」と謝った。だが、私はあえてその問いに答える。

「好きよ。――多分、がつくけど」

彼への気持ちは複雑すぎて、好きだと断言することはできない。自分自身でさえ、心が鮮明に見えないのだ。

大輝に惹かれているのは本当。成長した彼に胸の高鳴りを感じるくらいには、私は大輝を嫌いにはなれていない。でも……

「彼は、私を好きじゃないわ。むしろ、憎まれてる」

「え？」

怪訝《けげん》な声を出した蒼馬君に、大輝に恋人がいることを告げる。当然、誰とは言わない。

「考えてもみてよ。いないほうがおかしいでしょ。見るからに美女を侍《はべ》らせていそうな皇帝陛下よ？　昔だって常に女の子に囲まれていたんだから。交際している女性のひとりやふたり、いるに決まってるじゃない」

「まあ、そうかもしれませんが……」

釈然としない顔で、歯切れ悪く彼はつぶやいた。しかしなんとか納得したらしい。

「あの人は生まれながらの百獣の王よ。ライアンなんて名前、ぴったりすぎじゃない？」

あえて軽くした私の口調に乗ってくれたのか、蒼馬君はここでようやくくすりと笑った。

「ライアンでライオンですか。優花さんって意外とオヤジギャグ好きですよね」

「失礼な。専務ほどじゃないわよ」

あはは、と和《なご》やかな空気に変わってほっと内心一息つく。

だが直後、彼は最後にひとつ、と答えにくい質問を投げてきた。

「彼に……葛城さんに、ひどいことはされていませんか？」

「っ……」

きっと勘づいている。服の下に隠している、鎖骨の痣《あざ》に。

頷くことも否定することもできなかった。

でも迷いは一瞬。私は安心させるような微笑みをつくり、視線を真っ直ぐ彼に向ける。

「されてないよ」

彼との間にあるのは、取引だけ。私が大輝の言いなりになったのも、納得した合意の上だ。

そう私自身に言い聞かせるように、蒼馬君の問いに答えた。

◇◆♪◆◇

その日の夕方。これから交流が増えるであろうＭＥＲの社員数名とディナーに行くことになった。

私たちに気を利かせたらしく、向かったのは人気の日本食レストラン。

日本人の板前さんが、カウンターで寿司を握っていた。

従業員も日本の人ばかりで、「いらっしゃいませ」の声に安らぎを感じる。

海外にいながら和の空間を味わえるのは贅沢《ぜいたく》だ。掘りごたつのある座敷で、出されたお茶を一口啜《すす》る。たった数日離れているだけなのに、やっぱりほっとする。隣に座る蒼馬君の表情も柔らかく緩《ゆる》んでいた。

同席しているのは、リチャードの部下二名。アニカという女性と、シャンという男性。ふたりは私と同年代の、二十代後半だ。赤毛で青い瞳が特徴的なアニカは、日本のファッションに興味があり、過去数回日本旅行を経験しているとか。日本食も大好きで、好物は湯豆腐と聞いて少し驚く。この店でも当然、彼女は湯豆腐を注文済みだ。

アニカの隣に座るシャンは、ひょろっとした長身に、茶色のくるくる天然パーマが印象的だ。彼は自他ともに認めるアニメオタクで、先ほどからずっと、日本のサブカルチャーを熱く称《たた》えてくれている。

ちなみにこの場にリチャードと専務はいない。偉い人には偉い人の付き合いがあるのだとか。

久々の和食を堪能《たんのう》し、お腹が満たされた夜の八時過ぎ。

私と蒼馬君はアニカとシャンに連れられて、再びＭＥＲに逆戻りしていた。未だに社員が残るオフィス内を、彼らの後に続く。

とある部屋の前で止まったアニカは、人差し指と中指に挟んだカードを背後にいる私たちに見せた。シャンがピューっと口笛を吹く。

『わお、それってあそこの会員カードじゃん。アニカ、誰に借りたの？』

『リチャードに決まってるじゃない。ライアンがRYOに社会見学をさせろって言ったんですって？　リチャードがこれで遊んで来いって。当然、費用は会社持ちで』

社会見学とはよく言ったものだわ……

にんまり笑うアニカに、シャンが「マジで？」と叫ぶ。ちなみにこれは日本語でだ。話についていけない私たちは、見事に置いてけぼりをくらっている。

エキサイトしているふたりは、くるりと振り返り私と蒼馬君の腕を掴んだ。

『ささ、そういうわけで着替えないとね！　時間がなくなっちゃうわ』

『え、え？　あの、ちょっと！』

バタン、と連れ込まれたのは、めちゃくちゃ広い衣裳部屋だった。舞台やテレビ用など、用途別にわかれたコスチュームがずらりと並んでいる。そのなかで、最近使ったらしい雑誌撮影用の服が並ぶコーナーに引っ張られ、私と蒼馬君はその前に立たされた。

息がピッタリのアニカとシャンは、あれやこれやと騒ぎながらあっという間に私たちの服のサイズを調べ、ラックに飾られている服を物色する。この状況に唖然《あぜん》としている私と蒼馬君は、未だについていけてない。

『あの、結局どこに行くんですか？』

『もちろん夜遊び《ナイトクラブ》よ！　会員制だから、身元がはっきりしている人間しか入れないところなの。だから安心していいわ。セレブなスターたちもお忍びで来ることで有名なのよ～。セキュリティもばっちりだから、ＲＹＯが行ってもＯＫと許可が下りてるわ。私たちなんてめったに行けないから、超ラッキーよ！』

手を動かしながら説明するアニカに、蒼馬君が戸惑いの視線を向ける。

先ほどからどう見ても、アニカもシャンも、女性物の衣装しか選んでいない。私だけの分を選んでいるにしても、量が多い。

『あの、着替えって僕もですか？』

『Of course《もちろん》!』

……即答。そして不穏な会話が流れる。

『お忍びと言ってもバレないに越したことはないからね！　ニューヨークは日本人も多いし、どこで気づかれるかわからないよ。日本のスターなんだし。やっぱりＲＹＯには黒のロングドレスでいいんじゃない？』

『いきなり脚を出すのはハードル高いでしょ。ミニをはかせたい気もするけどさ』

を羽織って、足首までのロングドレスで体形をカバーすれば、男だって気づかれないんじゃない？　彼は絶対化粧栄えすると思うし！』

『中性的で綺麗な顔してるものね～。目立たないように服は黒でいこう』

中途半端に会話が理解できてしまったようで、蒼馬君は涙目だ。

「優花さん……あの、僕どうなるんですか」という問いには、「なるようにしかならないと思う」と曖昧《あいまい》に答えるしかなかった。ごめん。

固まる私たちをよそに、ふたりはフィッティングルームを指差して言う。

『さあ、着替えよう』

『ヘアメイクも任せて！』

抵抗むなしく、私たちはそれぞれ着替え用スペースに連れ込まれて、着せ替え人形と化したのだった。

◇◆♪◆◇

外観はオシャレなレストラン。重厚な扉を開けて受付でメンバーカードを見せると、表のレストランとは別の場所へ案内される。地下に続く階段を下りれば、両開きの扉が。

そこにはまた小さなカウンターがあり、コンシェルジュと思《おぼ》しき人物がにこやかに出迎えてくれた。そして改めてカードを確認後、扉を開ける。

その瞬間、音の洪水が流れてきた。防音対策がしっかり施《ほどこ》されている。

なかに入ってもしばらく通路が続き、そしてとある広間へ通された。

広々と開放的な空間の前方には、ダンサーたちが踊るステージ。照明は落とされ、がんがんと流行《はや》りの音楽が流れている。有名なDJがいるのだろうか。ステージ付近の盛り上がりがすごい。

壁側にはソファが設けられており、各グループごとに座ってお酒を楽しめるようになっている。

「ゆ、優花さん……こんな格好でここって、いいんでしょうか」

「私も正直どうしたらいいのかわかんないわ……」

そっと隣の蒼馬君を見やる。くるぶしまであるシンプルな黒のマキシワンピをすらりと着こなし、首と肩にはストールを。それが、喉仏と肩幅をいい具合にカバーしている。頭には栗色のストレートのウィッグ。背中の真ん中まである髪は、彼にしっくり馴染《なじ》んでいた。

一七七センチという高めの長身でも、アメリカにいれば目立たない。そのくらいの女性なら普通にいるからだ。

羞恥《しゅうち》と緊張がないまぜになっているせいか、元々中性的だった彼の美貌《びぼう》は、今は完全に女性寄りに見えた。

自然のままでも長い睫毛《まつげ》にさらにつけ睫毛《まつげ》をつけることで、より目力アップ。毛深くはないため、髭剃《ひげそ》りの痕《あと》は簡単にファンデで隠せた。チークに潤《うるお》いたっぷりのグロスを唇にのせて、潤《うる》んだ瞳で見つめてくる蒼馬君は、どこから見ても完全に美女。モデルのオーディションを受けたら絶対受かると思えるほどの、自慢の男の娘《おとこ　こ》だ。

女の私でも彼の色香にドキドキする。なんだろう、このフェロモンは。つい自分と比べてしまう。

私はというと、大胆に開いた襟《えり》ぐりから、ばっちり胸の谷間まで見える濃い紫のシフォンのタンクトップ。それに同系色のタイトなミニスカートを穿いている。パンツ見える、無理！　とアニカに訴えたが、見せパン穿く？　と訊かれてしまった。そういう問題ではない。

高いヒールは、ラメが入ったゴールドのサンダル。ネックレスやブレスレットをジャラジャラつけて、メイクもがっつり夜仕様に。すっきりした二重《ふたえ》は、濃いパープルとグレイのアイシャドウにアイラインを入れられて、スモーキーになっていた。口にも赤みの強い派手なルージュ。

もはや別人だ。鏡を見て、「誰？」とつぶやくほどには。

よく海外ファッション誌のアジア人モデルがするようなきついメイクに似ている。これなら、おそらく日本人とは思われないだろう。

ちなみにキスマークは薄くなっていたので、ファンデとコンシーラーで無事隠せた。

空いている一角のソファエリアに案内されて、ウェルカムシャンパンを振る舞われる。

近くにバーがあり、飲み物は好きにオーダーできるらしい。

『さあ、踊るわよー！』

アニカに連れられて、蒼馬君は人が集まるフロアへ下りていった。人が多いといっても、四十人もいないくらいだ。踊るスペースは十分にあるし、ソファに座ったままでも彼の様子は確認できる。

異国の文化に触れるいい機会だし、ここなら、保護者というか、姉代わりの私が傍《そば》にいなくても大丈夫でしょう。見たところ、参加している人たちも一般人には見えない。

「あれって、フォトグラファーのクリストファー・ヨノフスキー？　あ、あそこに俳優のジョン・マックレイが！」

よく見てみれば、本当にセレブばかりだ。

海外の大物が集まって、談笑しつつお酒を交《か》わしている。仕事柄、芸能人に会う機会は多いけれど、海外の人はなかなか会えないから少しだけ興奮してしまう。

『ミヤは踊らなくていいの？』

『私はちょっと見学してようかな』

シャンからの問いに、シャンパンを飲みながら答えた。ちなみにミヤというのが、どうやら私のニックネームらしい。アマミヤのミヤ。ＭＥＲで私の名前をユウカと呼ぶ人は、大輝以外誰もいない。

前方のステージに視線を注いでいたら、空気が揺れた気がした。なにかに引かれるように、ゆっくりと振り返る。ちょうど、ひとりの美女が、数名の男性を連れてクラブに入って来たところだった。一緒に眺めていたシャンが、小さく驚きの声を上げる。

『ずい分大物が来たね〜』

まさかその言葉が届いたのではあるまいが――。ゴージャスな巻き毛を背に流した彼女が、こちらに視線を向けた。そして私に目を合わせ、艶然《えんぜん》と微笑む。彼女は堂々と、私のもとへ歩いてきた。

『あら、奇遇ね。こんなところで会うなんて』

大輝の恋人である、シャイリーンの登場だった。

隣に座るシャンは完全に戸惑っている。

『ふふ、偶然会うなんて。こういうのって日本では、〝縁がある〟って言うんだったかしら？』

彼女は、ウェイターの男性からシャンパングラスを受け取り、シャンにひと言、『彼女と話がしたいんだけど』と告げた。シャンが大丈夫かと気遣うそぶりを見せたが、私は小さく目で頷き、微笑んで見せる。彼は立ち上がり、下のフロアに下りて行った。

――気まずい。気まずすぎる。

けれど私は、じっくりこちらを見つめてくるシャイリーンに、あえて視線を合わせた。

『あの、話ってなんですか？』

ほどよく肉付きのいい美脚を惜しげもなく晒《さら》している彼女は、蠱惑的《こわくてき》な笑みがよく似合う。シャンパンゴールドのドレスを着こなし、女の私でもくらくらする色香を放つ世界の歌姫《ディーヴァ》。綺麗にルージュを引いた口角をキュッと上げて、シャイリーンはフロアに視線を投げた。

『RYOはあそこにいるの？』

『彼はリチャードの部下のアニカと一緒です』

『アニカ？　……会ったことあったかしら』

赤毛でオシャレが大好きな〜、と特徴をあげれば、『ああ！　あの子ね』と思い出したらしい。一瞬でアニカを見つけたシャイリーンは、すぐ隣にいる美女を見てにんまりと笑う。

『ふふ、ずい分と楽しんでいるようね。かわいいわ、食べちゃいたい』

『……冗談でいいんですよね？』

仮にもマネージャの前でオオカミ発言はよしてください。すでに押し倒した前科がある彼女の言葉は、とても冗談には聞こえない。

『さあ、どうかしら？』

くすりと笑う彼女の真意が読めない。ずっとからかわれている気分になる。

『かなり印象が変わるわね、あなた。メイクでここまで雰囲気が変わるなんて、やりがいがあっていいわ。アジアンビューティーはモテるわよ。ほら、さっきからあなたに熱い視線をぶつけてくる男性の多いこと』

『……私よりも、歌姫《ディーヴァ》がいることに驚いているからなのでは？』

微妙にけなされた感はなんだろう。元が地味だから、化粧映えする顔でいいと言われているのよね。

『謙遜《けんそん》するのね。私がここにいるのはそう珍しくないのよ？　珍しいのはあなたなんだから』

『そう、ですか……』

だめだ、会話が続かない！

なにを言ったらいいのかさっぱりわからないのだ。だからと言って、彼女の新曲がよかったとか仕事の話をするのもなにか違う。共通の話題である大輝のことは、泥沼になりそうだし……

ぐるぐると頭のなかで思考を回転させる。と、シャイリーンがさらりと言った。

『もうライアンとは寝た？』

『……パードゥン？』

今日の夕食なに食べた？　くらいの気安さで、とんでもない質問をされた。

〝寝る〟だけの意味でなら、答えはYESだ。本当にただ同じベッドで睡眠をとっているだけだけど。抱き枕役を任じられているのは、きっとシャイリーンも知らないのだろう。

でも当然ながらそんなことは明かせない。

私が尋ね返したからか、彼女はもっと直接的に言い直した。

『彼とはセックスしたのかって訊いてるのよ』

運ばれてきたカクテルに口づける美女は、ちらりと上目遣いで私を観察した。艶《なま》めかしい仕草と、からかいを含む視線に声が詰まる。

沈黙をどう解釈したのか、シャイリーンはふふっと小さく笑った。

『彼ってワイルドな見た目通り、激しいでしょ。口調は意地悪で冷たいのに、ベッドでは情熱的で。そのギャップが堪《たま》らないわよねぇ。まだ若いから体力もあって大変だけど、結構かわいいところもあるし。ああ、でもあまり激しすぎたら拒絶するのよ？　こっちの身体がもたないわぁ』

『……そう、ですね』

曖昧《あいまい》な相槌を打つしかできない。だってそんな夜の激しさなんて、私は知らないから。

ふたりは恋人同士なんだから、当然肉体関係があるとわかっている。それでも、聞き流すことができるほど器用じゃない。

そして彼女の発言の意図がわからない。恋人が別の女のところにいることをわかっていて、それを承諾する？

彼女の発言はまるで〝共有するのは気にしない、ただし返してくれれば〟と言っているようなものだ。

その後いくつか言葉を交《か》わしてから、シャイリーンは去った。たくさんの人に取り囲まれ、すぐに彼女の後ろ姿は見えなくなる。

どっと疲れが押し寄せて、私は深く息を吐いた。

男性から声をかけられまくっている蒼馬君を救い、アニカとシャンに別れを告げてタクシーでホテルに戻ったのが、深夜一時半。

今日着ていた服は明日取りに行けばいいとのことで、ナイトクラブに行った格好のままホテルに戻った。

蒼馬君は途中から呪文のように、「これも人生経験。人生経験……」と自己暗示をかけていたから、なかなか刺激的な一日を送れたのだろう。

部屋に戻ると電気がついていた。

出てきた大輝の姿に息を呑む。

「い、いたの？　びっくりした」

「遅い。って、なんだその格好は」

思いっきり眉をひそめた大輝は、スーツのジャケットを脱いでいた。ネクタイは抜かれ、ワイシャツのボタンがいくつか外れているが、パジャマ姿ではない。帰ってきてからそんなに時間が経っているわけではないのだろう。不機嫌さを隠しもしない彼は、私の服装をじろりと睨《にら》みつけた。一瞬で身体が強張《こわば》る。今の私は、露出は多く、化粧はけばい。私だってこんな姿を晒《さら》すのは正直勘弁願いたい。

「クラブ帰りか」

わかってるなら訊かないで。というよりも、自分で遊んでこいと言ったんでしょうが。リチャードから許可が下りたというのは、そういう意味だ。

「そうよ。会員制のクラブで遊んでこいという指示を出したのはあなたでしょう？　何故わざわざ訊くの」

すっと隣を通り過ぎようとすれば、肘を掴まれる。痛みに表情が歪《ゆが》んだ。

「お前も行けとは言っていない」

「RYOが行くなら私も行くに決まってるでしょ。マネージャーよ？　っていうか、痛いから放して」

腕を解放するどころか、大輝はそのまま私を引きずり、浴室へ放り込んだ。あまりの横暴ぶりに唖然《あぜん》とする。

「香水臭い。見るに耐えないその顔もさっさと洗い落とせ」

「なっ！」

不機嫌で心底嫌《いや》そうに顔を歪《ゆが》めた彼は、私を浴室に残し、扉を閉めた。

「大人しく入らなかったら、問答無用《もんどうむよう》で俺が洗うぞ」

「ひとりで入れるに決まってるでしょ！　あっち行ってて」

扉越しにそう叫んだ。鍵をしっかり締めてから、はたと気づく。

「着替え、ないんだけど……」

パジャマどころか、下着も持ってきていない。

ちらりとホテルに備えつけのバスローブが目に入った。今まで使ったことはなかったけれど、今はそんなことを言っている場合じゃない。

洗面台でクレンジングオイルを使い、メイクを洗い流す。マスカラとつけ睫毛《まつげ》を落としたら、それだけでほっとした。

ファンデーションとチークも全部洗い流してから、シャワーを浴びる。髪からつま先まで念入りにソープで洗った。これで臭いなんて言いやがったら、ヒールで足を踏んでやる。

時刻は深夜二時を過ぎたころ。精神的にも体力的にもヘロヘロでシャワー室から出て、バスローブに袖を通した。

紐《ひも》をギュッと縛る。下着を着けていないのが心もとないが、外に出てからパジャマと下着を取りに行くしかないだろう。

しかし扉を開けた瞬間、私は固まった。先ほどの凶悪なまでの不機嫌顔のまま、大輝が壁に背を預けて腕を組んで立っていたのだ。

まさかずっとそこにいたわけじゃないわよね？

びっくりして動けない私を、彼が抱き上げる。

「なっ、ちょっと！」

抗議の言葉は無視された。

どさりとベッドの中央に下ろされ、思わず小さな悲鳴を上げる。

大輝が、嘲《あざけ》りのまじった色を瞳に宿し、私に覆い被さってきた。

「一体何人の男にさっきの姿を晒《さら》したんだ？」

至近距離で睨《にら》まれて、恐怖がわき上がった。

喉の潤《うるお》いが一瞬で奪われ、私はかすれた声を絞り出す。

「そ、んなの……わかんな」

「脚も胸も出した挑発的な服を着て、男に空き部屋に連れ込まれる可能性を考えなかったとは言わせない。男に襲ってくれとサインを出していたのはお前のほうだ」

「このくらい普通よ！　それに、私が選んだわけじゃ……っ！」

肩がびくりと震える。反論した私の首に、大輝が噛《か》みついたのだ。血が滲《にじ》むほどじゃなくても、しっかり歯型はついたであろうほどの強さで。急所をいつでも狙える肉食獣に組み敷かれているのだと、このとき改めて自分の危機を悟った。

「露出したくても、できない身体にしてやるよ」

そう耳元で妖《あや》しく囁《ささや》いた大輝は、身震いするほど凄絶《せいぜつ》な色気をまとっていた。

5

子どものころ、私は自分の名前が好きじゃなかった。父親が名づけてくれたこの名前に、特に意味は込められていないと知った日から。

ある日、大輝が私の名前はどんな字で書くのかと問いかけてきた。

『知りたい。ユウカってどう書くんだよ？』

機嫌のいい犬のように、にこにこと笑いかけてくる彼に、私は読んでいた教科書を閉じて言った。

『優しい花で、優花』

『へえ、かわいいな。誰がつけたんだ？』

『別にかわいくなんてないけど。名づけたのは父よ。元々跡継《あとつ》ぎに男の子がほしかったから、男子が生まれたら優《すぐる》ってつけると決めていたんだって。でも生まれたのが私だったから、花をつけただけ』

実際、年の離れた弟に、父は優とつけた。どれだけ優《すぐ》れた子がほしかったのだろう。男の子のために考えられたものであって、私のためではなかったと知ったそのときから、私は自分の名前に対して興味がなくなったのだ。

静かな図書室のデスクで、大輝は頬杖をつきながら言った。

『親の願いが込められているとわかっていても、子どもは名前通りの人生が送れるわけじゃない。それは自分次第だよな。大きく輝けなんて、うちのオヤジたちも大それた名前をつけたもんだと思ってたけど。でも、俺はユウカの名前好きだぞ。確か日本人は〝子〟をつけるのが一般的なんだろう？　優しい子でもよかったのに花をくれたって、なんだかお前のオヤジは話で聞くよりロマンティストな気がする。ユウコもいいけど、俺はユウカって響きのほうが好きだ』

別に、彼の好みなんて訊いていないのに――。大輝の言葉は、何故か心の奥に浸透した。

名前が好きだと言われるだけで、嬉しくなるなんて。いつもは素直にはなれないのに、このときだけはちゃんと頷いて彼にお礼を言った。

その日から、大輝は私の名前を呼ぶとき、花をイメージするようになったらしい。感情が込められて呼ばれる名は、以前よりも甘さを帯びていた。発音も、日本人の完璧なそれになっている。名前を呼ばれるだけでくすぐったい気持ちになることを、私ははじめて知ったのだ。

——そして今。大人になった彼が私の名前を呼ぶ。ベッドに組み敷いて、獰猛《どうもう》な光を隠しもせず、鋭く私を見下ろしたまま。

十年後、〝優花〟と呼ぶ彼の声には、なんの感情も込められていない。

「や、め……ッ」

声を上げれば、唇を塞がれた。熱い舌が私の口腔《こうこう》に侵入し、舌を絡め取る。逃げ惑う舌を絡め取られ、逃がさないとばかりに攻めたてられた。水音が淫靡《いんび》で、くらくらする。空いている左手で彼の肩を押し返しても、びくともしない。

それから大輝は、私の肌に無数の痕《あと》をつけはじめた。血が滲《にじ》まない程度に強く噛《か》み、つけた歯型の周辺を丹念に舐《な》めて、そのまま唇を滑らせていく。首筋から鎖骨にかけて、ちりりとした痛みが走る。

肌が吸われているとわかった瞬間、血の気が引いた。そんな目立つ場所ばかりに赤い鬱血《うっけつ》がついていたら、着られる服がなくなってしまう。

「ヤ……！　痕《あと》つけないで」

「却下」

「んん……ッ！」

私の願いを拒絶し、彼は荒々しくキスをくり返す。

右手をベッドに縫いとめるように押さえつけられた。——がっちりと指を絡めた状態で。それはまるで、恋人同士が手を繋《つな》ぐみたいにも思える。

ギュッと握られる手にも神経が集中し、熱がこもる。こんな風に触られたら、なにか意味があるんじゃないかと勘繰りたくなってしまう。少しでも私と繋《つな》がりたいと思っているのではなんて、ありえない思考がよぎった。

「……んぅ、ぁ……ひろ、き……」

呼吸さえもままならない、貪《むさぼ》られるようなキス。一切手加減をされず、口内が蹂躙《じゅうりん》されていく。

酸欠のような症状に頭がぼうっとしてくる。このまま流されたくないのに、同時に流されてしまいたいと思う自分もいて——

身体だけでも繋《つな》がれたら、長年心の奥に住みついていた気持ちに答えが見つかるのではないか。

「考えごとか？　させねえよ」

「ちが……まっ、て！」

大輝は空いている右手で、私が着ているバスローブのあわせを緩《ゆる》めた。肩をむき出しにし、手で首筋から肩のラインをなぞっていく。

バスローブがはだけ、なにもつけていない胸が露《あら》わになる。激しく口づけを続けながら、私の肌に手を滑らせる大輝。

辛辣《しんらつ》な口調とは裏腹に、触れてくる手つきは壊れものを扱うみたいに優しい。

指で鎖骨のラインをゆっくりとなぞってから、手が下降した。左胸に触られた瞬間、反射的に背が反る。

「っ……！」

「身体は素直に感じているようだな」

「あ、ヤ……ッ」

ぷっくり存在を主張する胸の先端を、キュッとつままれた。電流に似たなにかが身体中を巡り、子宮が切なげに疼《うず》く。

じわりとなにかが漏れる感覚に気づき、太ももに力をこめた。

「ン、ンンゥ、アッ、アアッ……！」

くにくにと胸の飾りを弄《いじ》られて、断続的な嬌声《きょうせい》が漏れる。唇をかみしめれば、それを咎《とが》めるように大輝に口を塞がれた。そして、無理矢理こじ開けられる。

「声、我慢するなよ」

「や……もう、だめ、……っ」

鎖骨に吸いつかれて、胸元にもチリッとした痛みが走った。

口づけられている肌が熱い。触れられる場所から熱がこもっていく。

もはやデコルテは見るも無残なほど、大輝のキスマークで埋め尽くされているだろう。

それでも彼は、執拗《しつよう》に私の肌に所有の証《あかし》を刻んでいく。

歯を食いしばりたい。だけどそれをしたら大輝にもっと淫《みだ》らに喘《あえ》がされる。

これ以上はやめてほしい。私が私でいられなくなってしまうから。

でもやめてほしくないと願う自分にも気づいていて、我ながらその浅ましさに眉をひそめた。

チュウ、と胸の先端に吸いつかれて、あまりの刺激に腰が跳ねる。骨ばった大きな手が私の胸をすくい上げた。乳首を吸われたまま、コリッと甘噛みされる。

「アア……！」

「啼《な》けよ、存分に」

胸に与えられる刺激から逃れたい。自分で弄《いじ》ったときには感じられない確かな快楽が、大輝の手と口でもたらされていた。

恋人がいるのに私を抱くのは、ただの復讐で退屈しのぎ。そうわかっているのに、彼の手つきが優しくて、錯覚しそうになる。

もしかしたら昔と同じく、今も私に好意を持っているのではないか？　と。

なんて自分勝手で都合のいい解釈だ。そんなことがあるはずもないのに。今、彼にあるのは、執着だけ。

所有物である私が他の男に見られるのが嫌《いや》なのも、ただの子どもじみた独占欲のせい。

そこに特別な感情は込められていない。

口による胸への愛撫は止み、そのまま強く吸いつかれた。

「ンア……っ！」

ドクンと心臓が跳ねる。早鐘のように鳴り響く鼓動がうるさい。

満足そうに唇を移動しながら、空いている手で脇腹に触れられた。そしてついに、全身を彼の前にさらけ出すことになる。

「エロいな。潤《うる》んだ目で睨《にら》むのも、計算のうちか？」

「なに、言って……」

恥ずかしい。全身を見られているだけで身体が火照《ほて》る。

大輝はキスマークをつけた私の身体をじっくりと眺めていた。そして投げ出された両脚の膝を曲げ、その中心の泉を見る。

「身体は正直だな。ぬるぬるだ」

「や、あ……！」

指一本で、するりと割れ目をなぞられる。荒い呼吸を整えながら見上げた先で、大輝は蜜にまみれた人差し指を親指とこすり合わせた。

ぬちゃっとした液が自分のものだなんて思いたくない。キスと胸の愛撫で、こんな風に自分が濡れるなんて知らなかった。

獰猛《どうもう》な眼差しを私に向けたまま、大輝がその指を舐める。

「……ッ！」

「甘い」

「や、うそ……」

そんなはずがない。

うろたえる私を見つめて、彼はにやりと笑った。そのまま私の秘所に顔を寄せ、溢《あふ》れる蜜をじゅるっと吸う。

「ァア……ッ」

舌先で花芽をつつかれた。容赦ない刺激にさらなる蜜がこぽりと零れ、溢《あふ》れ出る。下肢に伝う前にぴちゃりと舐めとられるその音に、耳まで犯された気分だ。

身体中が熱くてクラクラする。理性が溶かされ、快楽だけを求めたい。本能的な欲望に思考が塗りつぶされそうになったとき、いつの間にか服を脱いでいた大輝が、熱い杭《くさび》を私の脚の間に挟んだ。

自分の性器と彼の性器がこすりつけられているとわかったのは、律動を開始されてからだった。

「あ、なに、あぁ……んあぁッ」

「ゴムを取りに行くのがめんどうだ……とりあえず、出させろ」

「ぁあ、……ン、ヤ、アアッ……！」

彼の性器が自分の秘所にこすれて、得も言われぬ快感がせり上がる。花芽も同時に刺激されると、目の前がちかちかと点滅しはじめた。

熱くて太くて長い。今にも爆発しそうなペニスを私が受け入れるにはまだ準備が不十分だ。それがわかっているのか、彼は挿入しようとはせず、私の脚の間で扱《しご》いている。

「優花……」

「ッ！」

かすれた声が甘いのも、錯覚だろうか。色気のまじった低音には、苦しさが滲《にじ》んでいるように感じた。

何度も身体が揺さぶられて、快楽の責め苦を味わった直後――。私のなかの熱が弾けたのと、彼の欲望が解放されたのは、ほぼ同時だった。

どろりとした白濁が胸元を汚す。独特な臭いに戸惑いつつ、羞恥《しゅうち》を感じる。

濡れタオルで私の身体を拭いた大輝は、欲望を一度発散させたからか、少しすっきりした顔つきになっていた。ダダ漏れの色気はそのままで、眉間《みけん》の皺《しわ》も取れていないが――

「眠い……」

そうひと言つぶやいて、大輝は私を抱きしめたまま眠りに落ちた。

思考を放棄した私も、少し汗ばんだ肌を感じながら意識を落としたのだった。

翌朝、いつもより早く起床した私は、鏡で自分の身体を見てげんなりした。首やデコルテにも遠慮なく散らされた鬱血痕《うっけつこん》は、とてもじゃないけど人に見せられない。

「……また首にストールを巻くしかないか」

それかハイネックを着ないと無理だろう。

ネットで、朝早くから空いている店を検索する。

「お昼に蒼馬君の演奏があって、その準備を午前中からはじめないといけないから……どう考えても十時じゃ遅すぎる」

リビングスペースのソファに座り、仕事用のノートパソコンでカタカタ調べていたら、寝室の扉ががちゃりと開いた。

まるで、優美な大型獣が闊歩《かっぽ》しているかのようだ。まとう空気は鋭くて怖いのに、見ずにはいられない。ひと言も発さず、視線だけで他者を従わせることができる男。これも一種の天賦《てんぷ》の才か――

目があってから数秒見つめあい、私はおはようと言った。

途端、眉間《みけん》に皺《しわ》が刻まれる。昨晩の醜態《しゅうたい》を忘れたふりをして、こっちは声をかけたのに。

「いつからここにいた」

寝起きの不機嫌声は、妙な迫力に溢《あふ》れている。苛立ちがまじる低いバリトンが艶《つや》っぽいってどうなの。

「一時間くらい前よ。早く目が覚めたから」

寝不足らしい大輝が舌打ちをする。

ずかずかと近寄ってきたかと思えば、彼はいきなり私が座るソファに寝そべり、あろうことか膝枕を強要した。横向きに寝ながら、動けないよう腰に腕を回してくる。

「勝手にいなくなるな。もう少し寝かせろ」

「七時よ？」

「まだ時間はある……」

すう、と寝息をたてられ、私の心臓は大きく跳ねた。

なに、この状況。まるで私を探しにきて、安心して眠る子どもみたい。

図体は大きいし態度も俺様でかわいくないのに。不意に、十年前の彼の笑顔が頭をよぎった。そういえば、再会してから一度も彼の明るい笑顔を見ていない。

はあ、と小さなため息をひとつついて、私の膝の上で眠る大輝を見つめた。

「どうしてそうやって私の心を乱すの……」

少し硬めの黒髪にそっと触れる。熟睡している彼に、このつぶやきが届くことはなかった。

◇◆♪◆◇

外に出られないなら出なければいいという大輝を「バカ言わないで」と一蹴《いっしゅう》して、肌を隠す方法を必死で考える。買いに行きたいけど、時間的に厳しい。頭を抱える私を見かねたのか、大輝がどこかへ電話を入れた。

一時間ほど経ったところで、部屋の扉がノックされる。ホテルのボーイさんが持ってきた荷物の中身は、女性物の服だった。

「今日はこれを着ろ」

押しつけられたそれは、デコルテを隠すキャミソールにオシャレなストールと、カーキ色のカシュクール風ワンピース。膝丈で、生地の質感もいい。上品で、シンプルながらすごく綺麗だ。

手持ちのウェッジソールのサンダルとも相性がいい。

しかしこれを、この短時間でいったいどうやって入手したのだろうか。

疑問はあるが、言われるままその服に袖を通した。こうなった原因は彼にあると思いつつも、最低限の礼儀としてお礼は告げる。

いつも通り先に大輝が部屋を出て、私も蒼馬君と専務が泊まるホテルに向かう。彼らと合流した後、タクシーでMERに向かった。

お昼の十二時から、蒼馬君のミニコンサートは始まる。その前に、まずはステージチェックをしなくては。

舞台は、天井まで吹き抜けになっているカフェテリア。人工の芝生と外の光を取り入れて、ちょっとした憩《いこ》いの場のようになっている。とても明るい、リラックス空間だ。

時折ミニコンサートを行っているそうで、カフェテリアの前方には、小さいながらも設備の整ったステージがあった。

今回歌う曲は三曲。RYOのデビュー曲と、現在CMで使われている話題曲。そして蒼馬君が昔から好きだという、誰もが知っている有名な洋楽を一曲。

耳が肥えている音楽関係者の前で歌うのは、何千人のファンの前で歌うのとはまた別の緊張がある。

ここで彼らの心を掴めないなら、このコラボ企画自体も、失敗に終わる可能性が高い。リチャードたちは『軽い演奏を』なんて言っていたが、これは遊びじゃなくて、アメリカでの仕事の第一歩だ。

いつも笑顔のＭＥＲのスタッフたちだが、腹のなかでなにかの思惑が渦巻《うずま》いていることを忘れてはいけない。そしてそれに気をつけるのは私の役目で、演奏する本人は歌に集中してもらわなければ。

ギターを触りながらステージを確認する蒼馬君に囁《ささや》く。

「大丈夫。いつも通り、思いっきり楽しんで来て」

はにかんだ笑みを見せた彼は、緊張を解いて「はい」と頷いた。

ステージチェックを終え、蒼馬君と専務を楽屋代わりに使っているあの部屋に送る。

私がひとり化粧室に向かっていると、前方からリチャードがやってきた。

挨拶《あいさつ》して通り過ぎようとしたのだが、彼は声を潜《ひそ》めて私の顔色をうかがうように少し屈《かが》んだ。

『ごめんね、ミヤ。昨日僕のせいで大変だったんじゃないか？』

『え？』

一体なんの話？　と思ったが、彼が告げたクラブの名前を聞いて納得した。

『君を連れて行くなとは言われなかったからさ、当然マネージャーの君も誘ったんだよ。

なのにライアンは、ＲＹＯだけを行かせろという意味だったとか言い出して、もう機嫌が悪いのなんの。朝からずっとイライラしててさ。今日でこれだから、昨夜はもっと大変だったんじゃないかと』

『え、ちょっと待って。大変だったって、なんでそう思われるんですか？』

たらりと冷や汗が流れる。するとリチャードは不思議そうに、『君、彼の部屋に泊まってるだろ？』と言った。

『……っ！』

何故知っている……！

顔を真っ赤にしてあたふたする私を見て、リチャードは少し笑った。

『大丈夫だよ、全員が知ってるわけじゃないから』

『あの！　ＲＹＯとうちの専務には……』

『言わない言わない』

『Don't worry』と笑いかけられ、少しだけ安堵《あんど》した。だがすぐにちょっと待てと思いいたる。

つまり、リチャードは、私と大輝の間に肉体関係があると確信しているんじゃゃ？

再び内心でギャー！　と悲鳴を上げた。

『で、大丈夫だったかい？　あいつ君にひどくあたったりなんて……。女性に暴力をふるう真似《まね》は絶対にしないはずなんだけど』

『だ、大丈夫です！　心配されるようなことはなにも……』

首を噛《か》まれて、肌も鬱血《うっけつ》しまくりですが。

大丈夫じゃないけど、そう言い切るしかない。

シャイリーンとの仲は公認じゃないのかと、ふと気になったが、余計なことは訊かないほうが賢明だと判断した。訊いてまずいことだったら厄介だ。

話題を変えようと、今まで気になっていたことを代わりに尋ねる。

『ところで、リチャード。どうして私だけニックネームで呼ぶんですか？』

一瞬きょとんとした顔を私に向けたものの、すぐに彼は苦笑した。

『いや、君が知らないのも当然か。ライアンが言ったんだよ、初日に君たちと別れた後にね。君をファーストネームで呼ぶなって』

『……はい？』

首を傾げる私を見て、彼も同じく首を傾げた。

『あれ、日本では親しい間柄の人以外、女性の名前を呼んではいけないんじゃないのかい？　そういう文化だから、いきなりの名前呼びは戸惑うと言われたんだが』

『いえ……まあ、初対面なら〝さん〟をつけるのが好ましいですが。人それぞれかと。私は名前で呼ばれるの、気になりませんけど』

そのほうが親しみがわくし、距離も近くなった気がする。

そう告げれば、リチャードは今度こそ呆《あき》れがまざった声でため息をついた。

『なんだあいつ……、ただの独占欲か』

ぼそりとつぶやかれた声に、私の顔が熱を帯びていく。

独占欲って――

『もううちの社員のなかではミヤが浸透しちゃってるからさ、ごめんね』

肩をポンッと叩いて、彼は手を上げて去っていった。

だが私は、彼から聞いた言葉たちが思考を埋め尽くしていて、しばらくその場から動けなかった。

RYOのミニコンサートが始まってからも、うまく集中できずにいる。

本当に、意味がわからない。

一体どこまで過去への執着が強いんだろう。好きと嫌いは紙一重《かみひとえ》、ということか。

「……なに考えてるの。人の名前を気安く呼ぶなとか言うなんて」

変な噂が流れてもおかしくない。もしかしたら、この軽はずみな言動が、シャイリーンにまで届いて、私を牽制《けんせい》しに来たのかも。

わあっ！　という拍手と歓声が耳に入り、はっと思考の渦《うず》から浮上する。

ステージの袖から、三曲目まで歌い終わった蒼馬君を見た。

彼はギターを置き、MERの社員からヴァイオリンを受け取るところだった。

三曲だけでは短いと蒼馬君が言い、急遽《きゅうきょ》ヴァイオリンも弾くことにしたのだ。

――いけない、私ったら。仕事中に考えごとなんて。

プライベートな問題で仕事に集中できないなど、あってはならない。

今は余計なことは考えず、彼の演奏に集中しなければ。

ふう、と大きく息を吐いた。

最後の一曲に決めた、誰もが耳にしたことのある有名なクラシックの名曲をヴァイオリンで弾く蒼馬君を、じっと見つめる。彼が奏《かな》でる音色が心の奥深くまで浸透し、黒く燻《くすぶ》っていた靄《もや》が浄化されていくみたいだ。

毎回彼の歌声や音色を聴くと、不思議な気分になる。

そっと目を閉じて、蒼馬君の音に心を委《ゆだ》ねた。

四曲というミニコンサートは、あっという間に終了した。

聴きに来てくれたMER社員は皆、立ち上がって拍手している。満面の笑みを見せての率直な称賛は嬉しい。

頬を紅潮させてステージから下りた蒼馬君に、水を渡す。

「お疲れ様。楽しそうだったね」

「優花さん、ありがとうございます」

最後しか意識して聴いてなかったなんて、とてもじゃないけど言えない。申し訳なさを感じながら、彼が最後に奏《かな》でたヴァイオリンを目いっぱいほめる。

実際、音大卒の私が圧倒されるほど、彼の音色は素晴らしかった。

私もピアノ、弾きたいな……。日本に戻ったら、久しぶりに弾いてみたい。そんな気にさせてくれた。

夕方までMER社員や関係者に拘束され、ほっと一息ついたのは夕方の六時を回るころ。

もうそろそろホテルに帰ろうと考えながら、私は通路をひとりで歩いていた。

すると背後から声をかけられる。

『すみません、RYOのマネージャーですよね？　あなたを呼んできてほしいと頼まれまして……』

見れば、まだ若そうな男性社員だった。少し焦りが見える顔で、『ミーティングルームDでライアンが待ってます』と言った。

なんで大輝がいきなり私を呼びつけるの。急用でもあったのだろうか。

一日中ご機嫌ななめだった彼は、蒼馬君の演奏を聞いた後少し空気が柔らかくなったとリチャードが言っていた。だが、その後になにか気に障ることが起きたのかもしれない。

内心行きたくないけど、行かないと今夜が怖い。

『わかりました。会議室のDですね。確かこの道を真っ直ぐ行ってすぐ突き当たりでしたよね？』

『ええ、そうです。案内できたらいいんですが、すみません。今ボスに呼ばれているので……』

気にしなくていいと告げて、指定された会議室に向かう。

会議室の前にたどり着けば、扉が数センチほど開いていた。

ノックをしようとした手を止めて、なかから聞こえる大輝ではない声に首を傾げる。

大輝に呼び出されたのではなかったのか。

だが、その声が先日聞いたばかりの声と一致して、私の身体は硬直した。

音を立てないように、薄く扉を開けてなかをのぞく。視界に飛び込んできたのは、会議室のひとり用の椅子に座っている大輝の後ろ姿。

そして彼の膝の上に乗りながら、両腕を大輝の首に絡めてキスをするシャイリーンの姿だった。

波打つ金髪と、大輝の黒髪が目に入る。角度的に、大輝から私の姿を見ることはできない。でも、ふたりが深く口づけを交《か》わしている様子は、私にははっきり見えた。私は音を立てずに、その場から離れる。

——わざとだ。

あの男は、私にシャイリーンとの仲を見せつけるために呼びつけたんだ。

なにか言ってやりたいと思いつつ、でも結局できずに、私はその場から逃げた。数センチ開けてあった扉の隙間を元通りにして、何事もなかった風を装《よそお》って。

シャイリーンを膝の上に乗せて口づけを交《か》わす彼らは、どこから見ても恋人同士だ。長身の大輝の隣に、同じく長身のシャイリーンが並ぶ姿が脳裏に浮かぶ。美男美女でお似合いに思えた。

レコード会社の社長令息で現副社長と、世界中で歌姫《ディーヴァ》と認識されている彼女。『返してね？』という彼女の言葉が頭に木霊《こだま》する。

「やっぱり恋人なんじゃない」

いつの間にか、どこを歩いているのかわからなくなっていた。とにかく誰にも会いたくないと思って行きついた先は、フロアの端だった。目の前にある扉にそっと手を伸ばす。鍵がかかっていないその部屋は、使われている痕跡《こんせき》がなかった。

そっとなかに入り、電気をつける。部屋の中央に、グランドピアノがあった。部屋の隅には、もう使われていない楽器だろうか。いくつか黒いケースが埃《ほこり》を被っている。

ピアノに近づいて、蓋を開けた。

鍵盤を押すと、ぽん、と懐かしい音が響く。一応調律はされているらしい。

「……酷い男と知りつつも、嫌いになれない私はバカな女ね」

ぽん、ぽんと指で鍵盤に触れていく。ペダルを確認して、椅子の上の埃《ほこり》を手で払った。

一度勢いがつくと止まらなくなる。

ただひたすら無心でピアノを弾き続けた。久しぶりすぎて、指も思い通りには動かない。それでも私は演奏をやめられなかった。

なにも考えたくなくて、思い浮かぶ限りの曲を一曲ずつ弾く。

ひとつだけ音が出ない鍵盤があったが、それでも構わない。

苦い過去の思い出に触れては傷を抉《えぐ》るくせに、未だに想いを寄せてくる仕草を見せる。思わせぶりな態度に振り回されて、ひとりで傷ついて。

元通りに直せるのはひとりしかいないのに、その人物が私を追い詰めてくる。でもその原因を作ったのは私だ。真っ直ぐに笑いかけてきた彼を傷つけたのは私なのだから、全て受け入れるしかない。

額《ひたい》から汗が滲《にじ》み出る。指が跳《と》んで跳ねて、もつれて間違えても、そのまま弾き続けた。

「……迎えに来ましたよ、優花さん。そんなに泣かないでください」

弾き終わり呆然としていた私の背後に、人の気配を感じる。ふわりと頭を撫でられた。

繊細な手の感触とその声に、誰が来たのかはすぐにわかる。

振り返ると、思った通り、蒼馬君が悲しげな表情を浮かべて私を見下ろしていた。

「泣いてなんかいないよ」

涙は出ていない。頬が濡れている感触もない。だから、笑おうとした。でも失敗し、私はふいっと前を向く。

「あんなに鬼気迫る演奏をしていたのに？　あなたの悲鳴だと僕にはわかりましたよ。一時間近く、ずっと弾き続けて。身体が泣いてなかったとしても、心のなかでは泣いていたんでしょう？」

「……一時間？」

時計は夜の七時を回ろうとしていた。

「嘘、あれからそんなに？　ごめんなさい、迷惑をかけちゃって……」

立ち上がった私は、疲れていたのかよろけてしまう。

すぐに腕を掴んで支えてくれた蒼馬君だったが、そのまま私を解放することなく、逆に抱き寄せた。

びっくりして身じろぎする私を、彼はさらに抱きしめる。細いのに男性なんだと、彼の体温を感じながら改めて思った。

「専務は先にホテルに戻ってます。それから、少なくとも僕に迷惑なんてかけていません。はじめて優花さんの演奏を聞いて、驚きましたよ。声をかけるタイミングを逃して聞き入ってしまいました」

優しくて、温かい声が耳に落とされる。その温もりについ縋《すが》りつきたくなってしまう。背中を撫でる手が、私の涙腺を緩《ゆる》ませた。

彼に泣く姿を見られたくない。ぐっと手を突っぱねて離れようとするのに、蒼馬君は離してくれなかった。

ギュッと手を握りしめられたまま外に出て、タクシーに乗る。誰にもすれ違わなかったのは、奇跡としか思えない。

無言でタクシーに乗って、着いた先は専務と蒼馬君が泊まるホテルの前だった。精神的に疲弊《ひへい》していた私は、促《うなが》されるままタクシーを降りて彼について行く。部屋の前まで来たときは、流石《さすが》に戸惑った。プライベートな空間に踏み入れるのはまずい。

「あの、蒼馬君……」

どうしようとうろたえる私の手を、逃がさないように強く握り、蒼馬君が穏やかに微笑む。

「嫌《いや》がることはしません。でもあなたをひとりにはしたくない。だから入ってください。ここでなら存分に泣いていいですから」

動けない私の手をそっと引き寄せて、部屋に導く。その勢いのままなかへ入れば、背後で扉が閉まる音がした。

普通のビジネスホテル。ベッドはふたつあり、コーヒーメーカーや冷蔵庫もついていた。ルームクリーニングが入った後だからか、部屋は綺麗に整っている。

スーツケースはしっかり閉じられて、壁際に立てかけられていた。部屋を見回せば、几帳面な蒼馬君の性格がよく表れている。ちゃんとテーブルの上に加湿器があったことにほっとした。

「優花さん、コーヒーと紅茶なら、紅茶のほうが好きでしたよね。淹《い》れるので、座っていてください」

マメな彼はすぐにお湯をわかし、備えられていた紅茶のティーバッグを選んだ。私が好きな茶葉を見つけ、ついでにミルクと砂糖を入れてくれる。

いつもはストレートの紅茶を好むけど、疲れたときはレモンティーやミルクティーを飲むのを彼は知っていたのだ。そんな小さな気遣いが心に沁《し》みる。

ありがとう、とお礼を告げてカップを受け取った。ほのかな甘さが口に広がり、ほっとする。

ゆっくり飲みほし、カップが空になったタイミングで――気づけば、彼に抱きしめられていた。

恥ずかしいと思う暇もなかった。強く抱きしめてくる腕の温もりに戸惑いつつも、その優しさに縋《すが》りそうになる。

「ここには僕しかいません。だから我慢しないでください」

「――悪い女に引っかかりそうで、お姉ちゃんは心配よ」

「悪い男に引っかかって心配する弟の気持ちを考えてください」

軽口をたたけるだけの元気はある。だから大丈夫だと思うのに、彼はなかなか離してくれない。

この距離は適切ではない。そんなことくらいわかっている。でも、彼の優しさに触れ、そしてここ数日の緊張ゆえに、だんだん眠くなってきた。寝てもいいですよという言葉に甘えて、私はしばし目を閉じた。


眠っていたのはほんの三十分程度。だけどずい分疲労感は消えていた。

「目が覚めましたか？」

「蒼馬君……ごめんね。もう大丈夫だから。お腹減っちゃったよね？　今からルームサービスでも取る？　これから外で食べるところを探すのも……」

この状況を冷静に考えるとかなり気まずい。

「お腹はそこまで減ってませんよ。まあ、食べようと思えば食べられますが。ルームサービスか、下のロビーのレストランならまだ開いているはずですね」

でも部屋で軽く食べたほうが簡単でしょう？　と続けて言われ、そうねと頷く。動こうとした蒼馬君を制して、私が注文した。思ったよりも早く部屋に食事が届けられる。

私はミネストローネスープとサラダ、蒼馬君はエンジェルヘアのパスタを頼んだ。味は……まあ、こんなものだろう。

食事を終え、私は自分のホテルに戻るべく支度をはじめた。が、私の手を蒼馬君がパシッと握る。

「優花さん、明日帰りましょうか」

「……え？」

「もともと予定していた滞在日程はまだ数日ありますけど、もう目的は果たしたでしょう？　日本での仕事も立て込んでいるし、帰国を早めたって問題はないはずですよね」

「そ、……」

――そうね。

――そうだけど。

自分がどっちの言葉を言おうとしたのかわからなくて、口をつぐんでしまった。本心では確かに帰りたいと思う気持ちが強い。でもこのまま帰ったら、ただ逃げるだけなんじゃないかとも思えた。

そんな私の葛藤《かっとう》を見抜いているのか、蒼馬君は続ける。

「二週間後にまた来るんですから、帰国を早めたって支障はないかと。だから、今帰ることは、逃げではありません。もう一度向き合うために、必要な時間を得るだけです」

誰と？　とは、彼は言わなかった。

確かに、今大輝と会うのはつらい。翻弄《ほんろう》されるだけ翻弄《ほんろう》されて、振り回されて、心が乱れるから。抵抗する権利のない私は全部を受け入れなきゃいけないのに、感情が邪魔をする。

逃げじゃない、と肯定してくれた蒼馬君に、気づいたら頷き返していた。

「うん、そうね。予定より早く仕事も終わったことだし、帰ろう、日本に」

「はい」

あれやこれやと、帰国後に片づけなければいけない仕事を理由にしてでも帰りたい。そう思った私は、すぐに持ってきていたノートパソコンを使って席が空いているか調べた。専務には、蒼馬君が連絡している。彼のほうも簡単に「いいぞ」と返事をくれたので、まとめて三枚のチケットの変更が完了した。

お昼過ぎに飛ぶ飛行機が運よく空いていてよかった。これから荷造りをはじめないといけない。今度こそ部屋を出ようとすれば、蒼馬君が私を再び引き留めた。

「ホテルに戻るんですか？」

「うん、戻るよ。私がいたらゆっくりできないでしょ？」

「僕は構いません。でも、本当に戻りたいんですか？　無理にとは言いませんが、ここにベッドがふたつあるんですから、泊まっていったらどうですか」

「え……」

流石《さすが》に直球で泊まったらどうかと言われるとは思っていなくて、動揺する。でも彼は、

「優花さんが嫌《いや》がることをする気はないので安心してください」と断言した。

「――荷造りとか」

「明日の朝やれば間に合います」

今帰って大輝と顔を合わせるのを考えたら、できればここにいたい。自分の考えがまとまっていない今、彼に会ったら取り乱してしまいそう。私には考える時間が必要だ。

迷惑になるとわかりつつも、私はこの夜、蒼馬君の部屋に泊まることに決めた。

◇◆♪◆◇

……昨夜から苛立ちが治まらない。

優花にあれだけの数の所有印をつけたのに、大輝は全然満足できなかった。

自分の知らない間に、たくさんの男に露出した姿を見られた――。それだけでここまで腹が立つものなのかと、自分でも呆《あき》れる。

派手なメイクに胸元が開いた服、短いスカート。クラブに行けばそんな格好をした女

性ばかりが集まっている。むしろそうじゃない人間のほうが目立つほど、この国の女性は肌を見せ、セクシーさを好む。

普段の自分ならなんの関心も持たない。悩殺的なフェロモンをまき散らす女性も、ただの景色の一部で、迫られたとしても問題はない。きつい香水をつけ馴れ馴れしく触って来る女たちは鬱陶《うっとう》しいが、いちいち気にすることでもないと思っている。

しかし実際優花がこちらの文化に染まり、それらの女性たちと同じように振る舞うと、違和感を感じた。欧米人が考える、アジア人に似合うエキゾチックな濃いメイクに、セクシーさをアピールする服装。そんな姿を見て、盛大に舌打ちしたくなったのだ。なんて格好をしてやがる、と。

こちらの男が好むそのメイクも、瑞々《みずみず》しく肌理《きめ》の細かい肌を存分に見せたノースリーブも、煽情的《せんじょうてき》で男を誘っているとしか思えない短いスカートも。

全部剥《は》ぎ取ってやりたくなった。

本人の無防備さが腹立たしい。

そんな風に苛立つ権利があるわけではないのに、衝動的にわき上がった感情が止められず、深夜遅くに戻ってきた優花を強制的にバスルームへ連行した。

そして出てきた素の彼女を見て、激しく嗜虐心《しぎゃくしん》が刺激された。

薄紅色に上気するその肌を堪能《たんのう》して、汚してしまいたい、と。

再び出会った瞬間から、飢《う》えが日に日に増していく。

優花の存在を確かめたくて、視界に映るだけではもはや満足できない。

声が聞きたい。あの真っ直ぐな眼差しを独占したい。

いつか再会したなら、大事に優しく接することができるかもしれない――

かつてそんな風に考えたこともあったが、実際に会ってみれば、答えは「NO」だった。

戸惑いと困惑が浮かぶ彼女の表情を見たら、凶暴な本性が滲《にじ》み出る。

彼女は自分に再会して、嬉しいなんて思っていない。当然だろう。彼女が大輝を振ったのだから。

振った相手と再会して気まずさを感じない女性はいない。どうしようという一瞬の動揺に、自分のなかのなにかが反応した。

――汚したい。傷つけたい。彼女が泣き叫ぼうともその身体に自分を覚えさせて、心も身体も支配したい。

すでに嫌われているのはわかっている。

心が手に入らないなら、つかの間でいいから、力ずくでも彼女を傍《そば》に置きたい。

自分がこれほどの執着心を持っていたとは知らなかった。

高校時代《ハイスクール》に出会った日の、はっきり迷惑だという表情をした、真面目な優等生の顔が浮かぶ。その彼女が次第に心を開いていく様は、今でも忘れられない思い出だ。

他者を寄せつけない、凛《りん》とした姿勢の彼女にひと目で惹かれた。佇《たたず》まいが綺麗だったのもあるし、珍しかったのもあるかもしれない。

とにかく、ひと目惚れだったのだ。

そして動いた結果、彼女の心の一部は手に入ったと思っていた。だがそれはすぐに錯覚だったと気づく。

十年前のあの日、はっきり拒絶を示した優花の声を今でも思い出せる。

『……大輝に日本は合わないと思う』

『まだ十一年生《ジュニア》になりたてなんだし、あなたはアメリカに残ったほうがいい』

『……はっきり言って、迷惑なの。私を追いかけて日本に来るとか、やめてほしい。そこまでされるのは、重いの』

今まで伝えてきたつもりの言葉が、ひとつも彼女に届いていなかったことを知り、愕《がく》然《ぜん》とした。

少しは心を預けてくれていると思っていたのは、自分だけだったのだ。

迷惑そうにしていた顔が次第にほころび、ふわりと笑うようになった。そんな姿も嘘だったとは信じたくなくて——縋《すが》るような思いで最後に尋ねた。どうか否定してほしいと祈りつつ。

『そんなに、俺が嫌いか？』

『……ええ。もう二度と会いたくないくらい』

——さよなら。

真っ直ぐ自分を見つめてきたあの瞳に、嘘は見えない。

あの日から、心に開いた穴が塞がることはなかった。

◇◆♪◆◇

副社長室にずっとこもっていると、息が詰まってくる。気分転換に、大輝はごくたまに、社内で空いている会議室を使うことがあった。

ミーティングルームＤと書かれた部屋に仕事を持ち込み作業をしていたら、扉が開き、見慣れた人物が入ってきた。ちらりと視界の端で確認したものの、わざわざ顔を上げたりはしない。

『何故お前がここにいる？　シャイリーン』

『ふふ、ライアンったら、たまに空いてる部屋で仕事するわよね。なのにカフェには来ないし。でもこうやってばったり会えるなんて、運命の赤い糸かしら？』

『くだらないことを言ってる暇があるなら出ていけ。俺は忙しい』

書類に目を通しサインをしながら、絶世の美女であり歌姫《ディーヴァ》と名高いシャイリーンを冷たくあしらう。彼女は一瞬、おもしろくないとでも言いたげな顔をしたが、すぐにいつも通りのシャイリーン・スチュワートの表情に戻った。

自信に溢《あふ》れ、美しく咲き誇る大輪の花。時折見せる毒と棘《とげ》は、彼女をよりいっそう妖《あや》しく艶《つや》めかせる。潤《うるお》いのある唇が弧を描き、歌姫《ディーヴァ》は優雅に大輝の傍《そば》まで近づいた。

『最近つれないのね。あの子が来たからかしら？』

『なんのことだ』

『とぼけたって無駄よ。とっくに彼女とは接触済みなんだから。あんまり虐《いじ》めちゃ、かわいそうよ？』

口調は柔らかく慈悲に溢《あふ》れているが、表情は言葉を裏切っている。

『ライアン、あなた彼女からは〝ヒロキ〟って日本語名で呼ばれているのね？』

顔を上げないまま、大輝はそれがどうしたと尋ね返す。

『少し嫉妬《しっと》しちゃったわ。私がそう呼ぶのは許してくれないじゃない。どうして？』

優花に振られた日から、大輝は全てを断ちたくなった。今まで使ってきた名前も、ハイスクール卒業と同時に名乗らなくなった。

それは大輝にとって、日本との繋《つな》がりを完全に断ち切って、アメリカでこれからずっと生きていくという決断でもあったのだが、それをこの女に話す気はない。

無視を決め込む大輝を見て、シャイリーンはすっと目を細めた。一拍後、彼女は大きく一歩間合いを詰めて大輝に近づく。そして大輝の膝に許可なく座り、彼の唇を奪った。

両手で顔を包まれて口づけられるが、大輝には動揺も驚きもない。ただ冷めた目で、シャイリーンを眺めるだけだ。

関心も興味もない状態で、どうやってキスに夢中になれというのか。大輝が冷静なまま熱も上がらないと感じたシャイリーンは、唇の繋《つな》がりを解いた。口づけられて赤く染まった大輝の唇を、人差し指ですっとなぞる。

『血色がよくなったわね』

『どういうつもりだ』

『顔色が悪いからよ？　ライアン』

冷淡な声にも、シャイリーンは怯《ひる》まない。

大輝の苛立ちがまじった眼差しを正面から受け止めて、なお余裕を崩さないところは、流石《さすが》十年も歌姫《ディーヴァ》を続けているだけはある。

だが、だからといって彼女のワガママを受け入れる気はない。たとえトップクラスの稼ぎ頭だとしても、それは変わらないこと。

『ねえ、そろそろ私と寝る気にはなった？』

直球な質問。その口調は冗談めかしているものの、目のなかに挑むような炎が見える。

本気か遊びか。どちらにせよ、厄介には変わりない。

不機嫌なオーラはそのままで、大輝はいつもと同じ答えを口にする。

『俺は商品とは寝ない』

『ほんと、ヒドイ言い草ね。それなら、寝てくれなきゃ歌わないって言ったら？』

そのひと言は、大輝の逆鱗《げきりん》に触れた。

膝の上に座ったままの彼女の腕をぐっと引っ張り、至近距離で睨《にら》みつける。

『勘違いするなよ、シャイリーン。お前が歌姫《ディーヴァ》を名乗れているのは、実力と運だけではない。現状に満足して上を狙う気がないなら、さっさとその座から降りろ。歌わない歌姫《ディーヴァ》に用はない』

『なっ……』

シャイリーンの顔色がサッと変わった。柳眉《りゅうび》を寄せて頬を上気させる人間らしさを垣間見せた彼女からは、先ほどまでの余裕は消えていた。

今までシャイリーンの数々のゴシップをもみ消してきた大輝は、最終通告を下す。

『くだらないことを言う暇があるなら歌え。練習《トレーニング》を怠《おこた》るな。あと、お前のホームドクターは解雇しろ』

『はぁ？　なんでうちのドクターまで』

『気づかれていないとでも思っていたのか？　隠れて草吸ってるだろ。医者が処方したものだとしても、ドラッグには手を出すなと言ったはずだ。二度目はない』

『っ……！』

立ち上がり、シャイリーンはバタンと扉を閉めて出ていった。

近頃では少々天狗《てんぐ》になっていたが、ここまで言えば少しは大人しくするはずだ。

プライドの高い彼女は、これでさらに上へ登ろうとするだろう。野心家の彼女だからこそ、デビューから十年、歌姫《ディーヴァ》と称《たた》えられ続けているのだ。

ふう、と嘆息した大輝は気づかなかった。先ほどのキスシーンを優花に見られていたことを。

その夜、ホテルの部屋に優花が帰って来ることはなく——大輝は一睡もできなかった。

◇◆♪◆◇

結局、あのまま蒼馬君の優しさに甘えて、彼の部屋で一夜を明かした。

男女の仲になるような出来事は一切なく、彼はどこまでも紳士的だった。

自分の担当である、優しくて誠実な青年。彼のマネージャーになれたことを誇りに思うと同時に、自分の情けなさにため息が漏れた。

朝になり、蒼馬君に付き添われて私が泊まっているホテルに向かう。ひとりで大丈夫だと言ったが、過保護な彼に却下されたのだ。

だけど部屋に来られたらまずいので、ロビーにあるカフェで待ってもらうことで、なんとか納得させた。

私たちは今日のお昼過ぎには日本へ帰国する――

一週間未満の滞在なのに、ずい分濃くて長い出張だった。時差ぼけはほとんどなかったが、精神的な疲労が強い。

大輝にもらった服をまとったまま、滞在している彼の部屋に向かう。いつもならこの時間、彼はとっくに会社へ向かっている。早いときは六時過ぎには部屋を出ていってたっけ。

だから油断したのかもしれない。

いない間に荷物をまとめてカードキーを返しておけばいいと思っていた計画は、部屋に入ったと同時に消えた。

目の前には、ゆったりとひとり用のソファで寛《くつろ》ぐ大輝の姿。

きっちりスーツを着て脚を組んでいるその姿は、何気ない仕草なのに様になる。一般人にはない、独特なオーラ。人を惹きつけてやまないカリスマ性が滲《にじ》み出ている。やはり自分とは違う世界の住人なんだと、改めて感じた。

優美な百獣の王が、私に気づいて近づいてくる。目線は真っ直ぐ、私という獲物に向けて。

視線を逸らすことは許されない。逸らしたくても叶《かな》わない引力が、確かに存在した。

「朝帰りか。昨夜はどこにいた？」

低く静かな声で尋ねられる。黙秘は許さないという彼の意思が伝わってきた。

「いろいろあって、蒼馬君のところに泊まったわ」

原因となったのはあなただけど、とは心のなかでつぶやいた。シャイリーンとのキスシーンを見てショックを受けたなんて、そんなことを言う義務はない。

弱さも脆《もろ》さも、この男の前では晒《さら》したくない。だって余計惨《みじ》めな気持ちになるから。

「ほう……」

小さなつぶやきが私の身体を支配する。歩みを止めず、彼はキッチンカウンターの隣で佇《たたず》む私の手首をギュッと掴んだ。痛みに思わず眉をひそめる。

「あいつと寝たのか。……いや、その服をあいつの前で脱げるわけないか。散々俺に付けられた痕《あと》が一日で消えるわけがない。そんな姿を堂々と晒《さら》せるほど、お前の神経は太くない。違うか？」

「な……」

なんてことを言ってくるの。

嘲《あざけ》るような冷笑が、胸の奥をひやりとさせた。

「今まで一体何人の男を咥《くわ》え込んできたんだ？」

「く、わえっ？」

「あんなに気持ちよさそうに喘《あえ》いで濡らしてたんだ。どこの誰に仕込まれた」

「……人を淫乱《いんらん》みたいに言わないで。それに、あなたにそんなことを答える義務はないわ」

「取引を忘れたか。お前は俺の所有物だ。答える義務なら十分ある」

——所有物。

無機質に感じるその単語が、ずきんと心を抉《えぐ》った。

彼は変わらぬ冷笑を浮かべたままだ。

「マネージャーとアーティストが身体の関係を結ぶなんてよくある話だ。公私をともにし、恋人同士になるのもな」

「ちが……」

「RYOと何度寝た？　あいつはお前を満足させられたのか？」

「そんなことしてな……」

「たとえ珍しくはなくてもな、優花。俺は許さないぞ。お前が誰にでも脚を開く娼婦に成り下がるなど」

「っ、なって、ない！」

人の話を聞かず、容赦なく斬りつけてくる大輝に、ようやく抗議の声を上げられた。意地でも彼の前でなんか泣いてやらない。泣くものかと、目に力を込めて至近距離にある大輝の顔を睨《にら》みつけた。

そこにあるのは、不機嫌を通り越して、静かに激怒する大輝の表情。その目の下には、くっきりと隈《くま》が浮かんでいる。

すっと気配が動いた。

キスの気配を察し顔を背《そむ》ける。が、頬を片手で掴まれ、無理やり正面を向かされた。顎《あご》を持ち上げられて、あっという間に唇が押しつけられる。

熱く柔らかく、弾力のある感触。驚きからわずかに開いた隙間に舌をねじ込ませ、大輝は私の口内を蹂躙《じゅうりん》しはじめた。その感触に肌が粟立つ。

脳裏《のうり》にフラッシュバックする、昨日の光景。

妖艶《ようえん》で男性を虜《とりこ》にするような魔性を秘める歌姫《ディーヴァ》と、その口づけを受け入れていた大輝。

一度ギュッと目を瞑《つむ》り、直後、私は両手で大輝の胸を押し返した。

だが、逃れようとしても、離してくれない。

「やっ、……んんッ、！」

——やめて。シャイリーンとキスしたくせに、私に触れてこないで。

『彼って——ベッドでは情熱的で』

『若いから体力もあって大変だけど、結構かわいいところもあるし』

知りたくない、そんなの。教えてほしくなんてない。

大輝がどんな風に彼女を抱くのかなんて。

今私としているのと同じようなキスを、彼は彼女ともするのか――

そう考えたら、激しい拒絶感が込み上げた。

「イヤ……ッ！」

「っ……！」

腕の拘束が緩《ゆる》んだ隙に、身体を突き飛ばす。よろけながらも、数歩後ろに下がった。

口に広がる鉄の味。大輝の下唇を噛《か》んだらしい。血の滲《にじ》んだそこを大輝は舌でなぞり、眉をひそめた後、笑った。

「やってくれるな」

「……そっちが、無理やりキスするからでしょ」

血色に染まる唇から目を逸らす。手の甲で自分の口を拭えば、私の手にも血がついた。

思わず顔をしかめる。

「……そうか。そんなに俺に触れられるのがイヤか」

低く苦い声音は一瞬で、鼻で笑った嘲笑《ちょうしょう》に上書きされた。

「勝手にしろ」

すっと私の横を通り過ぎて、大輝は部屋から出ていった。振り返らず去った彼を見て、どうしようもない虚無感《きょむかん》に襲われる。

だが、感傷に浸《ひた》っている時間はない。

時計を確認すれば、部屋に戻ってから二十分は経過していた。

「……急がないと」

結局私たちが今日帰国することを大輝に伝えられないまま、私は借りていたカードキーをカウンターに残し、部屋を去った。

◇◆♪◆◇

徹夜には慣れているはずが、まったく思考が働かない。優花の姿を見た途端、理性が切れそうになった。

彼女に傷つけられた唇はそのままに、エレベーターでロビーまで下りる。メインエントランスに向かう途中、おそらく彼女を待っているのであろう人物と鉢合わせした。

今会うのは正直面倒だ――と思ったが、視線が合ったのに無視するわけにはいかない。なにせ大事な取引先のアーティストだ。これからどんな金の卵を産んでくれるか、計り知れない。

会釈《えしゃく》したＲＹＯの視線が、大輝の口の傷に向く。躊躇《ためら》いつつも、彼はどうしたのかと尋ねてきた。

そこには触れずにおけばいいものを。何故わざわざ問うたのか。

大輝はまだ痛む唇に指で軽く触れた。完全には乾いていない血が指について、思わず笑いが込み上げた。

「噛《か》まれた」

――誰に、どうやって。

そこに触れずとも、伝わったらしい。そのまま去ろうとした大輝を、背後からＲＹＯが呼び止めた。

「葛城さん。ＲＹＯではなく、蒼馬凌として言わせてもらいます。――あなたに彼女は渡さない。あんな風に泣かせる男に、彼女は任せられません」

ぴたりと大輝の足が止まった。

――……優花が泣いた？　この男の前で？

自分には決して涙を見せまいと振る舞っていた彼女が、この男には弱さを見せただと。

ほの暗い嫉妬《しっと》と怒りが込み上げる。

「渡さない？　それはこっちの台詞《せりふ》だ。たとえ泣き叫んだとしても、俺はあいつを解放しない。優花は俺のものだ」

「彼女はものではありません」

思いっきり睨《にら》みつけてくるその姿こそが、彼の素の姿だろう。

いつもはずい分と綺麗に猫を被っている。穏やかな優男のイメージを覆《くつがえ》すその姿からは、彼のストレートな感情が伝わってきた。

――人間らしい顔するじゃねーか。

ふっと小さく鼻で笑い、大輝は振り返ることなく仕事に向かった。

6

少し早く帰ることにしたとリチャードたちに告げ、日本に帰国した。

空港に降りた瞬間、聞こえてくる日本語にほっとする。緊張感から解放され、安堵《あんど》に包まれた。

荷物を取って、そのまま帰宅することになった。今日はゆっくり身体を休め、その代わり明日からバリバリ働けよと専務からお達しが出たのだ。

蒼馬君と一緒にタクシーに乗り、マンションに着く。ちなみに私の部屋も、同じマンションにある。

三年前彼のマネージャーになってから、社長命令で引っ越したのだ。同じマンションって、どれだけ過保護なんだと思ったりもしたが、同じところに住んでいたほうが楽なのは事実なわけで。

「あいつはこれから忙しくなるぞ」

そう予言した社長の言葉通り、ありがたくもRYOの人気はすぐに急上昇した。

記者の影がないか周囲に気を配りながら、セキュリティを解除してなかへ入る。蒼馬君の心配そうな顔に向けて、大丈夫だと微笑んだ。

「お疲れ様。ゆっくり身体を休めてね」

エレベーター前でそう言って、なにかあったら電話するように伝える。

自室に入ると、どっと安堵《あんど》感と疲れに襲われた。

空気がこもっているので、窓を開けて換気する。部屋の窓から見えるのは、見慣れた光景だ。ほんの少し前まで見ていたマンハッタンのきらびやかな夜景とはまるで違う。

でもそれでいい。

たとえニューヨークより地味で華やかさに欠けていても、ここが私の居場所なのだから。

「食材買ってこないと……あ、でも来週家で食べる暇あるかな」

日持ちしない食べ物を買ってだめにしたことは何度もある。外食になりがちな食生活だが、そろそろ見直さないとまずいだろう。

冷蔵庫に入っていた缶ビールをとって、一口飲んだ。ひとりで飲むビールをおいしく感じていたのに、何故か今は虚《むな》しさが残る。

最後の恋人と別れてそろそろ三年。蒼馬君のマネージャーを引き受けてから忙しくなって、別れたんだった。

付き合っていたといっても、三ヵ月程度でしかなかったけど。私はどうやら、誰かを心から好きになるのが苦手らしい。

どさりとソファに座った。テレビをつけてバラエティ番組を見ても、なんだかガチャガチャしてて耳障りに感じる。テレビは消して、BGMにクラシックを流した。ふと自分が先日弾いていたピアノの音色を思い出す。

「あんなめちゃくちゃに弾いてて、よく蒼馬君は我慢できたわね」

楽譜もないので、当然ながら自分の記憶のみを頼りに弾いた。かつてコンクールの課題曲だったものもあった。

気持ちばかりが先走り、聞くに耐える演奏なんかでは到底なかっただろうに。

ふとリビングの隅に置かれているピアノに目を向けた。すっかり部屋のオブジェになっている。音を確認すれば、調律が必要だった。

つい先日弾いたグランドピアノを思い出して、思わず苦笑が漏れる。

　ほとんど人が来ないであろう場所なのに、定期的に誰かが点検していたピアノ。鍵盤だってひとつ音が出ないのに、大切にされていることが伝わってきた。

　一方で、リビングに置いてあり、どこも壊れていないのに、触られなくなってしまったピアノ。

　楽器は使わなければ忘れ去られる。本来の目的を失ったものは、ただの大きな置物だ。

「そういえば、飛行機のなかで歌詞をメールしたと言っていたっけ」

　蒼馬君が大輝にだめ出しされて、書き直した新しい歌詞。彼の神妙な顔がちらついた。

　一日確認しなかっただけで大量に溜まったメールにげんなりしつつ、蒼馬君のメールを見つけ出す。添付のファイルを開けたそこにびっしり綴《つづ》られた歌詞は、苦い片想いの恋を語ったものだった。

　伝えられない想い、わき上がる嫉妬《しっと》、手に入らない憧れに、やり場のない悲しみ。失恋ソングのジャンルにも入るかもしれない。好きになった人にはすでに好きな人がいて、相手の幸せを望みながらも破滅を望んでしまう。

　振り向かせたい。振り向いてほしい。でも相手が傷つくのを見るのは嫌《いや》だ――。誰しも一度は経験したことのある、ほの暗くて苦い恋の物語。

　その歌詞の内容に、驚いた。きっと今までの彼なら、相手の幸せを望んで一歩後ろに下がり、見守る恋心を語っただろう。だけど今回のこの歌詞からは、嫉妬《しっと》心を含めた強い感情が伝わってくる。

二番には、ほしいならどんな手を使ってでも手に入れたいという強い想いが綴《つづ》られていた。後で悔いることはしたくない。全力で挑んで、なりふりなんて構わずぶつかっていけ。そんな彼のストレートな言葉は、心に強く響いた。

失恋ソングにも思えるが、同時に片想いを応援する歌でもある。たとえ恋した相手に想う人がいても、その恋心は自分のもの。否定しなくていい。諦めなくてもいい。戦ったっていいのだと肯定している。

読みすすめていくうちに、だんだん顔が火照《ほて》ってきた。だって、まるでこれって、ラブレターではないか。

「か、考えすぎだけど！　別に私宛てじゃないって。ってか、なにずうずうしい勘違いを……」

頭を振って否定するが、蒼馬君が真っ直ぐ私に向けた視線を思い出した。

『優花さんに一番に読んでもらいたい。できれば今夜、帰宅した後にでも』

彼が書いた歌詞を私が確認するのはいつものこと。当然のことと頷いて、今日読むと約束したが……この歌詞に彼の気持ちがストレートに込められていると気づかないほど、私は鈍感ではない。

寄せられている想いがただの信頼だけではないと感じたことは、実は何度もあった。

でもこの関係を崩してはいけないと、彼から向けられているのは恋愛感情ではないと思い込んでいた。いや、思い込もうとしていた。

だが、今回の仕事で、その均衡《きんこう》に亀裂《きれつ》が入った。

大輝が現れたことで、崩れたのだ。

蒼馬君から、直接的な言葉はもらっていない。でもここまでされて知らないフリは流石《さすが》にできない。

もっとずるく、器用に生きていけたらどんなに楽か。そう思ったことも一度や二度ではないが――

今度、蒼馬君からなにか言われることがあったら――。そのときは、きちんと正直に告げよう。

「蒼馬君には嘘つかないって言ったもんね……」

逆に、大輝には嘘しかついていない気がする。

許してもらえなくてもいい。手遅れだとわかってもいる。それでも、いつか大輝に、私の本当の気持ちを伝えられたら――。それだけで満足だ。

「あと十分で着かないとまずいわ。あそこのプロデューサーは時間にうるさいから」

「はい」

「打ち合わせが終わったら雑誌のインタビューよ。質問は事前に渡しておいたものの予定だけど、たまに違うことを訊いてくる場合もあるからね。くれぐれも無難に、いつも通り流しておいて。女性関係とか訊かれても、〝今は仕事が恋人です〟くらいでＯＫだから」

「心得てます」

車を停めて、急いで待ち合わせ場所に向かう。

テレビ局内をダッシュで歩き、予定時刻になんとか間に合わせる。

帰国してからも、私たちはめまぐるしい日々を送っていた。

彼の新曲のレコーディングは間もなく始まる予定だ。それが終わったら、またニューヨークに行くことになる。

ジャケットの撮影は合間を縫ってすることになっており、初回限定盤の特典としてついてくるＰＶ用の撮影も、ニューヨークで行うことが決定している。必然的に、次回の

◇◆♪◆◇

ニューヨーク行きは大所帯だ。

RAY'zとの公演は、十二月のクリスマス前。十二月の半分以上は、ニューヨークに滞在することになるだろう。

今度のニューヨークへは、医師の許可をとって、前回は入院していたうちのプロデューサーも同行する。

再訪まで、二週間弱。時間はある。それまでに、私も大輝と再び向き合う覚悟を決めないと。あのときは逃げて帰ってきてしまったのだから。

とはいえ、頭ではわかっていても、心が考えることを拒否している。

私はとにかく今、自分のやるべきことに意識を向けていた。そうすることが精一杯だったのだ。


不規則で多忙な毎日を送るのには慣れていたはずなのに、精神的な疲労が蓄積されていたのだろう。情けないことに、私は数年ぶりに風邪をひいてしまった。

しかも、タイミング悪く、再びニューヨークに発《た》つ前日に。

「雨宮、お前顔赤いぞ？」

「え？」

そう言われたのは事務所を出る少し前。

このままテレビ局の収録に行くというとき、通りかかった専務に呼び止められたのだ。

「熱あるんじゃねーか？」

「え、まさかぁ……。あれ？」

あれ、そういえば少し熱くて身体も重いかも。寝不足かななんて思っていたら、指摘された直後にぐらりと身体が傾《かし》いだ。

慌てて専務に腕を支えられて、自分でも体調不良にようやく気づく。

すぐに熱をはかったら、三十八度あった。

小さく嘆息した専務は、この「体温計壊れてません？」と言う私を残念そうな目で見た。

「お前、しばらく休めよ。ＲＹＯに風邪移したら皆に殺されるからな。完治するまで自宅で療養しろ」

「……はい、すみません」

社会人なのに体調管理ができていないとは……

風邪だと自分でも自覚すると、途端に寒気を感じて、頭がぼうっとしてきた。

確かにまずい。これは早々に帰ったほうがいいと判断し、蒼馬君を手の空いている同僚に託した。

「すみません、帰ります……お先に失礼します」

「おう。あと当然明日からの出張はキャンセルな。どうせお前以外にも行くんだ。他のやつらにRYOの面倒みさせるから、気にせず風邪治せよ。普段休まねーんだから」

無理すんな、という言葉に感謝しつつ、タクシーを呼んだ。ひとりでタクシーに乗り込み、ぼうっとしつつ考える。

ヤバい、冷蔵庫に食べ物あったっけ？

消化がよくて手軽に食べられるものが家にあっただろうか。

運転手にコンビニに立ち寄ってもらうよう頼んだ。

プリンとゼリー、スポーツドリンクやオレンジジュース。レトルトのおかゆもあったら嬉しい。そういえば風邪薬は家にあったっけ……。でも、使用期限を確認しないと。

持てる限りかごに放り込んで、フラフラになりながらレジで購入し、なだれ込むようにタクシーに戻った。

「お客さん、大丈夫ですか？」

運転手にそう訊かれたが、頷いて答えるのが精一杯だった。

自宅に帰り、パジャマに着替える。

少しなにか食べてから薬を飲んだほうがいいだろうと判断し、ゼリーを半分ほど食べ、そして機械的に薬を飲んでから、ベッドに潜《もぐ》った。

スマホを確認すれば、蒼馬君からメールが届いていた。私の体調を心配する言葉と、一緒にいたのに気づけなかったことへの謝罪。

自分でも自覚したのが今さっきだったから、彼が謝る必要はないのに。律儀で真面目な彼らしい内容だ。

彼のメールからはいつも気遣う心と優しさを感じられて、ぽっと心が温まる。メールに返信し、ナイトテーブルにスマホと水のボトルを置いて、私はそのまま意識を失うように眠りに落ちた。

目を覚ましたのは、喉が渇いたから。そしてトイレにも行きたくなったからだと思う。翌朝の六時までぐっすり眠ったので、少しだけ熱も下がっていた。でも身体の怠《だる》さは取れないので、まだまだ完治したとは言えない。

トイレから戻り、水をボトルの半分ほど飲んだ。ちなみに空腹はまるで感じない。

身体が弱っているときは、いつもは感じない孤独感に襲われる。子どものころは母が家にいて、具合を悪くしたらすぐに病院に連れて行ってくれたっけ。もちろん父が経営する病院へ。

あのころは、親の愛情を一身に受けていた時期だった。少し風邪ひいただけでも心配されて、食べたいものを買ってきてくれて。甘やかしてくれるのが単純に嬉しかった。テストで百点を取れば、「流石《さすが》父さんの娘だ」と頭を撫でてくれて、そのひと言のために勉強をがんばった記憶がある。

　でも、次第にその愛情は薄れていった。全ての期待が私ではなく、弟へ移ったからだ。彼らの私に対する関心はほとんどなくなり、代わりに「好きにしていい」という言葉を与えられた。その言葉に、突き放されたように感じたのはもうどれくらい前のことだろう。

　まあ今となっては言葉通り好きにひとりで暮らしているので、むしろありがたいと思えるのだが。

　ぼうっとする頭で、なんとなくテレビの電源を入れた。朝のニュースが流れる。

　アナウンサーの声とともに画面に映ったのは、つい数週間前まで傍《そば》で見ていた人物だった。

　歌姫《ディーヴァ》シャイリーン・スチュワートが妖艶《ようえん》な真紅《しんく》のドレスをまとい、レッドカーペットを歩いている。彼女は、エスコートしている人物の腕にそっと手を添えていた。

　彼女の隣には、社交的な笑みを貼りつけて、黒のタキシードを着こなす大輝の姿。

　女性アナウンサーのテンションの高い声が、フィルター越しのようにぼんやりと届く。

『……あの恋多き歌姫《ディーヴァ》に新たな恋人発覚⁉　今ニューヨークで話題になっている彼女のお相手はなんと、所属事務所の副社長！　先日行われたとあるパーティーに、シャイリーン・スチュワートがライアン葛城氏と訪れたことで、会場が騒然と――』

言っていることがうまく頭に入ってこない。

『歌姫《ディーヴァ》が彼のことを、〝大切な人よ〟と微笑んで告げたことから、これは結婚まで秒読みかと言われています。ファンの皆さん、ご愁傷様《しゅうしょうさま》です！』

……一体なんでこのタイミングで？

いつか耳に届くかもしれないけれど、体調を崩して寝込んでいるこのときに知らなくてもよかっただろうに。

呆然と突っ立ったままの私の耳に、アナウンサーの声が届く。

シャイリーンの意味深発言についての見解や、これから記者たちの関心がますます高まることや、肝心の相手の葛城副社長からこの件に関してのコメントがまだ得られていないこと、など。

『いや〜数々の恋愛遍歴をお持ちですからね、てっきりハリウッドスターか人気ミュージシャンを選ぶかと思いましたが。意外と堅実だったようですね』

『美男美女のお似合いカップルから目が離せませんね！　それでは次のニュースです……』

美しくカメラに向かって微笑んだシャイリーンの顔が、違うニュースに切り替わった後も脳裏から離れない。

真っ赤なルージュが引かれた唇が、蠱惑的《こわくてき》に弧を描く。

『約束どおり、返してもらったわよ？』

囁《ささや》きめいた幻聴が頭に響いた。

現実を目の前に突きつけられて、力なくベッドに横たわる。

その恋はもう終わったのだと、はっきり言われた気がした。

◇◆♪◆◇

あれから二日間寝込み続けて、ようやく起き上がれたのが三日目の朝。

起きる直前に見ていた夢は、懐かしくて苦いものだった。

十年前、秋学期が終わったクリスマス直前の出来事だ。その日、私は大輝のお父様に呼び出されていた。

高級車に乗せられて、連れて行かれたのは日本食料理屋さん。奥の隔離された座敷は、密会には最適だと思わせるプライベート空間になっていた。

日本と変わらない畳《たたみ》に、日本の味。私が好むと思って、わざわざ予約してくれたのだろうとすぐに察する。だが、そこまでして彼が会いに来る理由に、私は緊張していた。

ダンディーで、白人に近い顔立ちの葛城さんは、とても華があって素敵な紳士だ。

穏やかそうな微笑みと流暢《りゅうちょう》な日本語に、親しみが持てる。

世間話に学校の話、日本の女子高生の流行やテレビの話と、大輝のお父様は私が話しやすい話題を選んでくれていた。

ひとつひとつに耳を傾けてちゃんと話を聞くその姿は、当時最低限の会話しかしていなかった私の父とは、まったく違うものだった。

そして食事が終わったころ、彼は私に頼みごとをした。

『息子が、アメリカに留まるよう引き止めてくれないだろうか』

頭を下げた自分の父親と同じ年代の男性を、私は真っ直ぐ見つめる。

言われた内容は、やっぱり、と思うもの。その話題しかないだろうな、と私とて感づいていたのだ。だってそれは、私の留学期間が終わりに近づくにつれ、大輝が頻繁《ひんぱん》に言ってきたことだから。

卒業したら、日本の大学へ進学する、と。

私の通う高校は、エスカレーター式に大学まで進学することができた。今、私が留学しているここはニューヨークの姉妹校だが、ここの学生も、日本の大学へ上がれるシステムになっている。それも、外部からの入試で入るよりも、断然楽な方法で。

毎年ニューヨークから、卒業生の一割は日本に来ると聞いていた。だから大輝がいつかそう言い出すんじゃないかとも、私にはわかっていた。そしてご両親の気持ちも――

『優花さんには頼ってばかりで本当に申し訳ない。情けない親だと思われているだろう。

だが、私たちは、あの子をこのままこちらの大学に進学させたい。日本に行きたいというなら、こっちの大学に行って、交換留学という形で行けばいいと思っている。今の君がしているように』

確かにその方法もある。私も一度、そう大輝に告げたことがあった。留学で来ればいいんじゃないの？　と。

しかし彼はその提案を頑《かたく》なに拒んだ。理由は私と一緒にいたいから。

正直、その言葉が嬉しくなかったと言えば嘘になる。

『息子に日本は窮屈《きゅうくつ》だろうというのが、私と妻の意見だ。協調性と和を重んじる日本の社会に、自己主張の激しいあの子が馴染《なじ》めるとは思えない。親の言うことを聞かず、手を焼くことも多いが、私たちにとってはかわいい我が子だ。つい甘やかしすぎてしまったところがあるのは認めよう。ひとり息子だから余計甘くなってしまったのも。そして君にはずい分迷惑をかけて、すまなかった』

出会ってから三ヵ月で、大輝はずい分変わったのだとわかっている。

横柄で不遜《ふそん》な態度も改めるようになった。一度、私に嫉妬《しっと》した大輝の元カノが、私の目の前で大輝に遊ぼうとせがんだ。そのとき大輝は、『ブスに用はねぇ、触るな』と彼女を手で追い払った。

それを聞いて、私は大輝に言った。『女の子にブスと言うとか、最低』と。

数拍後、彼は『悪かった』と彼女に頭を下げたのだ。周囲にいた生徒が驚愕するほど、珍しいことだったらしい

以前の大輝のことは知らない。でも、彼が変わったのは周知の事実だ。きっと、彼自身が努力したから。

私はただ、きっかけを与えただけ。彼の好意を利用した荒療治で、彼が私を好きだからというのが前提だったが。

そこまで考えて、私はいったい何様なんだと恥ずかしくなる。人になにかを言えるほど、私は人間ができていないのに。

『……わかりました。納得してくれるかはわかりませんが、大輝君がアメリカに残るよう、説得してみます。私も、彼に日本は合わないと思うから』

安堵《あんど》したようで、葛城さんは私に心の底から礼を告げた。

最後に渡された名刺には、彼のプライベートの番号が書かれていた。困ったことがあったらいつでも力になるという約束が、そこには込められていた。

『なんでもいい。就職だったり、アメリカへの留学だったり。私の力が必要になればいつでも電話しなさい。全力で君の未来をサポートしよう』

そう言ってくれる大人がいるのは、なんて心強いんだろう。

たとえ使う気がなくても、それだけで、両親からほとんど関心を向けられていない状

態だった私は、少しばかり未来に希望が持てた。

とはいえ、最後の切り札だったあのお守りは一度も使われることなく、今もまだ眠り続けている。

◇◆♪◆◇

体調もだいぶ回復し、今日から出勤だ。まだ咳は続くが、喉の痛みはずい分ひいた。大量のレモン汁を入れた紅茶を飲み続けていたのがよかったのかも。ビタミンCを侮《あなど》ってはいけない。

会社に着いて早々、同僚から風邪は大丈夫かと訊かれたので、熱は下がったと伝えておく。念のためマスクはしているが、インフルエンザなどではなくて本当によかった。

まずは溜まっている仕事のメールを確認する。蒼馬君はニューヨークでPV撮影に挑んでいるようだ。撮影用の衣装を着ている写真が添付されている。

元々ラフな服装でテレビに出ることが多いのに、今回のは明らかに衣装だった。何故片想いソングでギャルソンに扮《ふん》しているんだ。完全にスタイリストに遊ばれたわね。

ケホッ、と咳き込んでしまい、咳止め用の飴を口に入れた。スーッとするハーブの飴を舐めながら、続いてこれまた溜まっていた書類に手を伸ばす。あまりの量にげんなりしていると、内線が鳴った。出れば、私にお客様が来ているという。そして告げられた名前に耳をうたがった。

「応接室にお通しください」

私もすぐにその場へ向かう。

ドクドクと速い鼓動を深呼吸でなんとか宥《なだ》めつつ、扉をノックする。

室内にいたその人は、私の姿を認めると、ふわりと相好《そうごう》を崩して立ち上がった。

幾分《いくぶん》か記憶のなかより細く、そして年を取った彼に足早に近づく。

「やあ、突然すまないね、優花さん」

「……っ、葛城さん。ご無沙汰しております」

今朝見た夢は、まさかこの予知夢だったりして？　など、ありもしないことを思ってしまうくらい驚いた。

あれから一度も、私たちは会っていなかったのに、突然会いに来るなんて。

近くで見ると、明らかに昔よりも痩《や》せている。確か彼は、病気で療養中のはず。

何故日本に？　身体の調子は？　矢継ぎ早に訊きたいのをぐっと堪《こら》える。

挨拶《あいさつ》の握手を交《か》わすと、昔と同じ笑みを浮かべてくれた。眦《まなじり》の皺《しわ》は濃くなっても、ダンディーな雰囲気は変わらない。

「ずい分美しいレディになったね。これでは周りの男性は放っておかないだろう」

「いえ、そんなことはまったくありません」

さらりと美しいとか言うのは、お国柄……？　いや、ニューヨークでも美しいなんて言われてないから、多分この人の性格だろう。

「あれから連絡もせず、時間ばかりが過ぎてしまった。優花さんは元気そうにも見えるが、少しやつれていないかね？」

「ええ、実は昨日まで風邪で休んでおりまして……。でもだいぶよくなったので本日から出社です。葛城さんこそ、お身体のほうは？」

彼の病気がどの程度のものなのか知らないので、あまり踏み込んだ話ができない。やんわりと体調を尋ねた。

「少し身体をやられてしまったが、深刻な病気ではないのだよ。ただ医者からはストレスが一番いけないと言われてね。それで、しばらく前線から外れることにしたんだ。日本の温泉巡りをして、ゆっくりする時間を久しぶりに妻と味わっているところだよ。うちの社員は優秀だから、安心して任せられる」

自社社員を優秀だとほめる。自分の子どもを誇りに思うと、照れもなく言うアメリカ人らしい。

「それを聞いて安心しました」

ほっとすると、彼は笑みを深めた。

「驚いたよ、君が同じ業界にいるとは。一度も電話をくれなくて少し寂しい思いをしていたんだが、まさかうちと仕事をすることになるなんて。これも縁というやつなのかな」

「そう、ですね。ご縁があるのかもしれません」

過去と決着をつけるために、きっと神様が導いてくれたのだ。今まで神の存在をあまり信じたことはなかったけれど、こうも重なると自然とそう感じる。

だがその縁は、ここで終わりにしないと。私はもう、この恋を諦めるべきだと思うから。

ふっと笑ってから、葛城さんは少し迷ったような表情を浮かべた。

「息子とは、もう会ったかね」

ドキリと心臓が跳ねる。

しかし動揺を見せるわけにはいかない。ゆっくり頷き、会ったと答えた。

躊躇《ためら》う空気は一瞬で、葛城さんは私をじっと見つめてくる。

「あの子は君と離れた後、意欲的に勉学に励んだ。真面目な姿は親としては安心できるはずなんだが、手放しで喜べるものではなくてね。あれ以来、どこか心を閉ざすようになってしまった。君についての話題も一切出さなくなったし、あってないようなものだったミドルネームを突然使いはじめた。日本との繋《つな》がりを断ちたいとでも思っているかのように」

ライアンと名乗りはじめたのは、そういう理由だったのか。

「だから優花さんが大輝と仕事で関係すると聞いたときは、戸惑ったよ。正直、あの子がどんな暴挙に出るかわからないから。あれは企業のトップとして立つには、まだ未熟ながらもそれなりに任せられる器《うつわ》だと思う。だが、……残念ながら人格者とは言い難《がた》い。優花さんへの執着が消えたとは思えないから、困らせる真似《まね》をしでかすのではないかと心配でね」

そう言って真っ直ぐ向けられた視線を、私はなにも悟られないよう、黙って見つめ返す。そして、微笑んで首を左右に振った。彼は、言葉にはしなくてもなにかを感じ取ったらしい。

「今度こそ、私は君の力になろう」

「え？」

思わず息を呑む。

たった三ヵ月しかかかわりがなかったのに、十年後の今も気にかけてくれる。その懐《ふところ》の深さに感謝しつつも、甘えるわけにはいかない。だって私はもう、彼らにかかわるのはよそうと思っているのだから。

「お心遣い感謝します。ですが私は大丈夫です。十年ぶりにニューヨークに行って再会したとき、大輝さんが立派になっていて驚きました。ひとえに彼の努力の結果だと思います。ご結婚の話も出ているとか。おめでとうございます」

先日テレビで見た、シャイリーンとのニュース。ふたりはきっと、結婚するのだろう。なんとか平静にお祝いを告げた私に、葛城さんは軽く眉を上げた。

「結婚？　そんな話、私は聞いていないが」

「歌姫《ディーヴァ》との恋仲が噂されていますよね？　先日、シャイリーン・スチュワートのエスコート役を大輝さんがされたと、テレビで報道されていましたが」

葛城さんが首を傾げる。

「ありえないな。あれは所属アーティストを商品としか見ない男だ。言っただろう？　経営者としての才は認めるが、人としては問題有りだと」

「え？」

「シャイリーンとパーティーに出たのなら、それが会社にとってのメリットになると踏んだからだ。結婚話として報道されるような煩《わずら》わしいことにはしないはずだが、そう流れたということは、きっとなにか取引でもあったんだろう。確かにシャイリーンが息子を狙っているという話も、社内では広まっているからね。だが、彼女が歌姫《ディーヴァ》でいる限り、あれが彼女になびくことはないと私は思うよ」

——商品に手を出す愚《おろ》かな真似《まね》はしない。

そう大輝が鼻で笑って一蹴《いっしゅう》する姿が、目に浮かんだ。

でもそれなら、シャイリーンが言ってきたことの意味は？

話が繋《つな》がらず、困惑する。

そんな私の様子を見て、葛城さんは「おや？」とつぶやいた。

「優花さんは、昔から息子を疎《うと》んでいると思っていたのだが……もしかしたら、誤解だったのかね？」

「え……っ」

「今の君からは、恋を諦めた女性特有の儚《はかな》さが滲《にじ》み出ているよ」

ズバリと指摘され、鼓動が速まる。

鋭い、流石《さすが》大企業の社長。一瞬焦ったが、すぐに私は取り繕《つくろ》うのをやめた。

「——疎《うと》んでなんかは、いませんでしたよ。はじめは確かに、面倒だなと思っていましたけど。でも次第に、惹かれていきました。そして再会した今、前以上に惹かれています。彼が持つ引力に抗《あらが》えない……」

そうか——、と葛城さんがつぶやいた。

「君に酷《こく》なことをお願いしてしまった。今さら遅いとは思うが、申し訳なかった」

「え？」

何故頭を下げられるのか——困惑する私に、葛城さんは顔を上げ、私を見つめて続ける。

「人として大事な心の一部を、息子だけではなく、君にまで失わせてしまった。我が子がかわいいあまりに、結果として親のエゴを押しつけたのだから。幸せを願ってのことはいえ、本人の意思を奪うやり方はせずに何度でも根気強く話しあって納得させるべきだった。すまなかったね、優花さん」

「葛城さん……」

心からの謝罪。それは私の胸の奥に吸い込まれた。

鼻の奥がツンとなりそうなのを堪《こら》えて、あの日のことを思い出す。

「……羨《うらや》ましいって、思ったんです。ご両親にこんなにも心配されて、愛情を注がれている彼が。ご両親は、真剣に将来を考えてくれている。それを思えば、大輝さんは一時の感情で進学先を決めるべきではないと私も思いました。だから私は今でも、アメリカに残ることをすすめたのを後悔していません」

家族のなかに居場所を感じられなかった私には、葛城家が眩《まぶ》しかった。甘やかされている大輝に苛立ちを覚えつつ、確かな愛情が羨《うらや》ましかったのだ。

そして、そうやって愛されて育った、ちょっとバカで、でも純粋で真っ直ぐな彼の隣は、居心地がよかった。

「先ほど、まだ大輝のことを想ってくれていると言ったね。君は息子の引力に身を預ける気には、ならないのかな」

直球な問いかけに、迷った挙句、私は緩《ゆる》く頭を振った。

「大輝さんには恋人が……」

「私が知る限りでは、息子はフリーだ」

じっと見つめてくる真摯《しんし》な眼差しは、私がどう動くか観察している。

戦う覚悟があるか、このまま去るか。最後の審判にかけられている気分になった。

「私と妻は、息子が決めた伴侶《パートナー》に口を出すつもりはない。これからはもっと自由に生きてほしいと願っている。そしてそんな息子を支えてくれるのが君だとしたら、これ以上の喜びはない」

「っ！」

愛情が滲《にじ》んだ微笑み。それは本心からなのだと信じるのに十分だった。

「確かめてみたくはないのかね。直接本人に」

そう言われて、私はぐっと腹に力を込める。

仕事があるのだから、ニューヨークに行くことは決まっていた。だから、近いうちにまた会うことになるとは思っていた。でも、次会うときは、彼への恋心を諦めるために会うんだろうと自分に思い込ませていたのだ。

でも今、私はなにが真実で、なにが彼の本音なのか、知らないでいる。

このまま知らずに終わらせることなんて、できない。そうしたらまた私は、ずっと後悔し続けるから。

大輝が私を好きか嫌いか、自分ではっきり確認したい。

葛城さんの視線を受け止めて、覚悟を決めた。

「彼に会いに行きます、ニューヨークへ。確かめる前に諦めるのは、もうやめにしたいと思います」

「強い意思を持った女性は美しい。その気持ちを向けられるあいつが羨《うらや》ましいな」

慈《いつく》しみがこもった笑みを浮かべ、彼は席を立った。

「今度妻にも会ってくれるかい？　私同様、優花さんを気にかけていたから」

「はい、喜んで」

「不甲斐ない息子ですまないね。君には迷惑ばかりをかけている。だが、大輝を好きになってくれてありがとう」

私もようやく、心からの微笑みを返すことができた。

それからすぐに、うちの社長が姿を現した。葛城さんと簡単な挨拶《あいさつ》を交《か》わしている。

大輝が社長職を肩代わりしているとはいえ、社長としての権限はまだ彼にある。ストレスの少ない土地をゆっくり回りながらも、仕事はぼちぼちこなしているんだとか。

「ところで、失礼ですがうちの雨宮とはどういった関係なのですか？」

社長の問いに、葛城さんが柔和な口調で答える。

「私の義理の娘になってくれないかと口説《くど》いている最中なのですよ」

「ちょっ！　葛城さん!?」

慌てる私を見て、社長は冗談だと思ったらしい。あはは、と笑っていたが、葛城さんはにこやかに微笑んでいるだけだった。なんとも居たたまれない。

――病み上がりにこれはきつい。

でも、元気そうにしている彼を見て、会えてよかったと思った。

◇◆♪◆◇

決めたら即実行だ。時間は待ってはくれない。

ニューヨークに行くフライトを予約し、明日、飛ぶことにした。ホテルもなんとか予約できた。一応、蒼馬君と同じ滞在先だ。そうして、勢いのまま一通り仕事を終えてから帰宅した。

風邪薬やのど飴、マスク、念のため冷却シートなども用意する。体調不良で薬が必要になっても、向こうのだと合うかどうかわからないから、それだけは念入りに準備した。

そのほかのものは必要になったら現地で調達すればいいと割り切って、最低限の服だけスーツケースに詰める。

一段落したころ、スマホが鳴った。

「もしもし、蒼馬君？」

『優花さん、よかった。起きてました？』

今向こうは何時なのだろう。時差は大丈夫なのかと心配していると、大丈夫だとあっさり返ってきた。逆に私の体調を心配され、申し訳なく思いながらも問題ないと答える。

仕事は順調に進んでいるようだ。撮影が終わったら、スタッフたちは日本へ帰国することになっている。けれど蒼馬君は、まだしばらくはニューヨークだ。

私も明日ニューヨークに発《た》つと告げたのだが……

『――優花さんは来なくていいですよ』

「はい？　いや、いやいやちょっと。私あなたのマネージャーだからね？　風邪なんてひいちゃったから一緒に出発はできなかったけど、もう大丈夫だし。なんで来るななんて言うの」

はじめて蒼馬君から拒絶されて、内心焦ってしまう。

『優花さん、もうわかってるでしょ？　僕の気持ちは、あの歌詞に書いた通りです。このままでいいと思っていたけれど、遠慮しないと決めました。全力でぶつかっていきます。だから、優花さん。あなたを葛城さんに会わせたくありません。あんな風に泣かせたあの人に、あなたを渡す気はさらさらない』

「……そ、蒼馬君……？」

思わず持っていたスマホを落としそうになった。言われた発言が直球すぎて、心臓に悪い。

彼は本気だ。

冗談だと思いたいけれど、これが冗談なんかではないとわかっている。

あの歌詞を読んだ後、いつかは告白されるんじゃないかと思ったのも事実。でも多忙な日々を過ごしているなかで、そんな甘いムードになることはなかった。仕事以外のことを極力考えたくなかった私も、当然自分から触れたりはしなかったし。

そのツケが、今、回ってきている。

『年下の男に、興味はありませんか』

もう笑ってごまかしたりはできない。彼に嘘は言わないし、不誠実な真似《まね》もしないと決めているのだから。

「蒼馬君は、私よりよっぽど大人だよ。年齢は関係ないと思う」

『そうですか。それは安心しました』

「でもニューヨークには行くよ。仕事だから。けれど、仕事とは違う目的で、葛城副社長に会うわ。彼に会って確かめたいことがあるの」

『それでしたら僕もついて行きます』

「それは困るからだめ」

『何故ですか』

遠慮しないと言った発言通り、蒼馬君は引かない。

「蒼馬君に聞かれたくないプライベートな話だから。これは彼と私の問題で、あなたを巻き込みたくはない」

『……そうですか。では、僕は会いに行けないよう、妨害させて頂きます』

「は……？」

『言ったでしょう？　僕はもう我慢はしないと。優花さんの意思は尊重したいですが、僕は会わせたくない。あの人とふたりきりで会わせるなんて、冗談じゃない。僕はあなたが好きです。好きだから、他の男に会いに行かせたくありません』

——強固な決意を持ったその声に、私の額《ひたい》から一筋汗が流れた。

7

今回の渡米では、お土産《みやげ》を二種類用意した。会社用とプライベート用だ。

会社用は、MERの人たちに向けてのもの。アメリカ人の彼らに好まれそうなカステラにした。一切れずつになっているので食べやすいはず。

そしてプライベート用には、一口サイズの最中《もなか》を。餡《あん》のなかに餅《もち》が入っているやつだ。

これは、大輝へのお土産《みやげ》だ。

彼はかつて餡子《あんこ》と餅《もち》が好きだと言っていた。今も好きかどうかはわからないが、でも私が彼の好みを覚えているということを少しでも伝えたかった。そんな下心をこめて、秘書の男性へ持参したそれを手渡す。

『直接渡されないのですか？』

『外出中ですし、お忙しそうですから。よかったら皆さんもどうぞ。お口に合ったらいいですが』

本当は直接渡したい。だがタイミング悪く、今彼は不在だという。それに来て早々、大輝に会って拒絶されたら凹《へこ》むだろう。

勢いでニューヨークに来たものの、私は少しだけ時間がほしいという心境になっていた。

『わかりました。ちゃんと彼に渡しておきます』

『ありがとうございます』

ドキドキする思いを抱えつつ、私は仕事へ戻った。

『ミヤ、この曲ではバックコーラスをつけるべきだと思うんだ。RYOのコンサートではつけていなかったようだけど、せめて三人はほしいね。ってヤスに通訳して』

「おい、雨宮。リチャードはなんて？」

「はい、えっと、バックコーラスがほしいと。三人ほど。いかがでしょう？　安永さん」

「あー確かにな。今から見つかるんならいいんじゃねーか？　女と男、ふたりずつの計四人とかどうだ？」

『男女ふたりずつとかどうでしょう？　って言ってますが。今から見つけても間に合うなら』

『うん、いいね！　ちょっと問い合わせてみるよ。まだいけるはずだから、待ってて！』

そう言って、颯爽《さっそう》とリチャードは去って行った。

前回の渡米時に虫垂炎《ちゅうすいえん》で入院していたプロデューサーのヤスこと安永さんは、さっきから人に通訳を押しつけてくる。私はRYOのマネージャーであって通訳じゃないので、プロを雇おうと言ったら、「だってRYOが、お前は英語が堪能《たんのう》だから大丈夫じゃないですかって言うんだもんよ」と返ってきた。

ちなみに安永さんは、今までメールでのやり取りは難なくこなしていた。英語の読み書きは問題ないそうだ。なのに、しゃべるのと聞き取りは苦手なんだとか。

先日まではPV撮影のためのスタッフがいて、そのなかの英語が堪能《たんのう》な人に頼んでいたらしい。だが、彼らが帰国した今、私がその役を負うことになってしまっている。

そして宣言通り、私をひとりにしないどころか、積極的に私の時間を奪いにくる蒼馬君。……なんて恐ろしい子なの。

そんな蒼馬君は今、オーケストラが入る予定の曲の打ち合わせをしている。指揮者に楽譜を見せ、ここのテンポはもう少し速めで……と、つたないながらもなんとか英語で話していた。

だが、なかなか思うように伝わらないらしい。彼は近くに座っていたヴァイオリニストからヴァイオリンを借りて、自分で弾きながら説明した。たちまちオケメンバーからどよめきがわく。

『君はヴァイオリンも弾けるのかい？』

『弦楽器は一通りできますよ』

この間のMERのカフェテリアでのミニコンサートでヴァイオリンを弾いたが、公《おおやけ》で弾いたことはない。そのため、蒼馬君が弦楽器を弾きこなせると知る人はほとんどいないのだ。

蒼馬君は次にチェロを貸してもらい、ここはこう弾いてほしいとお願いしている。

いっそ蒼馬君も、彼らとまざって演奏してもいいかもしれない。そういった変更はまだ可能だ。

それはそうと、彼の集中が指揮者とオケメンバーに向いている間に、私はこの場を離れよう。そろりと扉付近に移動しようとすれば、背後から「優花さん」と声がかけられた。

振り返ると、彼がキラキラしいスマイルで私に笑いかける。指示が終わったのか、もうその場を離れても問題ないらしい。

「僕の飲みもの、どこでしたっけ?」

「え、あ、はい……」

傍《そば》に寄り微笑みかけてくる彼に、後ろめたい気分になる。逃げようとしたの、バレテル……

ニューヨークに着いてから早五日。

私はほとんどひとりになる時間がないまま、仕事に追われている。

マネージャーだから大抵蒼馬君とともに行動し、そして通訳にも使われる日々。

頻繁《ひんぱん》にMERに出入りしているのに、未だに大輝と会えていない。

「前回はあんなに毎日会ってたのに、今回はまったく遭遇しないってなんなの……」

私がニューヨークに来ていることを知っているはずだが、向こうからの接触はまったくない。前回の別れ際、勝手にしろと発言したので、彼からは会いに来ないという意思表示か。

ただ、リチャードにそれとなく訊けば、仕事が立て込んでいて睡眠時間もないくらい忙しいとのこと。

『ライアンのやつ、ちゃんと寝て食べてるのか不安だよ。あまり眠れないみたいで、常にピリピリしてるんだ。普段から、深く眠ることは少ないらしいんだけど、最近はそれがさらにひどいみたいでさ』

眠れていないと聞いて、ふと不思議に感じた。私を抱き枕と称して眠った彼は、いつも深く眠っていたように思えたのだが……

「私が気にしたって仕方ないけど……」

ふと考え込んでため息をつけば、いつの間にか隣にいた蒼馬君が私の手をギュッと握ってきた。

「僕以外のことで考えごとですか?」

不機嫌な顔で美青年が投げるその直球加減が、心臓に悪い。

「か、考えごとくらいするわよ。人間だもの」

と笑って言ってみたが、ごまかしは利かなかった。

彼がいっそう強く私の手を握りしめる。

「おもしろくないな」

ぼそりとそうつぶやき、手を解放した。そして一、二歩離れ、軽く嘆息する。

「どうやら僕は、自分で思っていた以上に嫉妬《しっと》深いみたいです。早く、あなたの手以外のところに触れる許可がほしい」

「っ……!?」

そ、そんな甘い声と顔で、とんでもない台詞《せりふ》をさらりと言うなんて。

反射的に顔を染める私に、蒼馬君は微笑んだ。細められた目元が色っぽくって、釘付けになってしまう。

この子の本性は、私が考えていたよりもずっと小悪魔なんじゃ……?

「しばらくは葛城さんも姿を現さないと思いますよ。スケジュール的に厳しいらしいので」

それはいったい、誰情報なの?

私が疑問を口にする間もなく、彼は「レストルーム行ってきます」と言って姿を消した。

その彼の後ろ姿を、私は呆然と見つめるほかなかった。

シャイリーンと大輝の本当の関係を確認する。そして、事実がどうであれ、自分の気持ちを告げることが、私の目的だったはず。なのに一番確かめたい相手に会うこともできないのは、なかなかストレスが溜まる。

未だにゴシップ誌に、彼女と大輝の写真が載っている。歌姫《ディーヴァ》の恋の遍歴が綴《つづ》られた記事を凝視していた。

シャイリーンのこれまでのお相手は、雑誌情報によると年齢や国籍はバラバラ。歌手や映画俳優などの華やかな人物から、弁護士やドクターに銀行マンまで。数多《あまた》の男たちのハートをゲットしてきた恋多き女性。だが、彼女は一度も結婚していない。

偏見かもしれないが、こちらのセレブたちは結婚と離婚を繰り返すことが多い気がする。ゴールインしたと思ったらすぐに離婚騒動になり、別れてまた新たな恋人の話題で盛り上がる。

すぐに別れるくらいなら結婚しなきゃいいのに——なんて、正直思ってしまうが。どうやらシャイリーンは、その辺はしっかりしているらしい。

恋愛遍歴はすごいが、結婚はしていない。ただ、その恋愛についても、彼女の場合は遊びか本気かの見極めが難しい。彼女の交際期間が、どれも三ヵ月以内で終わっているからだ。なかには一週間という人もいて、それはもはや付き合ったうちに入るんだろうか？　と首を傾《かし》げてしまう。

そして気になる今回の相手――MERの副社長、ライアン葛城。シャイリーンは彼との交際をほのめかす発言はしても、公言はしていない。そして肝心の大輝はというと、この件に関してはノーコメントを貫《つらぬ》き通しているようだ。

ふと、大輝のお父様が言ってた台詞《せりふ》を思い出す。大輝はまだフリーのはずだと。やはりもたもたしている時間はない。今フリーだったとしても、次の瞬間にはシャイリーンとの恋をはじめているかもしれないのだ。早く真偽を直接確かめなくては。そして、この長い片想いに決着をつけよう。

嫌われて、憎まれていようとも、言えなかった自分の気持ちを伝えたい。そう決めて、私はリチャードに連絡を取った。

◇◆♪◆◇

『なんだこれは？』

終業時間を過ぎた時刻に副社長室に戻れば、デスクの上には見慣れない包装紙に包まれた箱が置いてあった。

日本のお菓子だろうと推測できるその小箱を持ち上げて、大輝はびりびりと包装紙を破く。

『それは今朝ミス・アマミヤから頂いたあなたへのお土産《ギフト》ですよ。律儀にも社員用とあなた用の二種類を用意してくださっていました。お優しいですね』

秘書の説明を聞きながら、箱に並べられていたお菓子をひとつ手に取る。細長いそれは、最中《もなか》だ。外側の皮となかの餡《あん》が別々になっていて、自分で挟んで食べるらしい。

椅子に座って早速最中《もなか》を作り、一口ぱくりと食べる。秘書がわずかに眉を上げるのが見えた。

たとえ既製品だとしても、信頼していない人物から受け取った食べものを大輝が口にすることはない。この最中《もなか》をなんの躊躇《ちゅうちょ》も疑いもなく食べたことから、大輝のなかでの優花の位置づけを悟ったのだろう。

『お味はいかがですか』

『なかに餅《もち》が入っている。うまい』

お茶も飲まずにもうひとつ手に取り、びりっと袋を破く。たったの二口で消えてしまった最中《もなか》を続けてひとつ作り、今度は先ほどよりゆっくり味わって食べる。

『そんなにおいしいのでしたら、私にもひとつ』

『イヤだ』

『……冗談です。ですが、あなた今本気でしたよね？』

秘書の小言をスルーしつつ、続けて三個目の最中《もなか》を味わう。かつて和菓子が好きだと言ったのを、彼女は覚えていてくれたのか。そのことが、大輝を奇妙な心地にさせていた。

嬉しいのか苛立ちなのかわからないが、ほのかな満足感を感じている。しかも、自分が好きだと言ったこし餡《あん》を選んでくれたあたりが、さらにくすぐったくてむず痒《がゆ》い。

『まあ、今夜はそれを食べてゆっくり寝てください。いい加減、あなたの睡眠不足ゆえのピリピリした空気が周囲のストレスになっているので。ワークライフバランスをどうにかしてくださいよ』

食べ終わった包みをゴミ箱に捨てながら、大輝は眉間《みけん》に皺《しわ》を作った。

『社員に無駄な残業は強《し》いていないだろう。それに俺は好きで寝ていないわけじゃない。寝ようと努力はしているが、寝られないだけだ』

『は？　精神的なものですか？　それなら早くカウンセリングを受けてください』

『……』

無言を返した上司に、秘書はため息をついた。

『まさかあなた、彼女がいないから眠れないんだ、なんて言わないでしょうね？』

返事をせずに四個目を開けようとした大輝の手から、秘書が最中《もなか》を奪った。

『なにをする』

『バカですかあなたは。悠長に日本のお菓子を食べている場合じゃないでしょう。さっさとしないと、RYOに彼女を奪われますよ！』

チッ、と舌打ちが漏れた。自分でもわかっていることを他者から指摘されるのはおもしろくない。

『誰が見たって、RYOが彼女を好きなのはわかります。どこに行くにも傍《そば》にいて牽制《けんせい》していますからね。今は肝心の彼女の気持ちが別のところに向いているから、均衡《きんこう》が保たれているだけですよ。でも、安心はできません。男女間の関係がいつ変わるかなんて、当人同士にしかわからないのですから』

正論すぎてなにも言えない。そんなこと、言われなくてもわかっているのだから。

有能な年上の秘書を見やれば、彼の眼差しはいつまで逃げるのかと問いかけてきているようだった。

『クソ……あんなガキに奪われるつもりはない』

『それは彼女の心次第でしょう。うちの女性社員にもRYOはかわいいと評判ですから、面倒見のいい彼女がいつ絆《ほだ》されてもおかしくはないですよ』

『お前は誰の味方だ』

『私はきっちり仕事をこなす上司の味方です。プライベートの問題を職場に持ち込み、体調管理ができないような残念な上司ではなくて』

十分な睡眠がとれていないことで無意識に気が立って、周囲に気を使わせる羽目になっている。確かにその状況は好ましくない。

ひとつ大きく息を吐き、大輝は残りの最中《もなか》を鞄へ詰めた。秘書に取られた四個目の最中《なか》を指さして、『それはやる』と寛大な心を見せる。

『俺がやるからには、全部食べろよ。後で感想を聞くからな』

『狭量《きょうりょう》なんだか寛大なんだかわからない人ですね。もう今夜は帰宅してください』

『言われなくてもそのつもりだ』

部屋を出る前にひと言彼に礼を告げて、大輝は夜の九時過ぎに退社した。

『そういえばリチャードが、彼女にライアンの居所を聞かれたと言っていたな。それを伝え忘れたけど、まあいいか』

運がよければ、今夜会えるだろう。

そうして秘書は、手のかかる上司の恋が成就することを願いつつ、自らも退社の準備をするのだった。

◇◆♪◆◇

「――それじゃ、明日は七時半にロビーに集合ね。ゆっくり休んで」

「はい、おやすみなさい」

同じホテルに滞在しているが、宿泊しているフロアは違うため、エレベーターを降りるときに別れの挨拶《あいさつ》をする。私のほうが泊まっている部屋のフロアが低いので、先に降りた。

部屋に戻ってスーツを脱ぎ、動きやすいカジュアルな服装へ着替える。

カジュアルといっても、ジーンズとシャツでは色気がなさすぎるだろう。しばし考えて、ワンピースに決めた。それは、大輝が私に贈ってくれたものだ。

「これから勝負をかけるのに、流石《さすが》に普段着はだめよね」

キャミソールを下に着て、カシュクール風のワンピースをまとう。カーディガンを羽織り、化粧を直して髪は下ろした。

前回ニューヨークから帰国した後、私はダークブラウンに染めていた髪を、黒く染め戻していた。これから忙しくなるので美容院に行く暇ができるか怪しいから――と言いつつも、もしかしたら本音は、大輝に出会った高校時代の自分に、少しでも戻したかったからかもしれない。

なにもつけないのは胸元が寂しいからと、一粒ダイヤのネックレスをアクセントに選ぶ。派手すぎないナチュラルな色合いのグロスを塗り、出かける準備は整った。

私は今から、あのホテルへ行く。そう、私と大輝が使っていたあの部屋に。

リチャードに確認をしたところ、最近の大輝は自宅に戻らず、ほとんどをそのホテルで過ごしているそうだ。私が彼と話がしたいと言うと、少し考えた後、今夜の帰宅時刻の目安を教えてくれた。秘書ではないため、おそらくでしかないが、と言っていたけど。

今は夜の十時。リチャードの予想があたっているなら、彼はそろそろ戻るはず。

まるで夜這いをかけに行くみたいで、緊張する。

大輝は私を迷惑がるだろう。それでも、私は話がしたい。

その結果がどんなに悲しいものになっても、これで終わりにできると思えるから。

ジャケットと必要最低限のものだけ詰め込んだバッグを持って、扉を開く。と、目の前には、ノックをしようとした格好で固まる蒼馬君の姿があった。

——嘘、なんでここに⁉

彼の目が、驚きで見開かれている。

が、一瞬の動揺後、蒼馬君はスッと目を細めた。彼の周囲の温度が数度下がった気がする。

「借りていたUSBを返し忘れてたので、今夜必要かと思って来たのですが。……今からお出かけですか？　優花さん」

一歩間合いを詰められる。彼が部屋に踏み込んできた。蒼馬君の背後で扉が閉まる。

「あ、わざわざありがとう。うん、ロビーまで行って来ようかと」

平常心を取り戻して、嘘ではないが真実でもないことを告げれば、彼は端整な顔を美しく歪《ゆが》めた。

「目的は、ロビーじゃないんでしょう？　そこに行くなら、別に着替える必要はありませんよね。それに、ロビーの売店ならもう閉まってるはず。自販機は各フロアのエレベーターホール近くにある。この遅い時間に着替えて出かける理由は、あの人に会いに。違いますか？」

「……っ」

全てお見通しだ。

いつもの穏やかで爽《さわ》やかな好青年とは全然違う妖《あや》しい魅力を振りまきつつ、艶《つや》っぽく笑う。

あっと驚く間もなく、私は彼に抱きしめられていた。

「行かせたくない――」

癒《い》やし効果がある歌声とは正反対の、ぞくっとした声。心の奥に響いて、ドキドキと胸が高鳴る。神経が麻痺《まひ》したかのように動けなくなった私の後頭部に手を差し込み、彼が唇を奪う。

唇に触れた温もり。それは一瞬で離れた。深い繋がりにならなかったのは、きっと、蒼馬君がそこまで非道な人間ではなかったからだろう。

唇は触れるだけですぐに離されたが、代わりのように、彼は私をギュッと抱きしめた。

我慢はしないけど嫌われたくない、私に傍《そば》にいてほしい――そんな彼の葛藤《かっとう》が手に取るようにわかった。

言葉はなくても、触れ合う場所から気持ちがなだれ込んでくるみたいだ。

でも、彼の気持ちは嬉しいが、それに応《こた》えることはできない。

ゆっくりと顔を上げて、微笑みかけた。

「蒼馬君、少し離れてくれる？」

「嫌《いや》です」

「でもこれじゃ、顔見て話せないんだけど」

渋々ながらといった様子で、彼は腕の拘束を緩《ゆる》めた。眉間《みけん》の皺《しわ》が深い。

こんな顔もするとは知らなかった。

彼は今まで、私の前では決して苛立ちなど見せなかったから。

ばつが悪そうに、そっと視線を逸らす蒼馬君。

「謝りたくありません」

「あー、うん。それ、相手が私だからいいけどね。他の女の子には許可なくしちゃだめよ。……まあ、あなたなら許されそうだけど」

あれだ。巷《ちまた》で言われる〝ただしイケメンに限る〟というやつ。

彼ならその許される部類に入るんだろう。芸能人でもあるし。

でも、私が言うのもおこがましいが、蒼馬君にはそんな不誠実な真似《まね》はしてほしくなかった。

「優花さんは、僕にキスされてもイヤじゃないということですか」

「あなたが求めてきたのは男女の触れ合いじゃなかったからね。別に唇の安売りセールなんてしてないけど、嫌悪感はないよ。蒼馬君のことをよく知ってるから」

そう、よく知ってるから。

あなたの優しさも、情の深さも。

今だって私は怒っていないというのに、彼は苦い表情をしている。自分自身を腹立たしく思っているのだろう。

「蒼馬君の気持ちは純粋に嬉しい。あなたは私の夢で、憧れでもある。でも今の私に、蒼馬君が想ってくれているのと同じ気持ちは返せない」

「それは、優花さんが今でも葛城さんを好きだから？」

この問いはおそらく、彼が今まで一番訊きたかったであろうもの。

ドキンと心臓が大きく跳ねるのを感じながらも、私は穏やかに微笑んだ。

「気持ちをね、伝えたいの。十年前には伝えることが叶わなかった気持ちを、今度こそ伝えたい。その後どうなるかはわからない。彼は私のことを嫌ってる。振られることがわかっているけれど、それでも本心を言いたい。だから……」

ごめんなさい、は言えなかった。私の口は、蒼馬君の手で覆われていた。それ以上は言わなくていい、と言うみたいに。

「……わかりました。それでは、待ちます。もし振られたら、一番に僕に会いに来てくださいね」

そっと腕を解放される。そして彼は「気をつけて、いってらっしゃい」と私に静かに言った。

バタンと扉が閉まる。私はそれをじっと見つめていた。

タクシーに乗った私は、ただ真っ直ぐ大輝に会いに行った。

見慣れた扉の前で立ち止まる。呼吸を止めて、扉をノックした。

彼が帰っているかはわからない。

大輝のメールアドレスもスマホの番号も知っているけど、それで連絡する気はなかった。直接会って話がしたい。そう思っていたから。

とりあえず、今回会えなかったとしても、待つのは十五分だけにしよう。それでだめだったら、また来よう。会えるまで、何度でも。

そう考えていた私の目の前で、思いがけず扉が開いた。

きっと帰ってきて間もないのだろう。ネクタイを緩《ゆる》め、ジャケットも着てはいないが、まだスーツ姿の大輝がそこにいた。少し疲労の濃い顔は、不機嫌な色《いろど》で彩られている。

驚きから声を出せずにいる私に、大輝がすっと目を細めた。

「なにをしに来た？」

「あ……、突然ごめんなさい。少し話がしたくて」

硬質な空気に怯《ひる》みそうになる。

やはり彼は私のことなんてなんとも思っていないんだと、実感させられた。

「入れ」

促《うなが》され、室内に入る。

パノラマ写真のように広がる、ニューヨークの夜景。前回これを見たときからさほど時間は経っていないのに、再びこの部屋で見ると、何故かとても懐かしく感じた。

ソファで寛《くつろ》いでいたのだろう。テーブルには、スコッチウイスキーが置かれていた。ロックで飲んでいるところに邪魔してしまったらしい。

大輝から感じるのは、拒絶の空気だけ。

やはり来なければよかったかな、とうつむきそうになる自分を叱咤《しった》して、私は彼との距離を詰めた。

「この間、大輝のお父様が会いに来てくれたの」

いきなり気持ちを告げることはできなくて、気づいたらそう口にしていた。

「体調を崩されてたという話だったけど、お元気そうでよかった」

「お前はオヤジの話をしに来たのか？」

じろりと投げられた視線が痛い。私は小さく嘆息し、その視線を真っ直ぐ見つめ返した。

「あなたがシャイリーンと付き合っていないというのは、本当なの？」

その瞬間、彼の苛立ちが増した。ソファから立ち上がり、私の手首を掴む。至近距離で彼は私を睨《にら》んだ。

「くだらないことを言うんだったら帰れ」

「くだっ……、なにそれ。私は、本当のことが……、っ！」

手首を引かれて連行され、気づけばどさりとベッドの上に落とされていた。あっという間の出来事で、抵抗することもできなかった。

大輝と一緒に寝ていた寝室は、いつも通り綺麗にベッドメイキングされている。皺《しわ》ひとつないそのベッドの上に転がされる。起き上がろうとした瞬間、彼に組み敷かれた。

「わざわざ男の部屋に夜這いに来たと思ったら、別の女との話だと？　ふざけるな」

「ふざけてなんかない！　私はただ確かめたくて」

大輝の口からシャイリーンとの仲を聞かなくては、先に進めない。

見下ろしてくる彼の目の冷たさに、身ぶるいした。そんな私の姿を見て、大輝は冷笑を浮かべる。

「男が女に服を贈る理由を、知らないはずがないよな？　俺があげた服をわざわざ身に着けてきたんだ。こうなることを望んでいたんだろ」

私を見つめて嘲笑《あざわら》う。口角は上がっていても、彼の目にはなんの感情も浮かんでいなかった。私が困惑する顔を、ただじっと眺めている。そのことがひどく悲しくて、心を抉《えぐ》られた。

腰で結んだリボンをシュッと解《と》き、彼はカーディガンごとワンピースに手をかける。そして、私の肩をむき出しにした。

そこに、以前みたいな優しさは感じられない。あのときは、口調はきつくても、大輝は決して私に乱暴に触れたりなんてしなかった。

なのに今は、抵抗したらなにをされるかわからない危うさを孕《はら》んでいる。

私の両手首を荒々しく拘束し、彼は片手で、キャミソールをめくり上げた。

「大輝、待って……っん！」

口を塞がれる。口腔《こうこう》を彼の舌が暴《あば》き、私の舌を絡め取った。

熱い口づけ。けれどそこに、とろけるような甘さはない。ただ蹂躙《じゅうりん》しているだけ。

唾液を飲まされ、口の端から自分のか彼のかわからない液が零れる。気持ちのない行為は、ただただ虚《むな》しい。

今まで一度も彼の前で泣いたことなんてなかったのに――

気づけば、じわりと潤《うる》んだ瞳から、涙が零れていた。

中途半端に脱がされた状態で、ポロポロと泣く私に気づいたのだろう。大輝が上体を起こした。

無機質なものを眺めるような彼の目を見たくなくて、きつく瞼《まぶた》を閉じる。

「悲しい……。好きな人に乱暴されるのは、辛い……」

嗚咽《おえつ》が漏れはじめ、彼から顔をそむけた。手首を動かせば、意外にもあっさり拘束から解放される。手で顔を隠しながら横向きになった。情けない姿を少しでも隠したい。

昂《たかぶ》った感情をなんとか鎮《しず》めたところで、大輝からまるで反応がないことに気づいた。

そろりとうかがえば、彼は呆然とした様子で固まっている。

おそるおそるベッドから身体を起こした私に向かって、ありえないという表情で、大輝が口を開いた。

「今、なんて?」

「……好きな人に、乱暴されるのは、悲しくて辛い」

「誰が、誰を?」

はっきりと困惑の色が浮かんでいる。

最低限の単語で尋ねてくる彼に、私は今まで伝えられなかった本心を告げた。

「私が、大輝を。十年前から忘れられなかった。でも、まさかまた会えるなんて思わなかった……。再会したその日に、二度目の恋をしたと言ったら、信じられない？」

「ありえない。お前は俺を嫌いだとずっと……」

このとき唐突に、彼の根が素直で単純だったということを思い出した。

それは成長してからも、おそらく変わってはいないのだろう。

「……好きじゃなきゃ、会いになんて来ない」

大輝の眉間《みけん》に、ぐっと皺《しわ》が刻まれる。苦悩に耐える顔で、彼はそっぽを向いた。

口許《くちもと》を手で覆いながら、彼は私の服を手早く直した。

先ほどまで感じていた、あの硬質で冷たい空気は消えている。

やがて、戸惑いを強く浮かべたまま、彼はベッドから下りた。

「悪かった」

「え……、え？」

大輝が謝った。

あの滅多に謝らない彼が謝った⁉　そのことにも驚いたが、そのまま部屋から出ていこうとする姿にもっと驚いた。慌てて駆け寄る。

「ま、待って！」

ここで逃げられたら、次いつ話せるかわからない。

大輝の手を掴んで長身の彼を見上げる。びくりと肩を震わせた彼の耳は、うっすらと赤い。

「……大輝？」

彼は眉間《みけん》に思いっきり不機嫌な皺《しわ》を寄せて――傍目《はため》にもわかるほど、照れていた。

「クソ、見るなバカ」

「キャッ！」

大輝は、唖然《あぜん》として彼を見上げていた私を胸に抱き込んだ。彼の匂いに包まれ、ドキッと心臓が跳ねる。

スーツ越しに伝わってくる大輝の鼓動は、私と同じくらい速かった。お互い無言が続く。

自分の、ドキドキとした鼓動が少しずつ治まってきたのを感じて、私はゆっくり手を動かし、大輝をギュッと抱きしめた。

「……っ」

息を呑んだ気配が伝わる。

さんざん私を翻弄《ほんろう》しておきながら、抱きしめられるだけで驚くなんて。ここにきて、ようやく私の心にも余裕が生まれたのだろう。強い愛おしさがわいた。

「大輝、座って少し話そう？」

顔を上げて彼を見つめる。眉間《みけん》の皺《しわ》が取れた大輝に微笑めば、彼もゆっくりと頷いた。

「なにか飲むか？」

リビングへ移動し、ソファに座る私に大輝が尋ねた。

「なんでもいいけど、なにがあるの？」

告げられたお酒のなかから、白ワインを選んだ。注がれたワイングラスを、彼に手渡される。

「ありがとう」

「ああ」

ソファに座ってゆっくりとひと口、口に含んだ。冷蔵庫でよく冷えたそれは飲みやすく、身体に沁《し》み込むようだった。

なんだか空気が柔らかい。それでいて、妙にむず痒《がゆ》いような緊張感が漂《ただよ》っている。

どうしよう。

こちらから話しかけないと、と思ったところで、大輝が口火を切った。

「それで、なにが知りたいんだ」

「え？」

「訊きたいことがあると言っていただろう」

ソファの前のコーヒーテーブルに、コッツンとグラスを置く。確認したいことと言えば、決まっている。

「シャイリーン・スチュワートと交際しているのは本当なの？」

「俺は誰とも付き合っていない」

「彼女とパーティーに参加したのは事実でしょう。日本のテレビでも見たの。結婚まで秒読みじゃないかって報道されていたわ」

「エスコートはした。俺が出れば満足だとあいつがのたまったからな。他の男を使うよりも、俺が出たほうがスキャンダルをもみ消す手間が省けると判断し、了承した。だが、結婚だのという話は、どこにもない。シャイリーンがおもしろがって煽《あお》っただけだ」

「じゃあ……、彼女と寝たことは？」

訝《いぶか》しむような表情を浮かべつつ、大輝は器用に片眉を上げた。が、すぐに眉間《みけん》に皺《しわ》が刻まれる。大きく息を吐き、彼はひと言「ない」と否定した。

「お前がなにを気にしているのか、よくわかった。大方あいつがそんなデタラメを言ったんだろう。正直シャイリーンみたいな毒の強い女は好みじゃない。あいつに女としての魅力があっても、俺はなにも感じない。そもそも所属アーティストを相手になんて、そんな面倒なことするか。俺は商品とは寝ない」

商品……。大輝の父、葛城さんの言葉を思い出した。

人を商品扱いする男は、確かに人格者とは言い難《がた》い。でも、だからこそ彼の言葉には説得力を感じて、私は信じることができた。

どうやらシャイリーンに騙《だま》されていたらしい。

思えば、彼女が大輝と付き合っていると明確に宣言したことはない。

そう捉えられる発言は十分していたが。おそらく、大輝を狙っていたのは本当だろう。

でも、付き合うにはいたっていなかった。

手に持っていたワイングラスを置いて、じっと大輝を見つめる。

「……それなら、私のことはどう思ってる？　嫌われてないと思っていいの？」

隣から、ぐいっと肩を寄せられた。彼の腕に抱きしめられている。

先ほど感じた体温に包まれた。耳元にかかる吐息がくすぐったい。

身をよじろうとする私を逃がさないとばかりに、さらに強く抱き込まれた。

「好きだ。あのころよりももっと、俺は優花が好きだ」

「……っ」

呼吸が止まる。

甘く響く声に、嘘は感じられなかった。

じわじわと、大輝の台詞《せりふ》が身体中に染み渡る。

好きだと言ったその言葉は、昔の彼が真っ直ぐ私にぶつけた声とそっくりだった。

これはきっと、本当のはず。でも、嫌われていると思っていただけに、あっさり頷くことはできない。

「……好きな相手に、普通あんな扱いする？」

「それは──悪かった」

大輝が素直に謝った。私をギュッと抱きしめたまま。

「好きすぎて、憎くなった。とっくに優花を忘れたと思っていたのに、再会した瞬間、あのときの気持ちが甦《よみがえ》った。なんで今さら思い出すんだと自分自身に苛立って、同時に優花が俺を嫌いだと言った言葉も耳に甦《よみがえ》った。明らかに戸惑っているのを見たら、どうしようもないくらい嗜虐心《しぎゃくしん》が刺激されたんだ。どんな手を使っても自分のものにしたい。たとえ優花が俺を嫌っていても。いやむしろ、俺が嫌いならいっそのこと、憎むほど嫌いになればいいと。一生俺を忘れられないくらい傷つけてやる、そう思ったんだ」

なんて危険な思考をカミングアウトするんだ。

かわいさあまって憎さ百倍ですむ話には聞こえない。

身じろぎをするが、逃がしたくないとばかりに大輝が強く私を抱きしめる。

「正直どうやってこの十年を過ごしていたのか、もうわからないでいる。他の男と四六時中一緒にいるのを想像しただけで苛立ちが増した。なんでお前がＲＹＯのマネージャーなんだと。しかもあいつがお前を好きなのはひと目でわかるのに、肝心なお前は気づいていない。強引にホテルを変更し、傍《そば》に置いたのは俺が嫉妬《しっと》したからだ」

嫉妬《しっと》されていたなんて……。胸の奥がくすぐったくて、顔が熱い。

「日に日に優花がほしい気持ちが増して、歯止めがかからなくなった。傷つく顔が見たいわけじゃないが、俺にぶつける感情は憎しみしかないと思っていた。お前の気持ちを無視して、かなり強引に要求した自覚はある。悪かった」

小さく漏れたため息は、彼の葛藤《かっとう》の表れだろう。私の顔を上げさせないようにしているのも、きっと悔いる顔を見られたくないから。

百獣の王がこんな風に弱気になるなんて――

こんな彼は、多分誰も見たことがないはず。

「……それなら、どうしてシャイリーンとキスしてたの」

大輝は苦い口調で「見てたのか」と言った。

「見てたもなにも、大輝が呼んだんでしょ。私にキスシーンを見せつけるためじゃなかったの？」

「はあ？」

困惑した後、なにかを悟ったらしい。彼は横を向いて、盛大に舌打ちした。低く呻《うめ》くように、『あの女……』と英語でつぶやく。

私が彼を見上げると、大輝は不機嫌顔で言った。

「まず言っておくが、俺からはなにもしていない。お前を呼び出してもいない。シャイリーンとのキスは、あの女が勝手にしてきたことだ」

私を呼び出したのは、つまりシャイリーンの策略だったようだ。

「勝手にというけど、ずい分情熱的に見えたわよ」

「俺はなにも応《こた》えてない。ただ唇が合わさっただけで、そこになんの感情もない」

ただ合わさっただけ。

それって私にしてみたら重要なんだけど、大輝は頓着《とんちゃく》しないのだろうか。

育った文化が違うから、キスに関する感覚も違うのかもしれない。だけど、ムカムカする。

たかがキス、されどキス。キスはキスだ、感情がともなっていないならしてもいいなんて、思えない。

「大輝は好きでもない人とも、キスできるんだ？」

自分でも驚くほど、声が冷淡だった。自然と眉が寄るのは、私が納得できないから。

「優花、お前……嫉妬《しっと》してるのか？」

「っ、……」

不機嫌顔を見られたくなくて、横を向く。彼は私を見下ろしたまま、冷静に尋ねてきた。

「キスシーンを見て、ショックを受けたから泣いたのか。RYOの前で」

「え？」

思わず大輝に顔を向ける。何故それを知っているのか、という私の疑問が表情に出ていたのだろう。蒼馬君から聞いた、と彼が答えた。

「他の男に慰められたのは気に食わないが、原因は俺だな。この間も、泣かせて悪かった」

大輝は私の瞼《まぶた》の下を、優しく親指で撫でた。その感触に心が震える。

思えば、大輝の言葉は辛らつで冷たく、私を容赦なく傷つけてくるのに、触れてきた手つきはいつだって優しかった。この間は強引だったが、それでも、彼なら痛い思いをさせる真似《まね》はしなかっただろう。

仕事中は厳しく顔をしかめているイメージだが、本来の大輝は感情豊かだ。すぐに気持ちが顔に表れる。

今、じっと私を見つめる表情には、後悔と懺悔《ざんげ》の色が浮かんでいた。

大輝の手にそっと触れ、そのまま私の頬へ当てる。大きくて、ごつごつと骨ばった男性の手。その掌《てのひら》は、温かかった。

「もういいよ。シャイリーンとはなにもないって信じる。キスは私が勝手に落ち込んだだけだから。それに、ちょっと辛かったけど、大輝の傍《そば》にいられて嬉しかったのも事実。一番はじめにあなたを傷つけたのは私だから、私も謝らないと。私は十年前、自分にもあなたにも、嘘をついた。ごめんなさい」

本当、彼には嘘ばかりついてきた気がする。

本心を包み隠さず相手に伝えるのは、とても難しい。

でも、こうしてもう一度出会えたのなら、伝えよう。あのころ言えなかったことまで、全部を。

「本当は、迷惑じゃなかったよ。十年前ここに来て、あなたと出会って――。ひとりでも退屈しない生活が送れたのは、大輝のおかげだと思ってる。確かに昔の大輝はどうしようもないやつで、甘やかされて育ったお坊ちゃんでイライラしたけれど、あなたのその素直さは純粋に嬉しかったし、羨《うらや》ましかった。真っ直ぐ伝えてくる想いに応《こた》えられなかったのは、ただ私が弱かったから。私が認めたくなかったの。すぐに離れる人を好きになって、その先どうするんだって。それを考えると怖かったから」

日本国内の遠距離でも難しいのに、海外なんて無理だ。しかも高校生だった私は、なんの力も持っていなかった。

会いたくてもすぐに会える距離ではないし、ネットを通じて電話するのも今ほど普及していない時代。だから私は、彼に惹かれていた気持ちに気づかないフリをした。その感情に名前をつけなければ、会えないことに苦しまなくてすむから。

大輝の背中に腕を回し、抱きしめる。あのころ、こんな風にハグしてくる大輝に応《こた》えることはできなかった。

「大輝のご両親に、あなたが日本に行かないよう説得してくれと頼まれたのは事実。でも、彼らに頼まれたからじゃない。私もあなたには、アメリカに残っててほしかった。そのほうが大輝の将来のためになると思ったから。けれどそれは、本人の意思を無視した押しつけだったよね。あの日、傷つけてごめんなさい」

大輝は腕を緩《ゆる》めて私を見下ろす。真っ直ぐ心を見透かすように見つめてくる。

「あのころ見せてくれていた、お前の笑顔は本物だったのか？　迷惑だと言ったのも嘘？」

「大輝の傍《そば》にいるのは嫌いじゃなかったわ。周りの目は大変だったけど」

あのころを思い出して、自然と笑みが浮かんだ。

「優花」

彼は低く吐息まじりに私の名を呼び、熱く唇を塞いだ。

「好きだ」

そうつぶやいて再び口づけられる。気持ちが通じて、はじめてのキス。

寂しさや悲しさを感じない彼からのキスに、私の心は歓喜した。

キスの合間に漏れる「好きだ」の言葉に、心も身体も熱く火照《ほて》る。これほど満たされた気持ちになったことは、今までなかった。

「大輝……」

腕を彼の首に回して、深く繋《つな》がる。

キスが熱くて甘くて、蕩《とろ》けそう。脳髄《のうずい》を溶かすほどの情熱的なキスはとても気持ちがよくて、すぐに快楽の渦《うず》へ引き込まれてしまう。

「ん……っ」

「優花」

かすれたバリトンが鼓膜《こまく》をくすぐる。唾液で濡れた唇が、私の耳に触れた。

「ひゃッ……！」

「真っ赤」

くすりと笑い、大輝が私の耳を攻める。

唾液音が直《じか》に耳に届き、ぞわぞわとした震えが止まらない。耳も性感帯なんだと知ったのは、彼に翻弄《ほんろう》されはじめてからだ。

縋《すが》るように彼の胸板に身体を預ける。甘やかな空気は次第に淫靡《いんび》さを孕《はら》み、大輝は情欲を灯《とも》した目で私を見つめた。

「今すぐ優花がほしい」

「……！」

ああ、この人はどうしてこう、ストレートに自分の気持ちをぶつけるんだろう。

よくも悪くも、本能に忠実だ。

昔から、はっきり自分の意思を言える彼が好ましくもあった。

私も大輝がほしい。もっとお互いを感じたい。

頭じゃなくて、心がそう訴える。

でもそう思う反面、今すぐは無理だと理性が訴える。少なくとも、シャワーすら浴びていない状態では無理。

「あの、……お風呂か、シャワー浴びたい」

恥ずかしさに耐えながら見つめれば、大輝が眉をひそめた。

まさかだめなんて言わないわよね？

不安を感じつつ見つめ続けると、彼はそっぽを向いてため息をついた。

「頬を染めて上目遣いでのその発言はやめろ。お前は俺の自制心をどこまで試すんだ」

「え？」

深く息を吐いた大輝に、バスルームまで連行される。まるで、いつかの日の再現だ。

違うのは、大輝もバスルームへ入ってきたことと、彼のまとう空気がとてつもなく甘いこと。

って、一緒に入るつもり？

まさかと困惑する私に、大輝は「時間がもったいないから、ふたりで入ろう」とあっさり言った。

「無理、無理！　一緒になんて、どうしてハードルを上げるの⁉」

全力で拒否する私を見下ろして、彼はむっと顔をしかめる。

「もう隅々まで見てるだろ。なにが問題なんだ？」

「あ、明るいところでなんて無理よ！　恥ずかしいものは恥ずかしいの」

「……チッ、わかった。十分で出てこいよ。一緒に入るのは後でにしてやる」

バタンと扉は閉められたが、残された私は全身真っ赤だ。

「後でって、なに……！」

不穏な言葉は聞かなかったことにして、私はシャワー室にこもった。

ざらりとした舌が、私の足の指を舐めていく。一本ずつ口に含まれ、時折甘噛みされながら丹念に親指から小指まで舐める様は、ひどく淫靡《いんび》で官能的だった。

お互い交代でシャワーを浴びて、今は寝室のベッドに座っている。いや、座っていたはずなのに、私の身体はすでに寝そべりそうなくらい後ろに傾いていた。

体重を支える腕が震える。積み上げられた枕の山に、もうすぐ背後からダイブしてしまいそうだ。

ホテルのバスローブをまとう大輝が、同じくバスローブを着ている私の右脚を持ち上げて、ゆっくりと舌を這わせていた。

つま先が終わったら、今度は踵《かかと》まで。私の足など、大輝の片手にすっぽり収まる。足首を、まるで枷《かせ》のように掴まれている。でも、私が感じているのは怖さよりも別の感情。

歯が当たるたびに食べられてしまいそうな気になって、ゾクゾクする。

大輝が私に触れている。優しく、意地悪く、焦らしながら、私の官能に火を灯《とも》すように。羞恥《しゅうち》とともに感じるのは、嬉しいという感情。

凄絶《せいぜつ》な色香をまき散らすその姿を、私は自分の身体をかろうじて支えながらじっと見つめた。

「あ、はぁ……、んっ」

唾液の生暖かくて湿った感触に、肌が粟立つ。

脚を大胆に持ち上げられれば、太ももの真ん中まで見えてしまう。バスローブははだけていないから、かろうじて上半身は隠されたままとはいえ、薄暗い部屋で、この体勢は恥ずかしすぎる。

大輝は足の甲に舌を這わせ、ついばむようなキスを施《ほどこ》す。

そろそろ直視できなくなり、たまらずストップをかけた。

「大輝、そんなに舐めないで……」

「嫌《いや》だ。俺は優花の身体を全部舐めたい」

「……っ！」

そんな台詞《せりふ》を真顔で言わないでほしい。心臓が破裂する。

カリスマ性に溢《あふ》れ、視線ひとつで他者を従わせる支配者の彼が、私を悦《よろこ》ばせるために足を舐めている。なんて倒錯的なんだろう。

「ふ……っ、あん」

ふくらはぎを撫でられて、膝にざらりと舌が這う。そのままチュッと吸いつかれた。

「ぁあ……ッ」

もうだめ。身体を支えられない。

枕に頭と背を預け、喘《あえ》ぎ声を手で押さえた。

そんなに脚を持ち上げられたら、下着が見えてしまう。膝小僧に舌を這わせる彼に、やめてと目で訴えかける。

「細くて小さいな、お前の膝は」

がり、と軽く歯が立てられた。その刺激に、身体の奥が熱く燻《くすぶ》ってくる。

「ん、……もう、下ろして」

彼は再び踵《かかと》をぺろりと舐めて、視線を私に投げた。はっきり捕食者だとわかる鋭い眼差しに、背筋が震える。

自分の格好も卑猥《ひわい》だが、男らしい喉仏とバスローブの隙間から筋肉質な胸板をのぞかせる大輝も、直視できないほど色っぽい。危険な色気を孕《はら》む男は、色恋に疎《うと》い私の心をたやすく絡めとる。

大輝は踵《かかと》を持ち上げたままにやりと笑い、膝裏に手を滑らした。

「いい眺めだな、優花」

バスローブの紐《ひも》が解かれた。お腹に空気が直接触れた感覚に、一瞬息を呑む。

鮮やかな手つきでバスローブを広げた大輝は、羞恥《しゅうち》で顔を真っ赤にさせる私を見て、目を細めた。

ニッと微笑む顔には昔の面影が残っていて、胸がきゅんとなる。

「脱がせてほしかったのか」

「ちっ、ちがっ……！」

「前回もそうだっただろう」

「そんなこと、ない……！」

脱がせるぞと宣言した直後、彼の手によってバスローブを剥《む》かれてしまった。ぱさりと落ちる音が耳に届く。

思わず両腕で胸を隠す。

「なんで隠すんだ。もう見てるのに」

思いっきり不満げに言われた。

「恥ずかしいのに、一度も二度もないの」

大輝はそっと私の腕を解き、片手で頭上にまとめた。そして、慣れた手つきでブラのホックを外す。

「俺は直接見たいし触りたい。我慢はしない。だから慣れろ」

んな無茶な！

グラマーな美女の相手ばかりしていたであろう大輝には、私みたいな身体はさぞかし貧相《ひんそう》なはず。不規則な生活は太るというが、私は逆で、体重が減るタイプだ。

食べる時間がないからというのが一番の原因。だって忙しすぎて、食事がおろそかになってしまうのだ。

あんまり見ないでほしいと訴えるのに、彼には伝わらない。

大輝は私の薄いお腹に片手を当てて、ゆっくり撫でてくる。

「内臓詰まってるのか？」

そんなつぶやきに、顔を真っ赤に染めたまま「当たり前」とか細く答えた。

顔が熱くて、心臓の鼓動が速い。その先にある触れ合いに、期待と恐れがまざりあう。

彼の手が徐々に上に動き、私の胸を包み込んだ。与えられる刺激に、背中が反《そ》りそうになる。きっと心拍数が速いのも、大輝には伝わっている。

「あ、……ふっあ！」

「相変わらず感じやすいな」

彼はくすりと笑い、苦々しい顔になった。

私の胸をふにふにと触りながら感触を確かめているのに、なにが問題だったんだろう。

やっぱり欧米人の身体とは違うからつまらないとでも思っている？

不安に揺れる私に気づいたらしく、大輝がぼそりとつぶやいた。

「おもしろくない……。こんな優花を見た男が俺の他にもいると思うと。こうやって触るとかわいく啼《な》く優花を味わったやつに、腹が立つ」

「……え？」

胸を弄《いじ》っていた手は外れ、大輝は私をギュッと抱きしめてきた。まるで独占したいという風に。

覆い被さりながら抱きしめているが、決して苦しくはない。大輝が気遣ってくれているのだ。

自由になった腕で、私も大輝を抱きしめた。そして、彼のバスローブを握りしめる。

「くっそ、ムカつく。そんなこと言う権利はなくても、ムカつく」

「大輝……」

ああ、どうしてこう、愛しさが溢《あふ》れ出すようなことを言うんだろう。

彼から向けられる独占欲と嫉妬《しっと》が、私の気持ちを満たしてくる。

「私……、今まで付き合った人はいる。三人ほど。でもね、……最後まではしてないの」

彼からの反応がない。

この歳でまさか？　と思われただろうか。

身体が緊張で強張《こわば》った。鎮《しず》まらない鼓動がうるさい。

やがてゆっくり顔を起こした大輝は、私を至近距離で見つめながら、「最後まで？」と確認してきた。その問いに小さく頷く。

「で、できなかったの。どうしても、無理だった。大輝を忘れたくて、付き合ってみたけれど、素肌を見せてもそれ以上は無理で……」

――だって、はじめては大輝がほしいって言ってくれたでしょ？

私のファーストキスを奪ったあの日に。

大輝は目を瞠《みは》った。

覚えていないかもしれないと思っていたが、彼はちゃんと覚えていたらしい。私のはじめては全部自分のものにしたいと言った、当時の発言を。

「忘れたいと思ってた。でも、付き合っている人であっても、触れられていると、どうしてもあのとき言われた大輝の言葉を思い出しちゃうの。自分でももう二度と会うことがない人に、何故囚《とら》われるのと思っていたけれど……結局、最後は相手を拒絶した」

付き合いが長く続かないわけだ。最後の最後で無理だと拒絶した私と、彼らの関係がうまくいくはずがない。

二人目までそうだったが、三人目になるとその段階にまでいくこともなかった。さりげなくホテルに誘われても理由をつけて断ってばかりいたら、お互い忙しいこともあって三ヵ月未満で別れた。

「俺が、ああ言ったから？」

「……バカみたいでしょ。でも、やっぱり私のはじめては、あなたにあげたいと思ってしまっ……んん！」

言葉の途中で、熱い唇が押しつけられ、すぐに舌が押し入ってきた。私の舌を見つけると、存在を確かめるかのように動き、絡めてくる。

性急な動きは、彼の気持ちがなだれ込んでくるようだ。大輝は声にできない感情を伝えてくる。

「優花、優花」

「あっ、ん……ひろッ……」

頬を片手で包まれて、角度を変えながら唇を貪《むさぼ》る。私はその熱い激流に翻弄《ほんろう》されていた。

嬉しい。こんなにも私を好きだと伝えてくる大輝が、愛おしい。

お互いの唾液をわけ合う口づけが終わったころ、思考はもう彼一色だった。頭がぼうっとして、他のことはなにひとつ考えられない。

見上げた先の大輝は、情欲を灯《とも》した瞳で私を見つめている。

「そんなことを言われたら、理性なんて消えるぞ」

「……消していい」

彼はぐっと眉根を寄せて、私の首筋に唇を這わせた。

咬みつくように強く首筋に吸いつかれ、のけ反《ぞ》る。

ちくりとした小さな刺激が、快楽を呼び覚ます。大輝の指で顎《あご》を撫でられ、肌のいたるところを柔らかく唇でついばまれた。断続的な嬌声《きょうせい》が漏れる。

「ぁ、あッ……！　だ、め……見えるところに、つけないで」

「見えないところにならいいのか？」

顔を上げた大輝を見れば、先日つけられた大量の所有の証《あかし》を思い出した。思わず視線を彷徨《さまよ》わせる。

恥ずかしくて答えたくない。

だが彼は、鎖骨の窪《くぼ》みに舌を這わせながら、低く囁《ささや》いた。

「嫌《いや》だ。俺が見せびらかしたい。優花は俺のものだって周りに知らせたい」

「っ……！　は、恥ずかしいから、だめっ」

そんな台詞《せりふ》、言わないで。恥ずかしさを感じているのは本当。でも、それと同じくらい、独占したいという気持ちが嬉しい。心臓が大きく跳ねたのも、きっと彼には伝わっているだろう。

大輝が奏《かな》でるリップ音が、私の羞恥心《しゅうちしん》をさらに煽《あお》る。

身体の芯が溶けるように熱い。

理性を失いつつあるのは、彼だけじゃなくて私もだ。触れられている箇所に熱がこもり、もっと刺激がほしくなる。

すっと太ももを持ち上げた大輝は、私の内ももに強く吸いついた。

「ぁあぁッ……！」

柔らかい肌に与えられた刺激が強すぎて、甘い声が漏れる。

「見えないところじゃ牽制《けんせい》にならないな。やっぱり正攻法でいくか」

不満げになにやらつぶやき、自分がつけた赤い印を指でなぞっている。

正攻法がなにを指すのか、それを考える暇はなかった。

次々と襲いかかる快楽の波に、私の反応はとまらない。

ショーツが抜かれたことにも気づかなかった。あっという間に全てを剥《は》ぎ取られ、気づけば全裸になっている。

大輝を感じたいのに、そこまでいくのが少し怖い。

このまま快楽に流されたら、私はどうなってしまうんだろうか。

足のつま先から始まり、首、鎖骨、肩、腕、胸、へそ、脇腹へと、彼は舌を這わせてはキスを落としていく。時折胸の頂《いただき》を弄《いじ》られ、快楽が増した。

「ンぁあ……！」

大輝はすっと太ももを撫でた。今まで彼以外に触れさせたことのない、私の秘所に手を伸ばす。

そして指で一撫でして私がすでに感じている証拠を確かめると、目尻を和《やわ》らげた。

「ここも舐めたい」

「え、だめ……！」

そんなの無理だと顔を振ったが、前回同様、大輝が聞く様子はない。膝裏に手を入れ、私の両膝を立たせる。

「優花、どこまで？　どこまで見せたんだ」

それは、元彼たちに？

下着姿は見られ、肌も触られたが、ショーツまでは脱いでいない。

「ぜ、全部じゃ、ない……」

「そうか。正直、そいつらの頭から優花に関する記憶を消去してやりたいが、男としては少し同情する。うまそうな御馳走《ごちそう》を目の前にして、寸止め食らったんだからな」

――だが、よくやった。

そう言ってふっと微笑んだ彼は、次の瞬間、蜜を溢《あふ》れさせている箇所に舌を這わせ、そして存在を主張する花芽にまで舌先を伸ばした。

「ふあ、ぁああっ……！」

「もっとだ。もっと感じろ、優花」

やめて、そんなところでしゃべらないで。

ぴちゃりとした水音がひどく淫靡《いんび》だ。

その水音の発生源が自分だと思うだけで、顔を手で覆いたくなる。

「やっ、だめッ！」

抵抗すれば、彼は「嫌《いや》だ」と即答した。

零れる蜜を吸い上げる音が鼓膜《こまく》を犯す。

恥ずかしくて、でも気持ちよくて、どうにかなりそう。

舌が蜜口をこじ開けるように侵入する。先端が入り口をつつき、そして溢《あふ》れる蜜を彼は音を立てて吸い取った。

「アアン、ヤ、んぁあ……ッ」

だめ、もう舐めないで。

このまま続けられたら、理性が消えて、本能がさらなる快楽を求めてしまう。

彼を引きはがしたいのに逆に大輝の頭を押さえつけるようになってしまい、自分でもどうしたいのかわからない。高い鼻梁《びりょう》が花芽をぐりっと押してきて、一際大きな嬌声《きょうせい》が漏れた。

「アアァッ……！」

つぷりと指が一本侵入する。溢《あふ》れ出る蜜のおかげで潤《うるお》っているため、私の身体は彼の指を難なく呑み込んだ。しかし二本目には、少し違和感を感じる。

「ああ、やっぱりきついな」

「ん、んっ……」

「痛いか？　優花」

「ま、だ……大丈夫」

指を動かされ、なかが馴染《なじ》んでいく。大輝の指に無意識に吸いついているらしく、彼は指が食いちぎられそうだと笑った。

親指で突起を刺激され、同時に空いている片手で胸に触れられる。三ヵ所からの刺激は、初心者の私を容易に快楽の海へ落としていった。

「っあ、……め、も……ぁああぁッ……‼」

膨れ上がった熱が、内側で弾けた。数拍後、全身の力が抜ける。

絶頂を迎えたらしい。

まだ慣れない感覚に呼吸が荒くなる。身体もだるい。

だが、大輝は埋めていた指を引き抜くことなく、また動かしはじめた。達した直後のその動きは、弾け飛んだ快感を再び集めるものだった。

彼の動きひとつひとつに身体が反応してしまう。

三本目がすんなり入ったところで、私が一際反応したポイントを彼は見逃さなかった。

「ここか」

「ふっ、んん……！」

大きく喘《あえ》げば、大輝は満足そうな吐息を漏らした。私を見て、嬉しそうに笑う。

「とろとろになってきたな。指が絡みついてくる」

理性が切れたという割に、彼は実に丁寧に私の身体を解《ほぐ》していった。

はじめてだから、気を使ってくれているのがわかる。自分の欲望のままに動かない大輝が愛しくもあり、そして私ももっとと求めてしまった。

「キス、したい……」

――キスして。

重怠《おもだる》い腕を持ち上げて、大輝を抱き寄せる。自分から舌を絡めたが、すぐに主導権を握られた。溢《あふ》れる唾液も気にならない。耳に届く水音は、一体どこから漏れるものなのか。すでに思考は快楽の色の染められて、彼がほしい以外なにも考えられなくなっていた。

「ひろき……」

「はぁ……そろそろ限界だ」

お互い吐き出す吐息が熱を帯びて艶《なま》めかしい。

情欲に濡れた瞳が、私を射貫くように見つめてきた。

指を引き抜かれた感触に、肌が粟立つ。切なげに顔を歪《ゆが》めて私の名を呼んでから、大輝は、「少し待ってろ」とどこかへ去ってしまった。

すぐに戻って来た彼は、何故か手にタオルを持っている。使っていない枕をひとつ引き寄せて、その上にタオルをかけた。それを私の身体の腰のあたりに挟む。

されるがままになっていた私は、腰が浮いた状態を少し疑問に思った。

「はじめてなら、このほうが楽なはずだ」

「あ、りがと……」

わざわざタオルまで持ってきてくれたのは、私が枕を汚したら気にすると思ってのことだろう。そこまで気を回すなんて、思ってもいなかった。

ああもう、心臓が痛い。彼が好きすぎて怖くなる。

心の底からほしいと訴えてくるこの欲求は、きっと私の本能だ。

「それはこっちの台詞《せりふ》だ、優花。俺の願いを叶えてくれてありがとう。嬉しい。やっと優花を抱ける……」

ギュッと抱きしめられた直後、熱い楔《くさび》が私の狭い膣道を押し広げた。ゆっくりと挿入されて、異物感を感じるが痛みはさほどない。だがある一ヵ所に引っかかりを覚えた。

「痛かったら、背中に爪立ててもいいから」

「だ、いじょうぶ……ッ！」

内臓を押し上げられる苦しさに破瓜《はか》の痛みが加わり、口から呻《うめ》きが漏れる。十分にならされていたとしても、大輝のものを受け入れるには、体格差もあり苦しい。

彼は慎重に私の様子を見ながら腰を進める。そしてこめかみや額《ひたい》、頬などにキスの嵐を降らせた。

「悪い、もう、少し……くっ」

「うん……あ、ぁあぁッ……！」

めりめりと奥の壁が引き伸ばされていく。

圧倒的な質量が私のなかを圧迫した。最奥にまで到達した直後、彼は耳元で私に「ありがとう」と囁《ささや》いた。じんじんとした痛みに耐えながら、その言葉に愛おしさを感じる。

決して自分本位な動きはしない。荒々しいイメージとは真逆の、優しさに浸った。

「大丈夫か？」

「ん……平気」

大輝の額《ひたい》にはうっすらと汗が滲《にじ》んでいた。彼も辛いのに私を思って堪《こら》えているのだろう。

凄絶《せいぜつ》な色香を放ちながら微笑む姿に、胸がキュンと締めつけられた。

「ッ……！　ゆう、か」

無意識に彼の屹立《きつりつ》を締めつけたらしい。苦しげに漏れた声が色っぽい。

「いいよ、動いて……？」

痛みがわずかに引いたタイミングで伝えると、律動を開始された。鎮《しず》まっていた快楽が再び呼び起こされる。

「好きだ、優花……愛してる」

「あ、あっ、ぁあ！」

私もと言いたいのに、次第に激しくなる動きに、言葉にならない声が漏れるだけで伝えられない。首を縦に振ることで想いを伝えれば、大輝からは噛《か》みつくようなキスが贈られた。

「ンンッ！」

室内にみだらな水音が響く。

ねっとり絡みつく舌も、胎内に埋め尽くされた熱も、全てが愛しくて。

心も身体も満たされるのを、はじめて感じた。

「ひろ、き……」

はっきり欲を孕《はら》んだ大輝の瞳は、真っ直ぐ私に向けられている。

好きな人の視界に入っている。私だけしか見ていない――

繋《つな》がる箇所の痛みは薄れ、徐々にわき上がる快楽に思考が染まる。

「嬉しい……痛いけど、幸せ」

「っ！　バカ、煽《あお》るな！」

ドクン、と身体のなかの質量が増した。だがまだ達することはなく、大輝は長く息を吐いてやり過ごしている。

「煽《あお》った罰だ」

にやりと笑い、私の脇腹をすっと撫でた手が胸へ伸びる。さんざん弄《いじ》られてぷっくりと赤く実っている実を、彼はキュッとつまんで刺激する。そしてぱくりと口内に含み、舌先で転がされた。

「ぁあ！　イ、……アアッ……！」

ちゅぱちゅぱと舐めてくる視覚的な刺激も強い。胸に埋められた大輝の頭を抱きしめた。

舌と指で両胸を弄《いじ》られて、そこに意識が集中する。上体を起こした大輝の唇は、いやらしく唾液で濡れていた。

「……っ!」

美しく獰猛《どうもう》な獣に見下ろされている。シャイリーンが狙いたくなるのもわかる。セクシーすぎてたまらない。

ぐいっと両脚が持ち上げられて、真上から抽挿が始まった。結合部分の直視は、刺激的すぎてできない。

だがそれを許してくれるほど、大輝は優しくなかった。

「優花、目を逸らすな。ちゃんと見ろ」

「や……はずかし……」

「誰に抱かれているか、身体にも記憶にも刻んでやるよ」

「ァア……ッ……、んぅ、あ……ッ!」

真上から串刺しにされて、真っぷたつになってしまいそう。

太い杭《くさび》が私のなかに埋め込まれる瞬間に、羞恥《しゅうち》が煽《あお》られると同時に、よりいっそう感じてしまって愛液が分泌される。

たらりと垂れた蜜が臀部《でんぶ》に伝う。腰に敷かれたタオルはもはやぐちゃぐちゃになっているに違いない。

痛みよりも快楽のほうが強い。心はもっと彼を味わっていたいと貪欲《どんよく》に大輝を求めている。

「ひ、ろき、……っ」

「ハァ……たまらない……」

零れる吐息が艶《なま》めかしい。

荒く激しい律動から、彼の限界が近いことを悟る。

「やっ、あっ……ンッ!!」

「優花……ッ」

奥を突いていた動きが一瞬止まると、彼は薄い避妊具越しに精を吐き出した。その表情がとてつもなく色っぽくって、私はギュッと大輝の背中に縋《すが》りつく。

汗ばんだ肌が心地いい。お互いの鼓動を感じられるほど密着するのは、とても安心する。

素肌をくっつけるのって、こんなに気持ちいいものなんだ。

朦朧《もうろう》とする意識のなかで、心が満たされていった。

よかった。かつて本気で好きになれなかった元彼たちとではなく、本当に好きな人と繋《つな》がることができて。はじめてを大輝にささげられて。

私の眦《まなじり》からは、自然と涙が零れていた。

「痛むか？　大丈夫か？」

手早く後処理をすませた大輝が、涙を流しながら微笑む私を不安げに見つめる。

ああ、そんな顔は、あなたには似合わない。

傲岸不遜《ごうがんふそん》で俺様な皇帝。

感情の起伏は激しいけど、情に厚く、私の前でだけはあのころの素直で単純な彼に戻る。そんな大輝が好き。

涙を優しく指で拭う彼に、小さく頭を振った。

「……嬉しい。大輝が、私のはじめてで」

息を呑んだ彼は、次の瞬間私の唇を熱く塞いだ。

英語で囁《ささや》かれた言葉は、もはやなにを言っているのか聞き取れなかったけど――

きっと大輝も私と同じ気持ちでいてくれているはず。

そう思いながら、私は意識を失うように眠りについた。

夢見心地な気分から目が覚めれば、隣にいたはずのぬくもりはなかった。時刻は朝六時前。私が起きるには早い時間だ。

ゆっくりと身体を起こすと、節々が痛んだ。いや、それ以上に、人には言えない場所に違和感がありすぎる。その理由を思い出したとたん、昨夜の痴態《ちたい》が走馬灯《そうまとう》のように駆け巡った。

「……っ！」

恥ずかしすぎる。そして、身体にべたつきがないってどういうこと？

あれだけ全身くまなく舐められたのに、肌に不快感はない。それが意味することは、ひとつだけ。大輝が清めてくれたからだ。

朝から叫び出したいのをどうにか堪《こら》えた。そういえば腰に当てていた枕もいつの間にか消えている。

自分が着ていたバスローブを見つけて羽織る。一、二歩歩くのも、恥ずかしいくらいがくがくなんですが……。大輝が激しかったというより、単に私が慣れていないからか。温かいお風呂にでも入れば、少しは楽になるかもしれない。

寝室の扉を開けたら、ちょうど大輝がバスルームから出てくるところだった。若干湿り気のある髪に、男の色気を感じる。

いつもと同じ白いシャツに黒のスラックス姿なのに、どうしてだろう。数割増しにかっこよく見えて、つい見惚《みほ》れてしまった。

「優花、起きたのか？」

立ち止まっている私に気づいた彼が、足早に近づいてくる。ギュッと抱きしめられ、胸の奥がきゅうんと高鳴った。

彼が愛用しているボディーソープの匂いに、身体が包まれる。

「まだ早いんだから寝てろ」

そう言う大輝に、私は頭を振った。

「お風呂入りたいし、今日も仕事だから起きなくちゃ」

「何時まで仕事なんだ？」

「多分、今日は夜の七時くらいまでかな」

「そうか。ならディナーは一緒に食べよう。お湯溜めてきてやるから、お前は座ってろ」

私の腰を抱きながらソファにまで誘導し、彼は私の前髪をどけて額《ひたい》にキスを落とした。

そしてバスルームに向かっていく。

「ナチュラルにデコチューって……」

アメリカ人だ。日本人男性がこんな流れるようにエスコートをして、去り際にキスをする姿はあまり想像できない。

昨夜は寝不足な顔に見えていたが、今朝の彼はすっきりして顔色もよかった。それが昨日の行為の効果だとは、恥ずかしくて結びつけたくないが。

お風呂に浸《つ》かって疲れを癒《い》やし、仕事に行くのにも支障はないことを確認していたら、大輝に箱を渡された。

「今日の服はこれがいい」

そこから出てきたのは、身体の締めつけが少ない長袖のワンピースにカーディガン。以前にも服をもらったことあるけれど、明らかに値段が張りそうなこれをあっさり受け取るには抵抗がある。が、躊躇《ためら》う私にかまわず、彼は次々といつ用意したのかわからない箱を私に押しつけてきた。

「ちょ、ちょっと！　だめよ、受け取れない」

「何故？　俺が満足するために買ってるんだ。気にすることはない」

「いや、そういう意味じゃなくて。もちろん、値段も十分気になるけども！　いきなりこんなブランド服ばかり着てたら、目立ってしょうがないでしょ。蒼馬君やリチャードからどんな目で見られるか」

とにかく無理と突っぱねると、不満げな顔で大輝はため息をついた。

「わかった。なら今日は下着と靴だけで我慢してやる」

「なんでそうなるの」

どうやら自分が贈ったものを身につけさせて、周りを牽制《けんせい》したいらしい。見えるところに痕《あと》はつけるなと言ったから、その代わりにこれで勘弁してやると、そういうことか。

「服を捨てられたくないなら、ちゃんと受けとっておけ。俺とふたりのときに着ればいい。あと下着は文句言うなよ」

「げ……捨てられるのは困る。でも下着も恥ずかしいから嫌《いや》なんだけど？」

結局、妥協する羽目になったのは何故か私で、加えて靴も決められた。

靴はとびきりいいのを履くべきらしい。成功するビジネスマンは足元をおろそかにしてはいけない。そしてヒールのあるいい靴を履いた女性は、自然と背筋もピンと伸び、魅力に溢《あふ》れたいい女になるんだとか。

「あの、ありがとう……大切にするわ」

「どういたしまして」

ボーナスが出ない限り買う勇気のない靴を履いて、大輝とともにロビーへ向かう。

仕事に向かう際、蒼馬君のことは私がいつも部屋まで迎えに行っている。だが、今日はホテルのロビーで、蒼馬君が私を待っていた。

いや、理由がわからないわけじゃない。ただまさかいるとは思わなくって、私は思わず唖然《あぜん》と彼の姿を見つめてしまった。少しだけ気まずい。

そしてポーカーフェイスではあるものの、大輝が隣でムッとしているのがわかった。

見上げれば、微《かす》かに眉間《みけん》が寄っているだろう。

「おはようございます、優花さん。……葛城さん」

「お、はよう……蒼馬君」

早足で近寄ろうとすれば、大輝に腕を取られて抱き寄せられた。鮮やかな動作で肩を抱き、大きく一歩を踏み出す。

「マネージャーを迎えに行くアーティストなんて聞いたこともないぞ」

「そうですか。それなら例外もいるということで。僕はただ優花さんに早く会いたかっただけですから」

み、見えない火花が散っている……。心配をかけてしまった蒼馬君に、私はなにか言おうと口を開くが、なんて言ったらいいのか躊躇《ためら》った。

そんな様子に苦笑する蒼馬君は、私と大輝より年下とは思えない。

彼は、自分よりも背が高い大輝をちらりと見上げてから、私に視線を合わせた。

「結局、両片想いから両想いになったってことでいいんですか？」

「えっ？　あっ、……うん、そうかな」

冷静に問われると恥ずかしい……！

顔を赤く染め、私はうつむいて視線を逸らした。それを見た大輝が、私を背後に庇《かば》う。

「仕事中は仕方がないが、プライベートの時間は邪魔するなよ？」

「余裕がない男は飽きられますよ？」

「生憎《あいにく》、優花は俺にベタ惚れだ」

「自分から言うとか、きついです」

ちょ、ちょっとふたりとも！　笑顔だけど怖いからそれ!!

くるりと振り返った大輝は、「こいつにはうちのボディガードを貸してやる。朝晩の送り迎えをボディガードにやらせるから、今より安全だろ」と私に提案した。

が、すぐに蒼馬君が却下する。曰《いわ》く、大げさな扱いは嫌《いや》だと。自由に行動できなくなるから、とのこと。監視がつくのも嫌《いや》らしい。

結局夜遅くなったときは危ないからと、MER副社長のボディガードをひとり借りることになった。

「――逃がした魚は大きいと言いますし、後悔しても知りませんよ？」

柔らかく切なげに微笑む蒼馬君に、私は笑顔を返した。

「ありがとう。でも、後悔はしないわ。私が選んだのは、この人だから」

傍《かたわ》らにある腕に手を添えれば、大輝は目尻を和《やわ》らげて私を見下ろした。彼のあまりの変貌《へんぼう》ぶりに、蒼馬君は辟易《へきえき》した様子で大きくため息をついた。

「やってられないです。業界では危険人物と恐れられ、社内では皇帝とまで言われるあなたが、そんな甘々の、締まりのない顔をするなんて。今度僕の優花《マネージャー》さんを泣かせたら、問答無用《もんどうむよう》でかっ攫《さら》いますからね」

「二度とひとりで泣かせる真似《まね》も、お前の前で泣かせることもさせねーよ」

その力強い宣言に、私はふっと笑った。

◇◆♪◆◇

RYOの新曲の発売告知と同時に、RAY'zとのコラボレーションも発表された。

現在その問い合わせが殺到《さっとう》し、事務所は大忙しだと聞いている。

早速ファンクラブと旅行会社は、クリスマスにニューヨークまで来るツアーを組みはじめたりしているとか。

世間の関心が高まるのはいいことだ。

海外にまでわざわざ日本のファンが来てくれるのは、その熱意に驚くと同時に、やっぱり嬉しい。意欲的にがんばる蒼馬君を見て、私もちゃんとやらねばとさらに強く思う。

体調管理はマネージャーである私の仕事だ。どんなに遅くても、夜の十時までには蒼馬君をホテルに帰すと決めている。

風邪をひいた私が彼にあれこれ言うのは、説得力に欠けるが、それはそれとして。睡眠時間は最低六時間確保するようにと伝えていた。

そして一時帰国の二日前。

MER社内を雑用のため走っていたが、目の前から見慣れたキラキラが飛んでくるのに気づいた。

眩《まばゆ》い金髪は、今日も隙がないほど綺麗に巻かれている。それでいて、無造作にハーフアップされた感じが、カジュアルさを醸《かも》し出していた。

舞台の上とそうでないときのオンとオフをうまく切り替えているような、そんな自然体。

私に気づいたシャイリーンは、『あら？』といった風な顔をした。

会釈《えしゃく》だけして立ち去ろうとしたが、向こうから『久しぶりね。元気？』と声をかけてくるので、私も立ち止まる。

『ええ、元気です』

にっこり微笑み返した。この人がいろいろ引っかき回したせいで、事態が面倒になったのだ。正直あまりかかわりたくない。

それにしても、結局彼女はなにがしたかったのか。ただ大輝がほしかっただけなのだろうか。

君子危うきに近寄らず、はすでに失敗したので、私も腹をくって攻めの姿勢で臨むことにする。

ふーん、とつぶやいた彼女は、ひと言『よかったわね。そういえばそろそろ日本に戻るんですって？』と話題を変えてきた。帰ってこなくていいとでも言いたいのかと、裏を探ってしまう。

『ええ、帰りますが、すぐに戻ってきます。彼がうるさいので』

あ、歌姫《ディーヴァ》、今微笑みながら少し反応した。

彼が誰を指したのか、気づいたのだろう。

私だってやられっぱなしじゃないってこと、証明してやるんだから。

『へえ、そう……彼、ねぇ』

『ええ、彼氏、です。あなたが返してもらうと言った人は、私のものですから。これ以上のちょっかいは、出さないでくださいね？』

歌姫《ディーヴァ》に直接喧嘩を売るような発言をする人間って、多分珍しいのだろう。でも、かまわない。ぴくりと片眉を上げた彼女の横を通り過ぎざま、私は再び足を止めて振り返った。

『ひとつ、訂正します。大輝は感情的にもなるし情熱的でもあるけど、ベッドではとっても優しいんですよ？』

『……ふふ、言うじゃなぁい』

くすくす笑う、感情を表に出したこれが、きっと彼女の素。

十年間歌姫《ディーヴァ》として君臨し続けてきたゆるぎない自信とプライドに溢《あふ》れた笑みを浮かべ、挑むように私に微笑んでみせる女性。その姿は、女の私でも釘付けになるほど、艶《つや》めいていた。

『恋は駆け引きよ。せいぜい油断して足許すくわれないように、気をつけることね。彼を狙う女は多いわよ？』

『ご忠告どうも。容易にすくわれるようなヘマはしないので、ご安心ください』

『あらそう、つまらないわね』

彼女は清々《すがすが》しいまでに言いたいことだけを言って、私の視界から消えた。

8

ニューヨークと日本を行き来する日々が続き、月日はあっという間に流れた。

季節は十二月。クリスマス前のRAY'zとのコンサートまで、カウントダウンが始まったころに、RYOの新曲が無事発売された。

発売から一週間で、CDの週間売り上げランキング一位を獲得。初回限定版が飛ぶように売れ、うちの社長は上機嫌で蒼馬君の背中を叩いていた。

再びニューヨークに発《た》つ三日前の今日、蒼馬君は、とある音楽番組の生放送に出演する予定だ。私は彼とともに、テレビ局へ入った。

放送が始まり、安定した質疑応答をする蒼馬君をスタジオの端で見守る。人気アイドルやベテランアーティストなどがいるなかでも、うちのRYOが一番輝いてる！　と思うのは、ある意味親バカなんだろうか。

大物タレントと若い女性の司会者が、RAY'zとのコラボレーションについて尋ねている。

「そろそろだよね。噂じゃジャズやロックも歌うって聞いたんだけど、本当？」

「ええ、本当です。期待しててください」

蒼馬君は笑顔で頷き、何枚かニューヨークでの写真を見せた。撮り溜めしておいた写真が役に立ったわ。

「……早速週間ランキング一位を獲得しましたが、この曲にはどういう気持ちが込められているのですか？」

若い女性アナの声が響く。台本通りの、リハーサルと同じ質問。

新曲は片想い応援ソングでもあり、ちょっぴり切ない失恋ソングでもある。事前に打ち合わせしてあるため、特に問題なく新曲の宣伝をする——のかと思いきや……

「実は僕、最近失恋しまして」

まさかの爆弾が投下された。

……へ？

ちょっと⁉

ざわりとスタジオ内が揺れた。一緒に座っているアーティストや若いアイドルも、軽く驚いている。だが流石《さすが》は大物ベテラン司会者。特に動揺することなく、「そうなの？　誰って訊いてもいい？」と逆に突っ込んでいる。

待って、なんでそんなの訊いちゃうの。蒼馬君もバカ正直に答えないわよね⁉　生放送で彼はなんて発言を……！

あわあわする私をよそに、蒼馬君はちらりとも私を見ずに答えた。

「相手は僕を応援してくれる女性なんですけど、彼女には長年好きな人がいたんですよ。とっくに諦めた恋だったらしいんですが、なんと十年ぶりにその彼と再会して。お互いすれ違いだった想いが通じたんです」

「へえ～、十年？　それはまたすごいね。偶然再会したの？」

「ええ、仕事の関係で。僕がつけ入る隙なんてないくらい、手強い相手だったんですよ。この曲はそんな僕の本心を綴《つづ》っています。たとえ失恋しても、その恋心は無駄じゃない。全て自分の成長に繋《つな》がるんです。一般的に初恋は実らないなんて言いますけど、こうやって十年越しの恋を実らせたケースもありますので、皆さんも諦めないでくださいね」

そう締めくくった彼は、スタンバイお願いしますの声に頷いて席を立った。スタジオ内はざわついているままだ。

「いや〜すごいね、それは。十年前の初恋を実らせたって」

「ええ、皆さんの初恋は何歳でしたか？」

リハーサルにはなかったアドリブだが、司会者ふたりは見事に話題を繋《つな》げた。

生放送でも慌てる様子のないベテランアーティストたちは、おもしろそうに笑いながら普通に受け答えをしている。

「それではRYOさんで、話題の新曲です。どうぞ」

ギターを片手に、彼はステージの中央に立つ。後ろに数名のバンドが控えるなか、蒼馬君の繊細な手がイントロを奏《かな》でた。

透明感のある声が、すとんと心に沁《し》み渡る。本来二番までしかなかったこの歌だったが、実は急遽《きゅうきょ》三番まで作ることになった。

いきなりの歌詞変更やつけ足しで、うちのスタッフは数日寝る間もなく働く羽目になったが、好調に売れているのでその努力も報われただろう。

今、ステージの上で歌う姿からは、蒼馬君の想いが直《じか》に伝わってくる。

涙を流す私を見て、通り縋《すが》りのADの男の子がギョッとしつつもティッシュをくれた。

「大丈夫っすか、マネージャーさん？」

声をかけてくれる心優しい青年に、問題ないと頷き返した。

歌詞のなかには、感謝の言葉も綴《つづ》られている。

〝あなたを好きになってよかった。ありがとう〟

その言葉を贈られて、感極まる。

歌い終わった蒼馬君は、ふわりと優しい笑顔を観客に見せた。

ごめんね、なんて言えない。そんな上から目線の言葉はいらない。

私が言うべき言葉は、ひとつだけ。

「私のほうこそ、ありがとう」

未熟で不器用で――

彼のほうがよっぽど大人だけど、こんな頼りない私を好きになってくれて、嬉しかった。

いつか、彼にも心の底から好きになれる人が現れてほしい。そう願わずには、いられなかった。


生放送での爆弾発言で、にわかに彼の失恋相手が誰だか騒がれることになった同時期に、アメリカでも、とあるセレブのゴシップが報道されていた。

『熱愛発覚⁉　お相手は結婚までカウントダウン開始かと思われていたライアン葛城氏ではなく、あの大物俳優！』

大きくゴシップ誌のカバーを飾る歌姫《ディーヴァ》シャイリーン・スチュワートは、記者の質問に対してこう答えている。

『――信じられる？　こんないい女を振るなんて。初恋相手を十年も想い続けて、執念の果てに両片想いから卒業よ。結果的にこの私がキューピッドをした羽目になっちゃって、感謝してほしいくらいだわ』

『新しい恋の相手、ね。ふふ、その彼とはいいお友達よ？　この前みたいに早とちりしないでちょうだい。……私のタイプの男性？　あなた、私のイニシャルを知らないの？　シャイリーン・スチュワートのSSは、Super Sexyって意味なのよ。私が好きなのはセクシーな男。でも、最近はキュートな男の子もいいかもね、って思ってるの♡』

意味深なウィンクを投げて、彼女はその場を去ったらしい。

彼女が言うキュートとは一体誰なのか、これまた早くも憶測が飛んでいる。一瞬私の頭に蒼馬君の顔が浮かんだ。いけない、彼を彼女の毒牙にかけるわけには……！　頭を振って、彼の顔をなんとか消す。

「それにしても、本当にいい性格してるわ……」

いっそ清々《すがすが》しい。このくらいワガママでも許される地位を確立している彼女は、大輝曰《いわ》く、あと十年歌姫《ディーヴァ》の椅子に座り続けると宣言したんだとか。彼女の才とプライドがあれば、それも可能に思えてくる。

そしてシャイリーンが言った十年越しの恋と、蒼馬君が言った十年ぶりの再会が、ネットで騒がれはじめたのは言うまでもない。

偶然にしてはでき過ぎている。まさか——？　の声が、どこへ行っても聞こえてきた。

〃RYOの失恋相手は、MER副社長の恋人なのでは？〃

蒼馬君の身近な人物は、おのずと限られる。私のメールボックスは今、〃まさか？〃の確認メールでパンパンだ。

ニューヨークに避難していてよかったかも……と、コラボ企画当日のステージを前に胸をなでおろしたが、安心するのは早い。今はRAY'zとの大舞台に専念せねば。

蒼馬君の、北米デビューの第一歩。

悔いのないステージにしたい。この企画のために、三ヵ月間がんばってきたんだもの。

日本からのファンも大勢集まり、野外ステージの観客席は人で埋め尽くされている。

この観客数に、大輝はひと言「悪くない」と言った。

「が、まだまだだな」

「うわ、厳しいお言葉で」

「うちとの契約はこれ一度きりじゃないからな。あいつはもっと高みに上らせて、うちも儲《もう》けさせてもらう」

にやりと笑う顔は、悪役に見える。

でも、そんな笑顔も大輝らしくてかっこいいなんて思う私は、相当彼が言うところの

〝ベタ惚れ〟だ。

「ところで、前から思ってたけど。大輝は本当に日本語うまくなったわよね。っていうか、よく維持できたわね、こんなほとんど日本語をしゃべらない環境で」

「それは……、やっぱりもったいないだろ、忘れてしまうのは。それに、期待していたのかもな」

「期待？」

大輝は、隣にいる私をすっと見下ろした。

「いつかお前と会って、また日本語で話すことを」

顔に熱が集中するのがわかる。名前をヒロキからライアンに変え、日本との繋《つな》がりを断ち切りたいと思っていた彼が、言葉だけは維持し続けた。それが嬉しくないわけがない。

「ありがとう」

もう何度、この言葉を使っただろう。

たくさんの人に、心の底から感謝の気持ちを――

愛しげに目元を細めて微笑む彼に、私は自分から、そっと触れるだけのキスを贈った。

「行ってきます、優花さん」

「行ってらっしゃい。夢のような時間を、めいっぱい楽しんできなさいね」

いつもと同じやり取り。期待と緊張を背負う蒼馬君の背中を、バシッと叩く。がんばれ、の意味を込めて微笑めば、彼はＲＹＯの顔で頷いた。

◇◆♪◆◇

二時間の夢の企画は、興奮に包まれたまま終わりを迎えた。

鳴りやまない拍手に、歓声。

集まってくれた観客の反応から、大成功だったことがわかる。まずは一安心。

これで蒼馬君自身もひとつ、大きな仕事を終えた。ここで得られた経験は、これからの彼の音楽人生への肥やしになるはず。努力を忘れない限り、そして常に挑戦し続ける限り、蒼馬君はアーティストとしても輝きを増していくだろう。

今年も残すところあと数日。明日には日本へ帰国するという日に、私は大輝に連れられて、あの観光名所として有名なエンパイアステートビルに来ていた。

どうやら、わざわざ予約していたらしい。どうせなら一番高い一〇二階がいいと、ニューヨークで一番高い展望台へ連れて来られた。

エレベーターで上まで上がれば、そこには絶景が広がっていた。高層ビルのライトも、全てが遠くに感じられる。吸い込まれそうな感覚になる。

「屋外テラスは寒いからな。風邪をひいたら困る」

「出なくても十分綺麗に見えるわよ。三六〇度の夜景を静かに見られるなんて、すごい」

ほう、と感嘆の吐息を漏らした。

星が手に届きそうなほど近く感じるのは、気のせいだと思うけど。

だけど地上より、ずっと近い。

空に近づいているからか、不思議な気分になる。地上から四〇〇メートル近くも上がると、世界はこんな風に見えるのか。小さなことで悩んだり、躓《つまず》いたりするのがバカらしくなってくる。心が大らかになる気がした。

「本当にロマンティックな夜景ね」

「ロマンティックに感じるのは、この夜景だけが理由か？」

「もちろん、大輝がいるからですよ？」

自然と込み上げてくる笑みごと、彼がギュッと抱きしめてくれる。

この抱擁《ほうよう》も、明日からしばらくは味わえない。

ニューヨークでの仕事が一段落したら、もうこの地に来ることはあまりなくなるだろう。大輝と会う時間も、当然ながら少なくなる。

寂しさを紛らわせるように強く抱きつけば、大輝が「優花」と呼んだ。

緩《ゆる》く解放される腕が名残惜しい。でも、彼の目がとても真剣だったから、私はその瞳の強さに吸い込まれそうになる。視線をそらさずじっと見つめる私の手を、大輝はすっと取った。

「……え？」

薬指にそっと感じる、冷たく硬質な感触。手が握られたまま持ち上げられて、私の目は見慣れない指輪にくぎづけになった。

目の前には、真摯《しんし》な眼差しを向ける大輝。

「優花、結婚してほしい」

光り輝くダイヤモンド。消えることのない感触と、言われた言葉が時間差で脳に届く。

大輝は私の両手をギュッと握りしめた。

「俺はもうお前と離れたくない。会えなかった十年間を取り戻したいし、今まで泣かせた数以上に優花を笑顔にさせると誓う」

「……っ私、大輝が思っている以上に、嫉妬《しっと》深いわよ？　こっちの人の普通のスキンシップにすら妬《や》くと思うし、触れ合うだけのキスだって、とてもじゃないけど許せないし受け入れられない」

「優花が嫌《いや》がることも、不安に思うこともしない。まあ、たまに嫉妬《しっと》してくれるのは嬉しいがな」

「自分でも結構めんどくさい女だと思う。それでも、本当にいいの？」

見上げる私に、大輝ははっきり答えた。

「他はいらない。優花しかほしくない」

好きな人からそんなことを言われて、嬉しくない女性はいないだろう。

力強く向けられる眼差しに、声が詰まる。私は大輝に会ってから、ずい分涙腺が緩《ゆる》んでしまったらしい。零れそうになる涙を堪《こら》えていると、「泣くな」と苦笑気味に笑った大輝に抱きしめられた。

「優花、返事が聞きたい。……Will you marry me?」

声が出ない代わりに、こくんと頷く。溢《あふ》れる想いを伝えるため、強く大輝に抱きついた。

「……はい、よろこんで」

蕩《とろ》けるような眼差しで私を見つめた彼が、誓いのキスを授ける。

熱い触れ合いに、私の心はじんわりと満たされていった。

好き、大好き、愛してる。

今まで伝えられなかった分まで、何度でも繰り返し、想いを伝えよう。

過去を思い出してももう、胸が痛むことはなかった。

「ところで、人がびっくりするほどいないんだけど。平日だから？」

見渡す限り、がらんとしている。人の気配はまったくない。観光名所がここまで静かなものなのだろうか？

下りのエレベーターに乗り込んだところでふと疑問に思い尋ねると——

「そんなわけないだろう。ただこの時間を買っただけだ」

「はい？」

「一時間ほど、あのフロアへの立ち入りを制限した」

さらりと言うけど、そんなことって普通できるの!?

一体いくらかかったの……なんて怖くて訊けない。

引きつる顔で大輝の肩にもたれかかっていると、思い出したように彼が「そういえば」と言った。

「明日俺も日本に行くことにした」

「え？　聞いてないんだけど!?」

「決まったのは今日だからな」

急にスケジュールを変更するなんて、あの秘書さん大変だな……と、人のいい彼を思い浮かべた。

「いい加減母さんが優花に会いたいって言ってる。あとお前の親にも挨拶《あいさつ》に行くから」

「ああ、お母様が。そういえば葛城さんもそう言ってたっけ。ご両親、まだ日本にいらっしゃるのね。……って、うちにも来るの？」

「なにを驚《かし》く。結婚の挨拶《あいさつ》をするのは当然だろう」

首を傾げる姿はかわいくないかと訊かれれば、ちょっとはかわいいかも……。だけど、ポイントはそこじゃない。プロポーズを今受けて、もう挨拶《あいさつ》って、展開が早すぎだ。

大輝は「善は急げ」と言い放ち、さらに私を困惑させた。

「忘れずに今言っておくが、日本行く前に、こっちの書類だけでも出しておくぞ」

「……書類？」

今の流れから、なんとなくそんな予感はした。だが、流石《さすが》にそこまではないだろうと思っていたのに、彼はことごとく私を戸惑わせる。

「当然、婚姻届けだ。この国のな」

「なっ！」

挨拶《あいさつ》はどうした。両親に挨拶《あいさつ》をするのが先でしょうが。

あんぐりと口を開ける私を見て、くつくつと喉で笑いながら彼はのたまう。

「安心しろ。こっちで出したって、日本では独身《シングル》のままだ」

「そ、……そういう問題じゃないーー！」

上げた悲鳴は、彼の唇で塞がれた。

Fell in love at first sight

恋はするのではなく、落ちるのだという。

その話を聞いたとき、大輝は鼻で笑った。落ちるってなんだ、落とし穴があるわけでもないのに、と。

けれど、生まれてはじめてひと目惚れをした瞬間――少年だった大輝は、身をもって体験した。

恋とはまさしく落ちるものであり、身が震えるほどの衝撃を味わうものである、と。

葛城大輝という少年は、よくも悪くも目立つ生徒だった。

着崩したブレザーの制服はファッションのひとつで、そのセンスのよさに憧れる生徒は男女問わず多く存在している。また大輝が持つカリスマ性故《ゆえ》に、彼は常に人の目を引きつけた。

なにをするにも常に話題の中心。授業はサボるが試験は受け、八十パーセント以上の点数を獲得する。

特にスポーツをするわけでもないのに、運動はできる。友人に誘われてなんとなくはじめたギターも、数週間後には難なく弾きこなせるようになっていた。

レコード会社の御曹司で、音楽界、芸能界の一流スターとも交流がある。そんな華やかな世界で生きてきた少年だったが、残念ながらなににも興味が示せず、口癖は「つまらねえ」だった。

それは、交友関係でも同じ。

付き合う異性の多くが年上で、十代にして後腐れのない関係を好んでいた。

恋愛なんてくだらない、本気になったほうが負けだ。恋だの愛だのなんて、ただの暇つぶしのゲームにすぎない——と、彼は子どもらしからぬ冷めた信条を持っていた。

そうやって過ごしてきた代わり映えしない高校生活も、残り二年。

刹那的《せつなてき》な快楽を貪《むさぼ》り、好き放題すごしていたある日のことだった。彼の目の前に、毛色の違う少女が現れたのは。

同年代の少年少女よりも落ち着きがあり、大人びた印象。

一度も染めたことがないであろう艶《つや》やかな黒い髪に、感情を閉じ込めた静かな眼差し。

化粧気のない肌は肌理《きめ》が細かく、すっぴんなのに、いつまでも見ていたい美しさを秘めていた。

同世代の少女たちが化粧で飾り、時間と技術を駆使して作り上げた美をさらしているなかで、その少女は無防備に素材そのものを見せていた。

この偽《いつわ》りだらけで、ハリボテでも大きく見せたほうが勝ちだという世界に紛れ込んだ異色な少女。

見るからに真面目な優等生で、通常ならおもしろみの欠片《かけら》もないと、興味すら抱かないはずなのに――

彼女をひと目見た瞬間、大輝は直感で悟った。

『――落ちた』

ぽつりとつぶやいたその声を拾った者はいない。

恋というのは、突然襲いかかる。

その突発的な事故のような衝撃を、人はひと目惚れと呼ぶのだろう。

◆◇♪◇◆

「――そういえば、馴《な》れ初《そ》めを訊かれたらなんて答えようかしら」

そう言って考え込んだ優花は、何故だか微妙な顔をしていた。

年末に日本へ帰国した大輝と優花は今、優花の実家にタクシーで向かっている。

車内の後部座席で彼女の隣に座っていた大輝は、優花の手を握ったまま眉根を寄せた。

「馴《な》れ初《そ》めを考えるのに、その表情はないだろう。なんだその複雑そうな顔は」

「……うーん、だってねえ。最初の出会い？　印象最悪だったなと思って」

「最悪……」

「交換留学なんて初体験で右も左もわからないときに、名前も知らない軽くて不良っぽい男の子がいきなりひと目惚れしたなんて言ってきたら、誰だって警戒するでしょう。一体誰が本気だと思うのよ。バカなの？　って思ったわ」

「凍《こご》えた目で下から睨《にら》まれた経験は、後にも先にもあのときしかないな」

身長差があるため下から見上げられるのは慣れていた。だが、ひと目惚れした相手に上目遣いで睨《にら》まれるのは、全然威力が違っていた。

『軽くてチャラい人は嫌いです』

華奢《きゃしゃ》な少女が怯《おび》えも見せず、きっぱり断る声。その声に、全身が痺《しび》れた。

「初対面のときもそうだけど、俺はとにかく、優花の笑顔が見たかったんだよな」

「え？　……ふつうに笑っていたと思うけど」

「出会ったころのお前は、日本人形みたいだったぞ」

外見も内面も、彼女は当時自宅に置かれていた日本人形に似ていた。

肩につかない程度の真っ直ぐな髪と、涼やかで凛《りん》とした目元。そこにバランスよく配置された、すっとした鼻筋に小さな唇。

真っ直ぐに見返された視線は心のなかまで見透かすようで、全てを暴《あば》く強さを秘めていた。けれど同時にどこか脆《もろ》さも透けて見えて、大輝は純粋に彼女のことが気にかかったのだ。

感情を抑えた双眸《そうぼう》は、まるでなにかを我慢しているかのように感じた。

優花と過ごすうちに、次第にもっと彼女の心が見たいと思いはじめた。

犬のようにまとわりついていたのも、優花のいろんな面が見られるから。

相手を求めて、相手のことを知りたいと思う。その気持ちが恋でなければ、なんだというのだ。大輝は今まで、異性に対してそんな感情を抱いたことがなかった。

ほしいか、ほしくないか。彼にとって、答えは実に簡単《シンプル》だ。

「俺は確かにガキだった」

昔を思い出して苦笑する大輝に、優花もくすりと笑う。その柔らかな微笑は、記憶のなかの少女を成長させた大人の女性のものだ。

彼女は離れていた十年で、ずい分柔らかくなっていた。抑制されていた感情を前面に出せるようになったのは喜ばしい。

けれど、優花の変化をこの目で見られなかったのは少し……いや、かなり悔しい。

やっぱり傍《そば》にいたかったと思うが、過ぎてしまったものは仕方がない。その時間は、これから取り戻していけばいいのだ。

「私のどこが好きだったの？」

訝《いぶか》しむ表情を向けられて、大輝はにやりと口角を上げる。そんなもの、言い出したらきりがないが、知りたいと言うのであればお望み通り教えてあげよう。

「顔と髪と底冷えする眼差しとまとう空気。大人しそうに見えて意思ははっきりしているし、大人相手でもバッサリ斬るところもおもしろかった」

「……いろいろ突っ込みたいところがあるけど、私のこの平凡な顔が好きってどういう感覚しているのか不思議だわ。絶世の美女とはほど遠いのに」

「美女は見飽きているし疲れる。どいつこいつも我が強すぎるからな」

「微妙に貶《けな》されたような気もするんだけど、まあいいわ。我が強い人が多いっていうのは確かに……」

芸能界に接していれば、外見だけ美しい人間はたくさんいる。自信とプライドがあるのはいいことだが、度を過ぎれば困りものだ。

お互い思い当たるふしがあるため、車内にしばし沈黙が流れた。

大輝はふっと笑い、握っていた優花の手を口許《くちもと》まで持ち上げる。そして白く滑《なめ》らかな皮膚へ、軽く触れるだけのキスを落とした。

「俺には優花がいればいい。それで十分幸せだ」

みるみるうちに彼女の顔が真っ赤に染まる。その様子がかわいくて、このままホテルに戻りたいとさえ思ってしまう。

蕩《とろ》けた目で見つめていると、優花は口を開閉してから、ようやくパッと手を振り払った。

「い、いきなりそういうこと言うの、禁止！」

「何故」

「そんなの……今からどこに行くと思ってるのよ。あと、顔、緩《ゆる》んでるわよ。私が恥ずかしいから、ちょっと引き締めて……」

「お客さん、着きましたよ」

優花の言葉は途中で遮《さえぎ》られた。タクシーが止まったのだ。

「あ、ありがとうございます」

手持ちのバッグからお財布を取り出す優花よりも早く、大輝が支払いをすませる。そして彼女の手を引いて車を降りた。

冷たい冬の風が頬を撫でる。寒くないだろうかと優花を見下ろすが、彼女の防寒対策はばっちりだった。

肩を抱き寄せて歩みを進める。

「……っ！」

「ここが優花の実家か？　想像していたよりもでかいな」

「古いだけよ」

立派な垣根が続いている。木の引き戸の門には、木彫《きぼ》りの表札があり、そこには雨宮と彫《ほ》られていた。お正月の門松が置かれていて、日本での正月をはじめて体験する大輝には全てが新鮮に映る。

インターホンを押してしばらくすると、なかから戸が開かれた。

現れた中年の女性は、優花とは似ていなかった。

「まあ、優花お嬢様。お早いお着きで。お待ちしておりましたよ」

「ご無沙汰しております、佐和子《さわこ》さん。予定よりも早く着かないと、嫌《いや》み言われるでしょう？」

誰に、とは名前は出ていなくても、推測できる。優花が苦手とする人物は、彼女の両親だ。特に、父親とは確執があったはず。

門をくぐり玄関まで案内される間に、優花から簡単な説明を受けた。佐和子さんというのは、長年住み込みで働いてくれている使用人だそうだ。他にも数名、通いのお手伝いさんがいるらしい。

なかは、純和風の日本邸宅だった。日本庭園も綺麗に剪定《せんてい》がされており、生真面目な優花が生まれ育った家だと言われれば納得がいく。

伝統と格式を重んじる空気を少々堅苦しく感じるが、慣れればきっと悪くない。

「病院を経営されているんだったか」

「ええ、代々医者の家系なの。父の跡は弟が継ぐ予定よ」

そう言った優花の表情には、なんの感慨も浮かんでいない。きっと、もう割り切っているからだろう。

好きな音楽を学び、音楽業界に入った時点で、彼女は家業にかかわることはやめたのだ。

まあ、もし今から医者になりたいと言われたら、大輝は優花の気持ちを尊重するが。

案内されたのは、広々とした和室だった。応接間として使われているところらしい。

見事な掛け軸と壺が置かれており、生け花も飾られている。

旅館などで見かけるようなテーブルと、分厚い座布団が四つ。座る場所は優花が指示してくれた。

「大輝はここね。そっちが上座《かみざ》だから、父が座るわ」

「ああ、わかった。日本のマナーというのは大変だな」

「そうね、いろんなしきたりもあるからね。でもあまり気にしなくて大丈夫よ」

優花が、出されたお茶に手を伸ばしてゆっくり味わっている。その姿も、正座した綺麗な姿勢も、動作のひとつひとつが丁寧で大輝の視線を奪う。

手や指の使い方などの仕草が美しい。着物を着た彼女がこの日本庭園を散策する様子は、きっと艶《あで》やかだ。

「……ねえ、なにか顔についてる？」

「いや？　なにも」

「そんなにじっと見つめられると緊張するじゃない、あまり見ないで。大輝って本当、昔から大型犬っぽいわよね」

口調はあっさりしているが、頬は赤い。そんな風にすぐに照れるところも、本当にかわいくてたまらない。

それにしても、彼女に忠実な犬というのも悪くない気がする。でも――

「イヌ科なら、一度決めたパートナーを一生愛する狼《おおかみ》のほうがいい」

「え、狼《おおかみ》ってそうなの？」

「子育てにも協力的だぞ」

いきなり家族計画を匂わされて、優花が言葉に詰まる。でもそれは恥じらっているだけだとわかるから、これもまた愛おしい。

ふたりで思い描く将来を叶えるための、今日のこれは第一関門だ。花嫁の両親に、きちんと挨拶《あいさつ》しなくては。

いい感じに緊張がほぐれてきたところで、すっと襖《ふすま》が開いた。

そこには、和服姿の壮年の男性と女性がいる。

厳格な雰囲気を漂《ただよ》わせる男性は、優花の父親だろう。その後ろに現れた女性は、涼やかな目元が優花に似ている。歩く姿は楚々《そそ》として、全体的にしっとりとした雰囲気が年相応の美しさを感じさせた。

（優花は母親似か）

年齢を重ねた優花も、彼女のようになるに違いない。

「君が葛城大輝君かね。私が優花の父親の雨宮秀一《しゅういち》だ」

「母の百合子《ゆりこ》です。遠いところからようこそおいでくださいました」

立ち上がろうとした大輝を制して、ふたりが目の前の席に着く。すぐに温かいお茶と和菓子が用意された。

「お忙しいところお時間を取って頂き、ありがとうございます。葛城大輝と申します」

ビジネスのやり取りのように、大輝は名刺を差し出した。目の前の雨宮夫妻はそれを受け取り、一瞥《いちべつ》する。

「まあ、堅苦しい挨拶《あいさつ》はそのへんで。甘いものはお好きかしら？」

和菓子は食べられるか、日本にはどれくらいいる予定かなど、世間話の延長のような会話を少し交《か》わしたところで、ひと息ついた優花の父がじっと大輝を眺めた。

「私はあまり回りくどいことが好きではない。先日娘は婚約者を連れていくと言った。

君は優花と結婚する意思があるのかね」

（なるほど。単刀直入で助かる）

大輝は営業用の笑みを消し、そのまま真っ直ぐ優花の両親を見つめ返す。

「はい、彼女を私の生涯の伴侶にしたいと思っております。結婚を許して頂けますか」

隣で真っ直ぐ姿勢を正したままの優花とともに、彼女の両親と視線が交差すること数秒。

秀一はひと言、「ふたりの好きにしなさい」と言った。

わずかに眉根を寄せる優花を見て、大輝はこの親子には会話が足りていないことを悟る。

「あなた、それでは伝わりませんよ。誤解させるような言い方しかしないから、優花も家に寄りつかなくなるんじゃないの」

優花の表情が微妙に変化した。訝《いぶか》しむ眼差しを父親に向けるが、じっと黙ったままだ。

妻に指摘されて、秀一はあまり変わらない表情で言葉を紡《つむ》いだ。

「突き放しているわけではない。優花は私たちの大事な娘だ。どこの馬の骨ともわからない輩《やから》にやるわけにはいかないと思ってはいる。だが、私の娘は愚《おろ》かではない。信用しているからこそ、娘が選んだ相手を否定しないと決めている。ふたりの人生だ、好きに生きなさい」

そこには、父親としての不器用な愛情が込められていた。

申し訳なさそうに小さくため息をついた母親は、優花に微笑みかけてから大輝と向き合う。

「この人、患者さんの前では饒舌《じょうぜつ》なんだけれど、家族には言葉が足りないの。好きに生きなさいというのは、この人なりの愛情表現なのよ。優花には幼いころから医者になるよう厳しく接してしまったけれど、子どもの人生を親が押しつけるのは間違っていると気づいてね。娘が優秀だったから、つい期待してしまっていたんだわ……私もだけど……」

はじめて聞かされた親心に、優花はひと言「優が生まれたからじゃなかったの？」と訊いた。

「優に厳しくしているのは、医者にさせるためではなくて、あの子の将来のためよ。でもあの子は自分から医者になりたいと言っているから、それには反対しないわ」

「そうだったの……」

優花から、なんとも歯切れの悪い反応が返された。そのひと言にいろいろなものが含まれているように感じるが、どちらかというと、呆《あき》れに似た感情が強いような気がする。

「──ずっと疎《うと》まれていると思っていたわ。弟が生まれたから、私はもういらない子なんだって。家族だからなんでも通じるなんてことはないんだから、ちゃんと言葉に出して、きちんと伝えてもらわないと困る」

「……そうだな。すまなかった」

両親の言葉に、優花の肩から力が抜けるのがわかった。今すぐ仲のよい親子に、というのは無理でも、これがきっかけになり、実家にも帰りやすくなるかもしれない。

冷めたお茶を飲んで一息落ち着かせた彼女が、口許《くちもと》に笑みを浮かべる。ぎこちない空気が多少和《なご》やかなものに変わった気がした。

「彼との結婚を認めてくれてありがとう、お父さんお母さん」

家族との確執が薄れていくのも、時間の問題だろう。

「ありがとうございます。ふたりで幸せになれるよう、努力します」

大輝も、感謝の気持ちを込めて深く頭を下げる。

厳格な空気が薄まり、秀一の目つきも柔らかくなる。

あまり笑った姿を見ていなかったのだろう。優花が静かに驚いていた。

「困ったことがあればいつでも頼りなさい。優花はもう少し顔を見せに来るように」

「そうよ。仕事仕事でお正月にも帰ってこないものね。大輝さん、たまには遊びにいらっしゃい。ふたりでなら来られるでしょう」

「ありがとうございます。日本に来た際はぜひ、立ち寄らせて頂きます」

それからは多少寛《くつろ》いだ空気で、今後の生活のことや結婚式のことなどを話した。

生活の基盤はしばらくはアメリカと日本の両方になるだろうが、仕事の兼ね合いもあるので、これからのことはお互いじっくり決めていくことにしている。

大輝は優花の意思を尊重したいと考えているし、今の会社を辞めなくてもアメリカで仕事を続けられる可能性もあるはずだからと、その方法も模索する予定だ。

「君が娘のことを想ってくれているのはわかっている。私は狼《おおかみ》のようには、家庭に協力的ではなかった。君は頑張りたまえ」

「ありがとうございます」

大輝はにこやかに笑って返した。

「聞いてたの？」

一方の優花はというと、隣で顔を引きつらせている。

どうやら彼女の両親は、廊下でしばらく様子をうかがっていたらしい。

真っ赤になった娘に、母の百合子が微笑んだ。

「またいらっしゃい。近いうちに葛城さんのご両親にもご挨拶《あいさつ》したいわ」

「ありがとうございます。私の両親も挨拶《あいさつ》にうかがいたいと望んでおります。スケジュールを確認後、ご連絡させて頂きます」

「ええ、お待ちしていますわ。優花も、身体には気をつけなさい」

「ありがとう、お母さん。優にもよろしく伝えておいて」

今日は都合が悪く会えなかった優花の弟にも、次は会えるだろう。

優花と大輝は笑顔で、彼女の実家をあとにした。

◆◇♪◇◆

出会ったばかりのあのころは、知れば知るほど彼女の傍《そば》にいたいと望むようになっていた。加速する恋心を抑える術《すべ》など知らない子どもだった大輝は、ただ欲求のまま優花の傍《そば》にいた。

嫌われたくなくて、喜んでほしくて。好きな女の子のためなら尽くすことも苦ではない。むしろ進んで自分から彼女のために動いては、迷惑がられていた。

そんな自分の気持ちに驚きつつも、彼女の傍《そば》にいると今まで知らなかった新しい自分に出会えて、戸惑うよりも楽しかった。

物静かでいつも冷静な優等生だが、優花は決して冷たいわけではなく、皆に平等に優しかった。

知らないことを尋ねれば丁寧に教えてくれるし、なにかをすれば「ありがとう」と言ってくれる。大輝の世話など大人たちに頼まれて仕方なく引き受けただけだろうに、責任感の強い彼女は途中で放り出すことはせず、真正面から接してくれたのだ。

当初は鬱陶《うっとう》しがっていた彼女も次第と大輝といることに慣れて、少しずつ感情を見せるようになってきていた。

大輝は何度も優花に好きだと告白していたけれど、言われた本人はそれをずっと冗談だと流していた。彼女がその言葉を本気で受け止めてくれるようになったのは、おそらくふたりが出会ってひと月が経過したころから。

ほんのりと頬を赤くして「バカじゃないの」と怒りつつも、彼女は大輝に拒絶の言葉を言うことはなかった。

殴られる覚悟で彼女のファーストキスを奪っても、以前のように嫌いとは言われなかった。

だから大輝には、少なからず好かれている自信があったのだ。それなのに、唐突に突き放された。別れの言葉を裏切りと感じ、絶望と怒りがわいたのは当然だろう。

今思うと、本当に単純でバカなガキだった。だがそのおかげで、今の自分があるのだと思う。

振られたことが悔しかったから、その後も真面目に授業を受けた。働きはじめてからも、いつか再会したら振ったことを後悔させてやるという思いが、心のどこかで残っていたのだろう。

だが、実際に大人になった優花に出会ってみれば、後悔させてやるなんて気持ちよりも、もう一度振り向かせたいという思いが強くなった。そしてようやく想いが届いた今——

朝、目が覚めると、幸せすぎてこれは夢ではないかと疑ってしまう。この幸せをずっと実感していたくて、ひとときも彼女と離れていたくないというのが大輝の本音だ。

もちろん大輝は、いつでも優花の意思を尊重したいと思っている。それもまた、本音ではある。

(思ってはいるが……なかなかままならないな)

雨宮夫妻に挨拶《あいさつ》をした翌日、ふたりは伊豆にある老舗《しにせ》旅館を訪れていた。大輝の両親とこの旅館で夕食をともにする約束をしているのだ。

お昼過ぎにチェックインをした後、この旅館で二番目に広いというスイートルームに案内された。ちなみに一番いい部屋は、大輝の両親が泊まる予定だ。

荷物を置いて大輝が大浴場に向かおうとしたところで、優花が自分は部屋にある家族風呂に入ると言った。

「私、大浴場ってちょっと苦手なの。だから大輝ひとりで行ってきて」

「なら俺もこっちで入る」

「え！　いや、はじめはちゃんと、日本の広い温泉を堪能《たんのう》したほうがいいわよ」

結局、半ば強引に浴衣《ゆかた》を持たされ追い出された。

仕方がない、彼女も彼女でゆっくり温泉に浸《つ》かりたいのだろう――そう思い、一度は諦めたものの、やはり無理やりにでも一緒に入りたくなった。

そもそも浴衣《ゆかた》の着方などわからない。

「たまには反抗するのも悪くない」

Uターンし、部屋に向かう。

最上階のフロアにある旅館の通路は広々としており、通路脇には美しい日本庭園の雰囲気が味わえる演出がされていた。枯山水《かれさんすい》や鹿威《ししおど》しがあり、おそらく夜になれば灯篭《とうろう》に明かりが灯《とも》るのだろう。同じフロアに泊まる両親もきっと喜ぶはず。

部屋に戻り、先ほどまで寛《くつろ》いでいた和室ではなく、洋室へ向かう。そこにはベッドがふたつ並んでいて、ホテルのような造りになっていた。その部屋のカーテンを引けば、目の前にある部屋風呂の様子がよくうかがえるのだ。

優花はというと――完全に油断している。部屋側を背にして、目の前に広がる海を眺めながらお湯を堪能《たんのう》していた。

髪を上げていて、うなじが丸見えだ。ほんのりと色づいた肌が色っぽい。

大輝はその場で服を脱ぎ、風呂場へ続くガラスの戸を引いた。突然背後から聞こえた音に、優花がびくりと肩を震わせる。

「え、なんで！」

「やっぱり俺もこっちに入る」

「ちょっ、きゃっ！」

部屋風呂とはいえ、ふたりで入るには十分な広さがある。

優花が大輝から距離をとるように、縁《ふち》にへばりついた。

(裸なんてさんざん見せ合ってるのに、一緒に風呂に入るのは恥ずかしがるよな)

くつくつと喉の奥で笑いを殺していると、顔を真っ赤にさせた優花が眉間《みけん》を寄せて恥じらっていた。しっとり濡れた肌が艶《なま》めかしくて、まるで誘っているようだ。

風呂の目の前には、伊豆の海。寒い冬空の下、波の音を聞きながら入る温泉は最高に気持ちがいい。

「この景色を独り占めするっていうのは、ずるいんじゃないか？」

「別に、大輝も後で入ったらいいじゃない」

「俺は今、優花と一緒に入りたい」

「十年経って成長したと思ってたけど、本質は変わらないようね……」

どこに行くのも彼女について行っていたあのころを思い出しているようだ。

湯舟に入り、優花の華奢《きゃしゃ》な腕を掴んで引き寄せる。

ほんのりと薄紅に色づいた肩を撫でてつぶやいた。

「当然だろ。俺はいつだって傍《そば》にいたい」

視線を合わせると、彼女もゆっくりと見つめてきた。薄く開いた唇から漏れる吐息が、大輝の欲望を煽《あお》ってくる。

「私、も……んッ、んん」

言い終わらないうちに、たまらず彼女の唇を塞いだ。お湯で濡れた手を頬に当てて、お互いの呼気を奪い合う。

ずい分とキスに慣れた優花が、自分から積極的に応《こた》えてくれるのが嬉しい。攻めていた大輝の舌を引っ込めれば、彼女は進んで彼のなかに侵入してくる。

波とお湯の音に、唾液の水音がまざる。一度唇を離し、大輝は優花の身体を持ち上げた。浮力を使ってすんなり移動させた彼女を、向かい合うように膝の上に乗せる。

「あ、……大輝、待って。ここで最後まではだめ」

「俺は今すぐ優花がほしい」

隆々と勃ち上がった欲望の硬さを感じたのだろう。彼女がびくりと慄《おのの》いた。いつの間に？　と顔に書いてある。

「でも……だめ。だって外だし、声聞こえちゃうし……。海岸歩いてる人に見られるかも」

山の上に建っている旅館だ。上から下を見下ろすことはできても、その逆は難しいはず。

しかも、海岸を歩いている人は誰もいなかった。声を抑えれば大丈夫だろう。

「下には誰もいない。声はキスしながらなら出ないだろう？　それに、優花だって欲情している」

すっと彼女の割れ目をなぞると、水とは違うぬめりを帯びた液体が指にまとわりついた。逃げようとする優花の腰に腕を回す。

「あ……ッ」

理性と本能がまじりあう表情が、とてつもなく煽情的《せんじょうてき》でそそられる。恥じらう彼女が本当にかわいくて愛しくて、たまらない。

普段は冷静で強気なことが多いのに、こうして強気で大輝が迫ると、初心《うぶ》な少女の一面をのぞかせるのだ。

このギャップも含めて、大輝はとことん優花に惚れている。

……胸にしなだれかかったまま上目遣いで見上げるとか、計算なのではないだろうか。

（これでお預けを食らったら、今夜は寝かせられなくなるか……）

今抱かせてくれたら、夜には少しは加減ができると思う。……多分。

「このまま優花のなかに入りたい。でもお前がイヤだと言うなら我慢する」

強く抱きしめて、耳元で囁《ささや》く。彼女が耳が弱いことも、何度も身体を重ねることで気づいている。そして自分の声が好かれていることも。

「優花、返事は？」

再度催促すると、彼女はこくりと頷いた。

「私も……、大輝がほしい、から……抱いて」

「っ！」

最後の言葉は消えそうなくらい小さい。だけどはじめて彼女の口から、抱いてと言われた。

脚は湯に入れたまま、浴槽の縁《ふち》に座る。そしてとろんとした目で見つめてくる優花を抱き上げて、上に跨《また》がせた。

くちくちと蜜口を弄《いじ》り、ゆっくり指を挿入する。最初は侵入を拒絶していたそこも、第一関節が入るころには喜んで奥へと招いていった。

「相変わらず締めつけてくるな」

「ん……っ、しらな、い」

二本、三本と蜜壺のなかに指を入れて、十分に潤《うるお》っていることを確認する。彼女のなかが吸いついてくる感触を味わいながら、空いている手で胸や尻をやわやわと揉みしだいた。

「ん、んぅ、……ああ……」

声を抑えようとしていても漏れてしまうらしい。華奢《きゃしゃ》な手が口を押さえている。それを外して、己の口で優花の口を塞いだ。

柔らかな唇と弾力のある舌を堪能《たんのう》し、温泉に浸《つ》かってしっとりしている首筋に吸いつく。

「ァ……ッ」

ぴくんと肩が跳ねた。挿入したままの指をパラパラと動かし、なかをこする。とろとろに解《ほぐ》れた彼女のなかはとても熱くて、気持ちがいい。

勃ち上がった分身がまだかと催促してくるが、己の欲を理性で抑え込み、優花に声をかけた。

「優花、自分で入れられるか？」

「私、が……？」

「そうだ。自分で乗るんだ。自由に動けて気持ちがいいぞ」

彼女の身体が冷える前に繋《つな》がりたい。風がないとはいえ、長時間外にいるのはよろしくないだろう。

躊躇《ためら》いがちに、優花は大輝の屹立《きつりつ》を片手で握った。彼女の小さな手で触れられていると思うだけで、ドクンと分身が脈打つ。

彼女が身体を浮かせて、くちゅくちゅと性器同士が触れ合う音がした。まずい、これだけで気持ちよくて、精を放ちそうになる。

「ん、んん……」

くぷんと呑み込まれる感触がたまらない。腰を突き上げそうになるのを堪《こら》えて、優花へ主導権を渡した。

「あ、ああ……」

そのままぬぷりと彼女の小さな穴に入り込む。優花が慎重に体重をかけることで、大輝はずっとなかに押し込まれていった。

ゆっくりと腰を落としていく優花の姿に欲情する。気持ちがよすぎて思考が飛びそうだ。

「そうだ、うまいぞ。……よくできたな」

全てが挿入された後、大輝は蕩《とろ》けている優花の額《ひたい》にキスを落とし、そのまま唇を合わせた。

そして優花の腰をぐっと掴む。

「この体勢じゃちょっと厳しいな……。優花、ちゃんと声を抑えておけよ。他の人間に聞かせる必要はない」

片手で口を押さえる彼女を見下ろして、大輝は優花の腰を上下に動かした。

彼女がこの不安定な体勢のまま動くのは難しいだろうと判断したのだ。

はじめて避妊具なしに味わう感触は、格別だった。このまま彼女のなかを満たしたいと思わせるほどに。

だが、流石《さすが》にそれはまずい。そのくらいの理性は大輝にも残っている。

結婚するまではだめだと思いつつも、甘い誘惑に流されたくなるのも事実。

「……ん、ふぅ、……ッ！」

パンパンと肉がぶつかり合う音が響く。お湯に浸《つ》かったままの大輝の脚も、水音を奏《かな》でた。

ぐるりと円を描くようになかをかきまぜると、彼女が息を呑む気配が伝わってきた。

赤く色づく胸の頂《いただき》を指で弄《いじ》り、匂い立つ色香を放つ首筋に再び所有の証《あかし》を刻む。

（あ、やばい。親父たちに会うときは髪を下ろしたままじゃないとだめだな）

欲望のままに赤い華をつけてしまったが、ふと我に返って今回の滞在の目的を思い出した。

大輝の両親がやって来るのは、夕方の五時過ぎの予定だ。まだ二時間ほどあるから、ゆっくり肌を重ねて優花を貪《むさぼ》っていたいが……。彼女の体力を考えると、そういうわけにもいかないだろう。

（そろそろイっておかないと辛いか）

まだなかだけではうまく達せられないため、彼女の花芽を刺激する。身体が震えて、くぐもった声が聞こえた。

「くっ、ふぅん！」

さらに激しく、腰をぶつける。ピチャンピチャンと、湯の跳ねる音が響く。

「あっ……んんっ‼」

一度優花のなかがぎゅっと締まったと思ったら、身体から力が抜けた。くたりともたれかかってくる。そんな優花を抱きしめて、大輝は律動を停止させた。

「ひろ、き……？」

「優花、その縁《ふち》に手をついて腰を出すんだ。そうだ、そのままでいろよ」

浴槽のすぐ隣、タオルをかけるホルダーを手で握らせて、腰を突き出す体勢にする。そしてそのまま背後から、再び己の楔《くさび》を挿入した。

「ぁ……んっ」

当たる場所がまた違うから、違う感じ方をしているに違いない。腰がぴくぴくと動いている。艶《なま》めかしい背中が煽情的《せんじょうてき》だ。

しみひとつない背中にも所有の証《あかし》を刻みたくなったがぐっと堪《こら》えて、彼女の細い腰を掴む。

ぐちゅぐちゅとした水音が欲を煽《あお》る。

ゴムごしではなく、そのままで優花の蜜が己の楔《くさび》に絡んでいる――

その光景に満足し、征服感に似た感情が溢《あふ》れ出た。

「ああ、エロすぎる……。めちゃくちゃに啼《な》かせたい」

「やぁ……ひろ、き」

しまった。どうせなら鏡の前でこの体勢をとればよかった。曇ってあまり見えないかもしれないが、それでも感じきっている彼女の姿を少しは堪能《たんのう》できたはずだ。

今度バックでするときは、絶対に鏡を使おう。そんなことを考えていたが、そろそろ限界に近い。

「ッ……もう抜くぞ」

射精感を堪《こら》え、彼女のなかから出ていこうとした。

「いや……、いかないで」

「……、魅惑的な誘いだが、ずっと生殺しにさせる気か」

彼女は首を振った。そして後ろを振り返り、熱を宿した眼差しを大輝に向ける。

「大丈夫だから、出して……このまま」

「優、花?」

囁《ささや》き声で、彼女がつぶやいた。

「大輝の赤ちゃんなら、ほしいもの」

「――ッ!!」

その言葉を聞いた瞬間、欲望が決壊した。

「あ、――っ……!」

恍惚《こうこつ》とした顔で感じ入っている優花を後ろから強く抱きしめて、最後の一滴まで彼女のなかに注ぐ。

(今のは反則だろう!)

今夜両親を説得したら、速攻で籍を入れてやる。雨宮夫妻には結婚の許しを得ているのだ。おそらく大輝の両親がとやかく言うことはない。

(片時も離したくない。さっさと式もすませるぞ)

放心状態の優花を抱きしめ、大輝は固く決意した。

◆◇♪◇◆

「優花さん、あまり箸《はし》が進んでいないようだが、大丈夫かね?」

「あ、はい、大丈夫です。豪華すぎてどれから食べようか、迷っちゃって」

まだ若干赤い顔で返した優花を、葛城夫妻は不審に思わなかったようだ。機嫌よく頷いている。

「そうかそうか、時間はたっぷりあるんだから、ゆっくり味わったらいい」

「ええ、そうね。私も全部食べたいけれど、食べきれるかしら」

大輝の父と母も楽しげだ。

湯あたりを起こして、食事の時間ぎりぎりまで横になっていた優花は、今もまだ少しだけ本調子ではない。肌艶《つや》は格段といいため、具合が悪そうには見えないが。

体調不良の原因はもちろん、先ほどの行為だ。恥ずかしすぎるため、当然大輝の両親には言っていない。

「金目鯛《きんめだい》のしゃぶしゃぶなんて、初体験だよ。煮つけも立派だ。味は品があるし、素晴らしい。それと先ほどのアワビの踊り――なんと言ったかな?」

「踊り焼き、ですね」

「ああ、そうだ。踊り焼きも、絶品だったね」

そう優花に話す大輝の父は、とても楽しそうに見える。ちなみに食事をしているこの場所は、大輝の両親が滞在している、旅館内で一番広いスイートルームである。

大輝も伊勢海老《いせえび》の出汁《だし》でとられた味噌汁をすすり、本場の味を堪能《たんのう》していた。やはり日本の料亭の食事はうまい。アメリカの創作ジャパニーズも悪くはないが、本格的な味は、父親が言った通り品がある。

少しずつ食欲を取り戻して箸《はし》を進める優花を確認しつつ、大輝は彼女の湯飲みにお茶を注いだ。ビールや冷酒を飲んでいるが、温かい飲み物もほしいだろう。

「優花、お茶飲むだろ。父さんたちもいるか？」

「そうだな、頂こうか」

「ありがとう」

仲居が置いていったポットと湯飲みを使い、大輝が手際よくお茶を淹《い》れたのだが――

嬉しそうにお茶を飲む優花を見やった両親から、もの言いたげな視線を投げられた。

「お前、こんなに甲斐甲斐しい男だったんだな」

「私たちの育て方がよかったのよ」

「甲斐甲斐しい？　どういう意味だ？　好きな女性を思いやるのは当然のことだろう？」

愛しているからこそ、尽くすことも喜びに変わるのだ。

「……」

息子の真っ直ぐな意見を聞かされた葛城夫妻は、お互い見つめ合った後、ほっと胸をなでおろしたような表情になった。

「これも優花さんのおかげだな……。あらためて、こんな息子を見捨てないでくれてありがとう」

「え？　いえ、そんな……」

大輝のバカ正直な天然発言に顔を赤くしていた優花は、突然お礼を告げられて恐縮した。大輝の母は涙ぐんでさえいる。

「優花さんが私たちの娘になってくれるなんて、本当夢みたいだわ……。ずっと、あなたにはもう一度会いたいと思っていたの。こんなに嬉しい形で再会できるなんて、本当にありがとう」

「私のほうこそ……、またお会いできて嬉しいです。そして、大輝さんとの結婚を認めてくださり、ありがとうございます。私も彼を支えられるよう、精一杯頑張ります」

嬉し泣きをしていた母が、お手拭きで涙を拭う。そして目元を赤くしたまま、ふっと笑った。

「いいのよ、優花さんはそのままで。あなたは十分素敵よ。見捨てられないように頑張らないといけないのは、大輝のほう。優花さんをちゃんとサポートしてあげるのよ」

「もちろん、言われなくてもわかっている」

隣に座る優花の肩をぐっと抱き寄せれば、彼女は戸惑った様子で逃げようとした。その恥じらう仕草に、両親は新鮮だと言いたげな眼差しを向けている。

「日本の女性は奥ゆかしいねぇ。実に素敵だ」

でも一番は君だよと、最後に母をほめる大輝の父。そして嬉しそうに笑う母を見て、大輝は両親から学ぶことが今後もたくさんありそうだと感じた。

デザートのそば粉入りプリンと季節の果物を食べてから、大輝と優花は自室へと戻った。

時刻は十一時を回っている。何時間食べ続けていたのだろう。

ほろ酔い気分になっている優花を支えながら部屋の鍵を開けて、玄関で靴を脱ぐ。和室に向かえば、布団が二組、隙間なく並べて敷かれていた。

「ほう、よく心得ている」

ベッドで眠ることもできるが、せっかくなので畳《たたみ》の上で寝てみたいと大輝は思っていたのだ。布団で眠るという経験もはじめてだ。

優花を布団の上に寝かせると、彼女はすぐにそのふかふか具合が気に入ったらしい。笑顔で寝っ転がっている。

「やっぱりお布団は気持ちいい……修学旅行思い出すわ」

枕に顔を埋めて堪能《たんのう》しているが、酔っ払いの彼女は自分の格好をまるでわかっていない。

浴衣《ゆかた》の裾から白いふくらはぎが丸見えになっている。ひっくり返せば、はだけた姿が目に映るはずだ。浴衣《ゆかた》というのは帯を解いてしまえばすぐに脱がせられるという利点がある。男からすれば、ずい分と都合のいい服だ。

「このままゆっくり寝かせてやりたい気持ちもあるが、それはあまりにももったいないよな？」

「うん？」

お酒が入り肌が薄紅色に染まっている優花は、身体ごと横に向けてぼんやりとした声を返した。

デコルテが大胆に開き、襟《えり》のあわせから胸の谷間がくっきりと見える。

無防備な彼女を見て、大輝はキュッと口角を上げた。

「うまそうだな。誘ってきたのはお前だぞ？　優花」

第二ラウンドだと小さくつぶやき、とろりと瞼《まぶた》が落ちそうな彼女にのしかかる。薄く開いている小さな口に吸いついて、丹念に彼女の唇を湿らせてから口内を味わいはじめた。

「ふ……、んぅ……」

抵抗もなく受け入れている優花の姿に、大輝はほくそ笑む。唇を貪《むさぼ》ったまま彼女の首筋から肩へ手を滑らせて、大胆に浴衣《ゆかた》のあわせを広げた。

淡い水色のブラジャーに包まれた胸をそっと撫でる。

自分が贈った下着を律儀にも身に着けてくれる彼女が愛おしい。しかも、婚約者の両親と十年ぶりに再会するという日にその下着を選んでくれたのだから、嬉しさもひとしおだ。

「優花、脱がせるぞ」

ひと言、断りをいれる。

しゅるりと帯を解き、彼はプレゼントのラッピングを解く気分で浴衣《ゆかた》を開いた。レースがふんだんにあしらわれたお揃いの上下の下着が優花の肌を彩《いろど》っており、目にも楽しい。

唾液でぽってりと濡れた唇から漏れる吐息も艶《なま》めかしく、とろりとした目でゆっくりと大輝に焦点を合わせる様なんてドキッとするほど色っぽい。

普段の恥じらう優花ももちろん初々しくて好きだが、酒が入って妖艶《ようえん》さが増した彼女も新鮮だ。

すでにはち切れんばかりに反応している欲望が、まだかと訴えてくる。

プチン、と片手でフロントホックのブラジャーを外した。贈った下着のなかには脱がせやすさを考えてフロントホックのも選んでいたが、今夜これを身に着けていてくれたことを思うと、彼女もきっと期待していたに違いない。

そう都合よく解釈し、ぽろりとまろび出た優花の胸をじっと視姦する。

(写真に撮りたい。いや、むしろムービーか)

これから離れている時間がどうしても出てくるのだ。少しくらい形に残してもいいのではないか。

手元にスマホがあることを確認し、思考が半分落ちている優花に優しく問いかける。

「すごく綺麗だ。思い出に記録に残したい」

「ん……」

綺麗とほめられたところだけが彼女の脳に伝わったのだろう。優花は小さく頷き、口《くち》許《もと》をほころばせた。

手早くスマホを撮影モードに設定し、彼女を映す。視線は彼女に向けたまま、大輝は優花の名前を呼んだ。

「優花」

「ひろき……キス、ちょうだい？」

「……っ」

(甘えている……？ 酔うと甘えるのか？)

お酒が入ると羞恥心《しゅうちしん》が薄れ、甘えが増すのだろうか。そうならば、存分にかわいい彼女を堪能《たんのう》させてもらおう。

獲物を捕らえる光を目の奥に宿したまま、大輝は優しい声で問いかける。

「俺とのキスが好きか？」

「うん、好き」

「そうか。それなら俺のことは？」

優花は眠気がまざったとろりとした視線を大輝に向けて、ふわりと笑った。

「大好き」

「――ッ！」

スマホが畳《たたみ》の上に落ちた。

電源を素早く切り、優花にのしかかって口づける。

「優花、愛してる」

「んん……あん、アア……っ」

口腔《こうこう》内を貪《むさぼ》り唾液を交換し、そのまま首筋に強く吸いつく。ボディーソープの匂いが立ちのぼった。

しっとりした肌に吸いつき、むき出しになって存在を主張している胸の先端を、人差し指と中指で挟んでこする。

「んっ、んっ……！」

優花の腰がぴくんと跳ねた。いつもより素直に快感を拾うのは、やはりお酒が入っているからだろうか。

「今夜は緊張しただろうしな……。今は緩《ゆる》んでより感じやすい」

疲れているはずだが、自分の熱が治まらない。手早く浴衣《ゆかた》を脱いで、彼女の素肌を味わう。

肉付きが薄い腹をそっと撫でて、胸の飾りを口に含んだ。かわいらしい嬌声《きょうせい》を上げる優花をじっくり攻める。

骨格も小さく華奢《きゃしゃ》な身体は、力を込めたら折れてしまいそうだ。だがそんな庇護欲を誘う外見に反し、彼女は芯が強く凛《りん》とした佇《たたず》まいをしている。それがまた美しい。そんな優花が昔から好きで、それは今も、そしてこれからも変わらない。

煽情的《せんじょうてき》な姿は目に毒だ。どこまで彼女は自分を煽《あお》ってくるのだろう。

ショーツの中心部が濡れて色が変わっていることに気づき、大輝はそれを脱がそうとした。が、直前で手を止める。

「優花、自分で脱げるか?」

「ん……」

呼吸は少しだけ荒い。緩慢《かんまん》な動きで、言われるがまま自分でショーツを脱ぐ姿がたまらない。

優花が上半身を起こし、ゆっくりとショーツを脱ぐ。濡れた秘所とショーツに粘着質な糸がスーッと紡《つむ》がれた。

プチンと切れたそれを見るだけで、愉悦《ゆえつ》が深まる。再び上半身を倒した彼女は、両膝を立てた体勢だ。恥ずべきところが丸見えになっていることに、彼女自身気づいていない。

悪魔の囁《ささや》きが聞こえる。今なら彼女はなんでも言うことを聞くぞ、と。

彼女の身体の隅々まで舐めたい欲求を抑え、大輝は優花をまたぎ、膝立ちになった。

「優花、触って」

目の前には凶悪にそそり立つ大輝の分身。グロテスクに脈打つそれの先端からは、我慢しきれない汁がうっすら漏れている。

優花の細い指が伸ばされた。彼の屹立《きつりつ》が熱いため、彼女の指先は冷たく感じた。

彼女の手淫を味わおうと思ったそのとき——優花が顔をよせ、先端から滲《にじ》み出る液体を躊躇《ちゅうちょ》なく舐めとった。

「——っ、優花」

小首を傾《かし》げて大輝を見上げてくる姿に、欲望に忠実な彼の熱杭はドクンと脈打ち肥大化する。

それに両手を添えて、優花は自ら舐めて奉仕をはじめた。

片手でこすり、舌で器用に裏筋を舐め上げる。そして先端を口に含んだかと思うと、チュウッと吸い上げられるからたまったものじゃない。

「……くっ、誰に教わったんだ」

このまま彼女の口のなかに吐精したくなる。だがそれは大輝が望むことではなかった。

「もういい、だめだ優花」

「……だめ？」

「――っ!!」

本当に反則だ。

自分のものを両手で握ったまま小首を傾《かし》げて上目遣い。まるでもっと続けたいとでも言っているかのように、彼女の言葉が都合よく聞こえる。

「俺は自分のことより、優花を気持ちよくさせたい。気持ちよくなりたいだろ？」

そう問いかければ、彼女は従順に頷いた。少しだけ余裕を取り戻した大輝は、どうしてほしいと意地悪く尋ねる。

膝立ちだった大輝が布団の上に胡坐《あぐら》をかいて座ると、それまで考え込んでいた優花が上半身を起こし、おずおずと膝を開いた。

「大輝も、舐めたい？」

（クソッ、なんだこのかわいい生き物は！）

一部始終撮っておけばよかった。何故早々に撮影を終わらせてしまったんだ。こんな姿を全部録画しておけば、アメリカにひとり帰国した後もしばらくは優花シック――ホームシックの優花バージョン――にならなくてすんだものを。

（いや、逆だ。麻薬と一緒だ。録画していたら仕事が手につかなくなる好きすぎてどうにかなりそうだ。）

クラクラした気分のまま彼女の蜜に吸い寄せられ、大輝は秘所に顔を埋めた。愛液を零す彼女の蜜壺に舌を伸ばし、器用に舐める。ちうっと、花芽にも吸いついた。

「アンッ……ァア……！」

くちゅくちゅと淫《みだ》らな水音が室内に響く。自分の身体を両腕で支えていた優花だったが、すぐに限界を迎え、ぽふんと背中から布団に沈んだ。

「止まらないな」

「ふぅ、んッ……あ、ああ……ッ」

カリッと花芽に軽く歯を立てれば、彼女のなかがキュンと締まった。とぷとぷと、さらに蜜が零れる。舐めとるのも追いつかず、じゅるりと強く吸いついた。

びくびくと優花の腰が跳ねる。

「あ、ぁあ、アァ……ンン……！」

断続的な嬌声《きょうせい》が響いた。どうやら達したらしい。

そしてもはや我慢の限界を迎えた己の屹立《きつりつ》を、大輝はぬかるんだ優花のそこに宛がった。

ずずっと腰を押しつける。十分にほぐれている優花のなかは、侵入者を拒むことなく迎え入れた。

最後まで収まると、最奥にコツンとした感覚がある。

ゆっくり抜き差しをはじめ、奥を突く。優花がそのたびにかわいらしく啼《な》いた。

「優花、どこが気持ちいいんだ？」

「……ん、あん、あ……ぜんぶ」

「全部じゃわからない。胸？　なか？　クリトリス？」

「ぜんぶ、すき……きもちいい」

（ああ、もうたまらない）

両膝を抱えて、ずんっと抉《えぐ》るように律動を再開する。

薄い膜越しではなく直《じか》に味わう彼女の蜜壺は、熱がよりダイレクトに伝わってくる。

きゅうきゅうとした締めつけもいつも以上に強く、大輝の精を搾り取ろうとしていた。

「クッ……、持っていかれそうになる」

深く息を吐き出してやり過ごさなければ、すぐにでも吐精してしまいそうで。とろりと潤みきった目を向けながらかわいらしく嬌声《きょうせい》を上げる優花が、殺人的なまでに凶悪に見える。

「アアッ、アアァ……！　そ、こ……やぁ」

びく、びくっと感じきって震えている彼女を堪能《たんのう》する。

もっと、もっとだ。まだ足りない。もっと甘い声を上げさせてかわいらしく啼《な》かせて、それこそ感じきったまま流した涙を、己の舌で舐めとりたい。

優花の口から漏れる嬌声《きょうせい》は制御できなくなっている。口を手で押さえようとする思考も、もはや働かないらしい。

それでいいとほくそ笑んだ大輝は、浅く抜き差しをしてから奥をひと突きした。

「――ンアァッ！」

背中が弓なりに反り、口から赤い舌が垣間見える。先ほどまで交わしていたキスのために、彼女の唇は濡れたままだ。ぽってりと赤く色づいた唇に誘われ再びキスがしたくなるが、ぐっと堪《こら》えて優花の両脚を己の肩にかけた。

彼女の身体をぐっと折り曲げる。より結合部が見えるように。

じゅぶじゅぶと律動を開始させた大輝の屹立《きつりつ》は、優花の愛液で濡れている。グロテスクなそれが彼女の小さな秘孔に呑み込まれていく様に、興奮を隠しきれない。

「優花、ちゃんと目を開けて見るんだ。いやらしくおいしそうに、呑み込んでいるだろう？」

感じきって潤んだ眼差しを大輝に向けた後、優花が自分の状況に気づいた。真上から串刺し状態になっている姿を直視し、羞恥心《しゅうちしん》が増したらしい。彼女の頬に赤みが増す。

「あ、ヤァ……はずかし、い」

「ッ、また締まった……」

ぽたりと大輝の額《ひたい》から汗が落ちる。容赦のない締めつけが、彼から余裕も理性も奪っていった。

「くっそ、もうたまらない」

「あ、ああっ、ひろ、き……ッ」

卑猥《ひわい》な水音が響き渡る。肉を打ちつける音も、優花の感じきった声も――。全てに官能が高められて、我慢などできるはずがない。

ずっと好きだった初恋の女性が己の腕のなかにいる。繋がっている喜びも、彼女から向けられる心からの気持ちも、全部が愛おしい。もう、手放すなどできない。

「もっとだ、もっと名前を呼べ、優花」

「ん……、ひろ、き……ひろき」

「そうだ、お前を抱くのは俺だけだ」

ひと際感じているところを重点的に攻め、そして身体を倒して優花の胸の飾りをキュッとつまんだ。

「ああん――ッ！」

蕩《とろ》け切った顔と声。優花の両腕が汗ばんだ背中に回り、抱きつかれた。

求められていることが泣きたいほど幸せだ。

心も身体も満たされて、歓喜に包まれたまま大輝は優花の最奥めがけて精を放った。

「――ッ、優花……」

「ン――、アア……！」

ようやく手に入った。

もう、離さない。

呼吸が整うまでじっと彼女を抱きしめて、大輝は幸せに浸る。十年かけて手に入れたものが幻ではないと確かめるように。

強すぎた快楽に流されたのか、優花の意識は落ちていた。

「……今日は仕方がないが、体力がなさすぎるのも問題だな」

人気アーティストのマネージャー業をしているのだから、それなりにハードな生活を送っているはずなのだが、大輝には体力が足りていないように思えた。

濡れタオルを持ってきて彼女の身体を清め、そして優花の体温を感じたまま目を閉じる。

「早く籍を入れるぞ。もう、一日だって待てない」

プロポーズと同時にアメリカで籍を入れるつもりだったが、結局叶《かな》わずじまい。ちゃんと両親に挨拶《あいさつ》をしてからがいいという優花の希望を叶《かな》えたのだが、これ以上先延ばしになんてできない。

もしかしたら実を結んでいるかもしれない彼女の下腹をそっとさすり、宝物を扱うように胸に抱き込んだ。

翌朝起きたとき、優花は昨晩の痴態《ちたい》をほとんど覚えていなかった。
また機会があれば酔わせるのも悪くない、と企《たくら》んでいるのは大輝だけの秘密である。
――恋はするものではなく、落ちるもの。
優花に落ちたこの気持ちは、何十年経っても、きっと変わることはない。

書き下ろし番外編

ふたりきりのオーロラ鑑賞

大輝のプロポーズを受けてから早二年が経過した。

早々に両親への挨拶《あいさつ》を終えて結婚まで秒読みだったのだけど、やはり国際結婚をするには時間がかかる。しばらくはお互い時間を見つけて日本とニューヨークを往復していたが、今後もそのような暮らしをするのは難しい。というか、大輝が早々に痺《しび》れを切らしていた。私ももちろん一緒にいたい気持ちが強かったのでアメリカで暮らす決意をし、新卒で入社したレコード会社を退社することにしたのだ。

RYOのマネージャー業やその他の引継ぎに約三ヵ月と、アメリカの永住権取得《グリーンカード》まで時間がかかり、ようやく大輝とニューヨークで新生活をスタートできたのがおよそ半年前。再会当時二十七歳だったが、気づけば二十代最後の年になっていた。目まぐるしく変化する日々に翻弄《ほんろう》されていたら、そんなに時間が経過してしまったらしい。

ニューヨークでの新生活もあっという間に時間が過ぎた。ここでの生活に慣れるのと同時進行で結婚式の準備や新婚旅行の計画など、毎日が目まぐるしい。仕事を辞めてのんびりアメリカ生活に慣れよう、とかちょっと甘かった……。まさか日本とアメリカの両方で結婚式を挙げることになるとは思わなかった……と少し遠い目になったけれど、結婚式の準備も大輝が私の意見を聞きながらほとんど進めてくれたのでよかった。なんとも頼もしい。

そして季節は十月に入り、私と大輝は新婚旅行にやってきた。場所は北欧のフィンランド。

一度は行ってみたかった北欧にまさか新婚旅行で訪れることになるとは思わなかった。大輝が忙しいスケジュールをなんとか調整してくれて、八日間の旅が実現できた。私もゆっくり旅行ができるなんて何年ぶりだろう……

思えば、大輝と日本で温泉旅行に行ったことはあっても、ヨーロッパ旅行ははじめてだ。「優花が行きたいところに行こう。オーロラが見たいならフィンランドはどうだ？十月ならもう見られるらしいぞ」と提案してくれたのは、私が何気なくオーロラを一度見てみたいと言ったことを覚えていたからだろう。願いを叶《かな》えてくれたのがくすぐったいし……頼りがいがあって、気遣いと思いやりに溢《あふ》れている人だと実感する。

旅行中はようやくゆっくりした時間を過ごすことができた。時差ぼけもあまり感じてはいないのは、興奮しているからだろうか。テレビや写真ではない、生のオーロラ。それを大輝と眺められる日が来るなんて、ちょっと前までは考えられなかった。

「なにを考えているんだ？」

隣に寝そべる大輝が私の顔をのぞいてくる。

「んー、ここまで大輝と一緒に来られてよかったなって。ずっと忙しかったでしょ。こんな風にふたりで寝そべって、生のオーロラを見られるなんて贅沢《ぜいたく》だなって考えてた」

天井は一面ガラス窓。私たちは見晴らし抜群のガラスのパノラマビューでオーロラ鑑賞ができるガラスイグルーに宿泊している。大きなベッドに仰向けで寝ながら、美しく光るオーロラを鑑賞していた。運よく見られてラッキーだ。

大輝が隣から私の様子をうかがってくる。視線を合わせると、ギュッと手を握られてドキッとした。私の右手は彼の口元へ持っていかれ、指先がチュッと柔らかな唇に触れた。唇は少しひんやりしている。

「俺も同じこと思ってた。こんな風に優花とのんびりハネムーンに来て、ロマンティックな夜を過ごせるなんて夢みたいだ」

「ふふ、よかった。私もロマンティックな旅行の手配をしてくれた大輝に感謝しないと」

「花嫁の笑顔が見られて満足だ。誰にも邪魔されず、山の中で優花とふたりオーロラを見ながら静かな世界に閉じ込められているのかと思うと、めちゃくちゃ興奮する」

「興奮って」

幻想的な世界を背後になにを言っているのだと笑ってしまったが、大輝の目が妖《あや》しく光った。唇に触れた指先をぺろりと舐められる。

「あ……、ちょっと？」

「なあ、優花。ただ見ているだけじゃつまらないだろう。もっとハネムーンらしい思い出を作ろうか」

昨日は終日移動で疲れてしまい、甘い夜を過ごせていない。確かにここには明日の夜も宿泊予定だけど、だからと言って同じオーロラを再度見られるわけではないのだ。もっとこのオーロラを堪能《たんのう》したほうがいいのでは？

そう提案しようとしたけれど、大輝の情欲を灯《とも》した目で見つめられ、私の官能スイッチがかちりと入った。

「……っ」

すっかり彼の熱にならされた私の身体も期待してしまう。お腹の奥がキュウッと収縮するのを感じたが、このまま雰囲気に流される前に首を左右に振った。

「ま、待った！　せっかくここまで来たんだもの、ちゃんとオーロラを見ないともったいないと思うわ」

「写真も動画も十分撮った。だからこの幻想的な世界を背景にそろそろ優花を食らいたい」

「……っ！」

「ダメか？　優花が嫌《いや》なことはしない。だけどその気があるなら、ふたりのハネムーンベイビーも作ろうか」

ずいっと顔を近づけられる。耳元で低く囁《ささや》かれた声が脳髄《のうずい》をとろりと溶かすように私の頭に響いた。濃厚な色香に酩酊《めいてい》感に襲われ、一瞬呼吸を忘れてしまう。

「……私たちの？」

「ああ、結婚して生活も落ち着いた。ずっと優花を独り占めしたいが、優花との子どももほしい。でも優花が望まないなら、ちゃんとゴムも持ってきている」

そんな風に考えていたのを初めて知った。

婚約して、結婚を視野に入れたときにいつかは大輝との子どもがほしいと思った。でも現実問題、ふたりの暮らしが落ち着くまでは難しい。しばらく避妊をしていたけれど、大輝が言うようにもう家族を作ることもできるのだと実感する。

大輝は決して私に無理強《じ》いをしない。きちんと私の意見を聞いて、話し合う。そうやってどちらかが我慢をせず対等な関係を築こうとするのが好ましい。

両腕を伸ばし、彼の首に腕を巻き付けた。ギュッと抱きしめて互いの温もりを共有する。嗅《か》ぎ慣れた匂いが鼻腔《びこう》をくすぐってくる。彼の匂いに包まれると、言葉に表せない安心感を与えられた。

「……私も、大輝の赤ちゃんほしいな」

「っ！　優花……」

名前を呼ぶ声が熱っぽい。とろりとした目で見つめられたら、その甘さに心も身体も委《ゆだ》ねたくなる。

視線の先には夜空に浮かぶ青と緑の光の波と、愛する旦那様……。

「……大輝。カーテン、閉めて？」

天井からは誰にものぞかれないけど、カーテンは開いたまま。ほとんど人の気配がしないとはいえ、開けっぱなしは落ち着かない。見られて興奮する性癖は持ち合わせていない。

「ああ、わかった」

大輝が私の目元に触れるだけのキスを落とし、すぐにカーテンを閉めてくれた。

余計な明かりを消しても部屋は暗くはならない。空が私たちをのぞいている。

「これでふたりきりだな」

熱っぽい吐息とともにつぶやかれた直後、私の唇は大輝のものと重なっていた。唇の隙間から舌が滑り込み、口腔《こうこう》内を暴いていく。

「ア……、んっ……」

とろとろと甘い媚薬《びやく》でも飲まされているのではないか。私の思考はすぐに快楽に染まり理性が薄れていく。何度も肌を重ねているのに、何度だって肌を重ねたくなる。

洋服を脱がされ、下着姿にさせられる。キスだけで感じてしまった身体はすでに火照《ほて》りはじめていた。

大輝の指がスッとショーツの割れ目をなぞる。

「いつもより濡れるのが早いな」

「ん……、意地悪……」

慣れない場所での行為に私も興奮しているみたいだ。

でもそれを言ったら、大輝だっていつもよりも手つきが性急に感じる。

「大輝も余裕がなさそうよ？」

「こんなにうまそうな御馳走《ごちそう》を目の前にして、余裕でいられる男はいない」

自身の服も手早く脱ぎ、ベッドの上に衣服が散らばった。

乱れた髪の毛がセクシーだ。いつも余裕な笑みを浮かべている顔が切なげに歪《ゆが》むのを見ると、胸の奥がキュウッとする。

同時にお腹の奥がずくんと疼《うず》いた。まるで早く大輝を食べたいとせっつくように。

「……私も、目の前の御馳走《ごちそう》を早く食べたいみたい」

「は……？　優花……っ」

ギュッと抱きつき、ごろんと反転させた。広いベッドは何度か寝返りを打っても落ちそうにない。

仰向けに寝そべる大輝の上に下着姿のまま跨《またが》る。こんな大胆な行動は、私自身も予想外だ。

「ねぇ大輝。オーロラを鑑賞しながら私に食べられるっていうのも、ロマンティックで忘れられない夜になると思わない？」

「……ッ！　エロすぎだろ……」

愛しい旦那様の目尻が赤く染まり、熱っぽい息を吐いた。キュッと眉間《みけん》に皺《しわ》を寄せて悩ましい表情で私を見上げてくる。

彼の視線の先には、先ほどまで私が見ていたオーロラ。そして大輝が喜ぶかもと思って新調していた、黒いレースのブラジャー。見せつけるようにゆっくりとホックを外すと、大輝の視線が痛いほど向けられているのが伝わってくる。

「綺麗だ」

「オーロラが？　それとも私？」

「両方。このままカメラのシャッターを切りたい」

「裸の写真は恥ずかしいからダメ」

くすりと笑い、大輝の唇をチュッと奪った。

――新婚旅行から数週間後。見事に妊娠が発覚し、可愛い女の子が生まれるのはもう少し先の話。

高校時代、優花《ゆうか》は留学先のニューヨークで、彼女に好意を寄せる実直な青年・大輝《ひろき》に恋心を抱くが、とある事情で一方的な別れを告げる。十年後、仕事で再びニューヨークを訪れた優花の前に現れたのは、契約先の副社長となった大輝だった。あどけないかつての面影は消え、どこか冷たい雰囲気をまとう彼が企画実現の条件として提示してきたのは“俺のものになれ”という強引な取引で——？

B6判　定価：本体640円＋税　ISBN 978-4-434-28225-6

アルファポリス
エタニティ人気の12作品
アニメ好評配信中！
Eternity
エタニティ
深夜の濡恋ちゃんねる
NUREKOI
Sweet Love Story
エタニティ公式サイトにて
通常版
デラックス♥版
配信中です！
アニメ公式サイト：https://eternity-nurechan.com/
アニメ公式ツイッター：@Eternity_Anime
2021年1月～
DVD & Blu-ray
順次発売予定
© エタニティブックス原作者・アルファポリス
エタニティ濡れちゃん♡製作委員会

潤《じゅん》は学園青春ものが得意な女性ドラマ脚本家。ある日、大人のラブストーリーの依頼を受けるも恋愛経験が乏しい彼女には無理難題！　困った潤は、顔見知りのイケメン・ホテルマン、日向《ひゅうが》をモデルに脚本を書くことを思いつく。しかし、モデルにさせてもらうだけのはずが、気付けば彼から“大人の恋愛講座”を受けることに！　その内容は、手つなぎデートから濃厚なスキンシップ……挙句の果てには――!?

B6判　定価：640円＋税　ISBN 978-4-434-24321-9

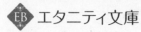

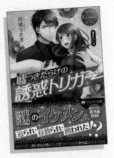

本書は、2017年7月当社より単行本として刊行されたものに、書き下ろしを加えて文庫化したものです。


この作品に対する皆様のご意見・ご感想をお待ちしております。

おハガキ・お手紙は以下の宛先にお送りください。

【宛先】

〒150-6008 東京都渋谷区恵比寿4-20-3 恵比寿ｶﾞｰﾃﾞﾝﾌﾟﾚｲｽﾀﾜｰ8F
（株）アルファポリス　書籍感想係

メールフォームでのご意見・ご感想は右のＱＲコードから、
あるいは以下のワードで検索をかけてください。

アルファポリス　書籍の感想　検索

ご感想はこちらから

エタニティ文庫

10年越《ねんご》しの恋煩《こいわずら》い

月城《つきしろ》うさぎ

2021年1月15日初版発行

文庫編集－熊澤菜々子・塙綾子
発行者－梶本雄介
発行所－株式会社アルファポリス
〒150-6008 東京都渋谷区恵比寿4-20-3 恵比寿ｶﾞｰﾃﾞﾝﾌﾟﾚｲｽﾀﾜｰ8F
TEL 03-6277-1601（営業）　03-6277-1602（編集）
URL https://www.alphapolis.co.jp/
発売元－株式会社星雲社（共同出版社・流通責任出版社）
〒112-0005 東京都文京区水道1-3-30
TEL 03-3868-3275
装丁イラスト－緒笠原くえん
装丁デザイン－ansyyqdesign
印刷－中央精版印刷株式会社

価格はカバーに表示されてあります。

落丁乱丁の場合はアルファポリスまでご連絡ください。

送料は小社負担でお取り替えします。


ISBN978-4-434-28370-3 C0193